Jule Gölsdorf

Mörderisches Monaco

 aufbau taschenbuch

JULE GÖLSDORF ist Moderatorin bei n-tv und beim Hessischen Rundfunk. Zuvor war die studierte Journalistin ein Gesicht der ZDF-Kindernachrichten »logo!«, die 2012 mit dem deutschen Fernsehpreis ausgezeichnet wurden. In ihrem ersten Kriminalroman verbindet die Autorin, die für n-tv auch das 24-Stunden-Rennen von Le Mans moderiert, ihre Leidenschaft für den Motorsport mit ihrer Begeisterung für die Cote d'Azur. Die Autorin recherchierte monatelang im Fürstentum Monaco, unter anderem bei der monegassischen Polizei und hinter den Kulissen der Formel 1.

Mehr unter www.jule-goelsdorf.com und www.monaco-krimi.com

Der erste Fall für Valeri und Dupont

Formel-1-Zirkus im schillernden Fürstentum Monaco: Während die Piloten über die Rennstrecke rasen, wird in den malerischen Bergen von Monaco die Ehefrau eines Rennfahrers überfallen und ihr kleiner Sohn brutal erschlagen. Des Mordes verdächtigt wird eine junge Deutsche, die den Rennfahrer schon seit Längerem verfolgt. Doch war diese Frau tatsächlich dazu fähig, aus Eifersucht kaltblütig zu töten? Das Fürstentum ist in Aufruhr – ein ungeklärter Mord, eine Katastrophe für den als sicher geltenden Stadtstaat. Kommissar Henri Valeri ist wenig begeistert, als ihm bei den Ermittlungen auch noch die neue Kollegin Coco Dupont an die Seite gestellt wird, die, durch ihre gescheiterte Ehe, ganz andere Sorgen hat. Die beiden ermitteln gemeinsam im Umfeld der Formel 1. Dabei geraten sie in ein enges Geflecht aus Intrigen, sexuellen Tabus und Millionenmachenschaften und bringen sich selbst in größte Gefahr …

JULE GÖLSDORF

MÖRDERISCHES MONACO

KRIMINALROMAN

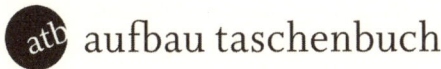 aufbau taschenbuch

MIX
Papier aus verantwor-
tungsvollen Quellen
FSC® C083411

ISBN 978-3-7466-3131-8

Aufbau Taschenbuch ist eine Marke
der Aufbau Verlag GmbH & Co. KG

2. Auflage 2015
© Aufbau Verlag GmbH & Co. KG, Berlin 2015
Umschlaggestaltung capa design, Anke Fesel
unter Verwendung eines Motivs von © ALIMDI John Greim
Autorenfoto auf der Rückseite © Marius Rittmeyer
Gesetzt aus der Whitman und Skyfall
durch Greiner & Reichel, Köln
Druck und Binden CPI books GmbH, Leck, Germany
Printed in Germany

www.aufbau-verlag.de

Für meine Mutter.
Die Beste.

Hätte Anca Bergmann gewusst, dass sie an diesem Tag ihrem Mörder begegnen würde, wäre sie nie zur Tür gegangen, um diese zu öffnen. Sie hätte die ersten Takte von Beethovens Elise, die ertönten, wenn jemand den Klingelknopf betätigte, ignoriert, und so getan, als sei sie nicht zu Hause.

Oder, hätte sie geahnt, dass sie ihrem Schicksal nicht entkommen konnte, ihr Kind noch einmal in den Arm genommen, dem Jungen ein letztes Mal über die rotblonden Locken gestrichen, die in alle Richtungen von seinem Kopf abstanden, ihm noch einen Abschiedskuss auf die Stirn gegeben. Möglicherweise hätte sie für einen letzten Moment ihr privilegiertes Leben zu schätzen gewusst, den Luxus, mit ihrer Familie an einem Ort leben zu dürfen, an dem andere Menschen bestenfalls Urlaub machten.

Doch sie war völlig ahnungslos. So ließ sie ihren Sohn weiterhin im Garten herumtollen und nahm die rosa- und lilafarbene Blütenpracht der Magnolienbäume, die das Grundstück umgaben und durch deren Zweige hindurch das zarte Blau des Meeres flirrte, gar nicht wahr.

In Gedanken versunken zwirbelte sie ihre karamellblonden Haare zu einer Strähne zusammen und kontrollierte, ob sich in den Spitzen Spliss gebildet hatte. Sie fröstelte ein wenig, daher zog sie sich eine hellbraune Kaninchenfellweste über ihre dünne Seidenbluse, bevor sie an die Terrassentür trat und den fünfjährigen Lucas beobachtete, der mit dem Hund spielte, den er zu Weihnachten bekommen hatte. Sie lächelte bei seinem unbeholfenen Versuch, den schwarz-weiß gefleckten Bichon festzuhalten, der sich den kleinen Kinderhänden mit Leichtigkeit entzog und schnurstracks im Gebüsch verschwand. Ihre Gedanken schweiften ab zu jener denkwürdigen Begegnung, die sie ein paar Tage zuvor gehabt hatte, und ein kalter Schauer lief ihr den Rücken hinunter. War sie zu weit gegangen?

Erneut fiel ihr Blick aus dem Fenster. Welch trügerische Idylle, dachte sie. Ihre Villa lag im Nordwesten von Beausoleil, einem kleinen Ort in den französischen Seealpen, der direkt an das Fürstentum von Monaco grenzte. Von der Terrasse aus hatte sie freien Blick auf die Bucht von Monte Carlo, in der sich schon an diesem Tag, zweiundsiebzig Stunden vor dem Großen Preis von Monaco, dem spektakulärsten Formel-1-Rennen der Saison, noch mehr Yachten als sonst zum protzigen Stelldichein eingefunden hatten. Still und doch aufdringlich lagen sie im blauen Wasser der Côte d'Azur und waren in dem Bemühen ihrer Eigentümer, das jeweils benachbarte Boot an Größe, Wert und Individualität zu übertrumpfen, kaum voneinander zu unterscheiden. Ihre Besitzer saßen bei frühsommerlichen vierundzwanzig Grad in der strahlenden Maisonne und genossen zusammen mit ihren illustren Gästen Champagner und Canapés an Deck.

Ausnahmezustand in Monaco, wie jedes Jahr im Frühling, wenn der Formel-1-Zirkus rund um Bernie Ecclestone in dem kleinen Fürstenstaat gastierte und Prominente, Wannabes und Motorsportfans aus aller Welt anlockte. Vermögende Russen mischten sich unter die Starlets aus der Regenbogen-Schickeria, Zocker ließen im Casino die Roulettekugel kreisen, während Edelhuren dem besten Geschäft des Jahres nachgingen und diverse Ganoven darauf hofften, einen Teil jenes unermesslichen Reichtums abzubekommen, der an diesem Ort so hemmungslos zur Schau gestellt wurde.

Aus der Ferne konnte Anca Bergmann das Brummen der Motoren erahnen, das sich beim Näherkommen in ein ohrenbetäubendes Dröhnen verwandelte und die Besucher, die am Rande der Rennstrecke saßen, zwang, ihre Ohren mit Kopfhörern oder Ohropax zu schützen. Wochenlang war das Ereignis des Jahres vorbereitet worden: Um aus dem kleinen Fürstentum eine vollwertige Grand-Prix-Strecke zu machen, säumten nun kilometerlange Leitplanken, riesige Reifenstapel und meterhohe Tribünen die Straßen. An den wichtigsten Punkten des Circuit de Monaco waren gewaltige Kräne installiert, um den engen Stadtkurs, der über keinerlei Auslaufzonen für die Rennwagen verfügte, im Notfall schnell von einem verunglückten Formel-1-Boliden befreien zu können. Auf der Strecke, die trotz des geringen Durchschnittstempos als eine der gefährlichsten der Welt galt, lief in diesem Moment das freie Training für den Großen Preis am darauffolgenden Sonntag. Anca Bergmann konnte sich genau vorstellen, wie die Piloten ihre hochgerüsteten Rennwagen geschickt an dem berühmten Casino de Monte Carlo vorbeilenkten, durch die v-förmige Haarnadelkurve am Fairmont-Hotel rasten, um dann im Tunnel unter dem selbigen zu verschwinden. Im Anschluss würden sie durch die Kurve am Schwimmbad rauschen, in der einst der italienische Rennfahrer Alberto

Ascari mit seinem Ferrari auf spektakuläre Weise ins Hafenbecken gestürzt und von Aristoteles Onassis' Matrosen gerettet worden war, um dann, nur vier Tage später, bei einer Testfahrt ums Leben zu kommen.

Das Risiko der Strecke war hoch, damals wie heute. Für ihren Mann, den Formel-1-Fahrer Sebastian Bergmann, mit dem sie seit einigen Jahren hier lebte, war es ein Rennen mit Heimvorteil. Er kannte jeden Quadratzentimeter des Fürstentums, die Strecke war sein Zuhause, jede Kurve, jede Neigung, jede Bodenwelle war ihm vertraut. Dennoch würde ein Sieg nicht einfach werden. Der amtierende Weltmeister und Sebastians Teamkollege im Rennstall United, der Russe Alexander Titow, war Sebastian seit geraumer Zeit immer um eine Nasenlänge voraus, immer eine Sekunde schneller, immer eine Stufe höher auf dem Siegertreppchen. Sie wünschte ihrem Mann so sehr, dass er das Schattendasein der ewigen Nummer zwei endlich hinter sich lassen könnte. Irgendwann würde Sebastian Weltmeister sein, und sie würde an seiner Seite glänzen …

Doch dann riss sie das melodiöse Klingeln der Türglocke aus ihren Gedanken.

1

Coco Dupont lehnte ihre Stirn an die Scheibe und warf einen leicht verklärten Blick aus dem Flugzeugfenster. Die Boeing befand sich bereits im Landeanflug auf die südfranzösische Hafenstadt Nizza, musste kurz vor dem Festland aber noch eine scharfe Kurve einlegen, um den Flughafen im richtigen Winkel vom Wasser aus anzuflie- gen. Die Landebahn war auf einer kleinen Halbinsel so nah am Ufer gelegen, dass der Eindruck entstand, die Ma- schine würde direkt auf der Wasseroberfläche aufsetzen. Die hellen Steine, die zwischen dem Festland und dem Wasser aufgeschüttet lagen, schienen zum Greifen nahe. Und selbst als die Maschine gelandet war und die Park- position bereits erreicht hatte, konnte Coco das Meer noch sehen, dessen Oberfläche im hellen Sonnenlicht verheißungsvoll glitzerte. Auf der Landseite wurde der Flugplatz von Palmen gesäumt, deren sattgrüne Wedel sich leicht im Wind hin- und herbewegten und sie sofort in Urlaubsstimmung versetzten.

Eine Stimmung, von der sie hoffte, dass sie ihr helfen würde, die Vergangenheit zu verarbeiten, oder, wenn das nicht möglich war, sie zumindest ruhen zu lassen. Verzei- hen würde sie sich nie. Aber würde sie es schaffen, damit zu leben? Sie hatte ein Menschenleben auf dem Gewissen. Und die Gedanken daran holten sie immer wieder ein. Unerbittlich. Auch jetzt, als sie durch das Flughafengebäude ging, musste sie daran denken. Sie sah Blut. Tod. Verlust.

Sie zog ihren kleinen Rollkoffer hinter sich her wie all die anderen Menschen, die hier gelandet waren. »Monaco is a sunny place for shady people«, hatte William Somerset Maugham einmal gesagt. Der englische Schriftsteller dürfte gewusst haben, wovon er redete, hatte er doch mehr als dreißig Jahre seines Lebens an der Côte d'Azur verbracht. Coco hoffte jedoch, dass er einfach nur maßlos übertrieben hatte, wie Romanciers das nun mal gerne taten.

Eigentlich war ihre Ankunft an diesem Tag so wie damals, als sie noch gemeinsam mit ihren Eltern hierhergekommen war, um die schulfreie Zeit mit der Familie in ihrem Appartement in Monaco zu verbringen. Die vertrauten Gänge durch das Flughafengebäude, der Weg zum Vorplatz, an dem die Taxis und Busse für die Passagiere bereitstanden, um sie ins Zentrum von Nizza, in die Filmstadt Cannes, das Fürstentum Monaco oder in das berühmte Seebad Antibes, Juan-les-Pins zu bringen.

Damals war lange her. Die Bilder waren dennoch geblieben, hatten sich förmlich in ihr Gedächtnis eingebrannt. Ihre Kinderbeine, zu kurz, um mit denen ihres Vaters Schritt zu halten.

Obwohl Coco nicht unter Zeitdruck stand, ging sie eiligen Schrittes über die leicht abgenutzten Marmorfliesen des *Aéroport Nice* Richtung Ausgang. Das Bestreben, immer schneller sein zu müssen als alle anderen, war etwas, das sie, ohne es zu wollen, von ihrem Vater übernommen hatte. Sie zwang sich, langsamer zu gehen. Und fragte sich, ob es die richtige Entscheidung gewesen war, die Stelle bei der Sûreté publique, der Polizei im Fürstentum Monaco, anzutreten. Doch es gab, zumindest in absehbarer Zeit, keine andere Lösung. Zu viel verbrannte Erde hatte sie neben dem angesehenen Posten einer Oberkommissarin in Toulouse hinterlassen, verscherzte Freundschaften, eine zu Bruch gegangene Ehe.

Die Ausschreibung der Sûreté war ihr wie eine Erlösung erschienen, die perfekte Gelegenheit, einfach davonzulaufen, die Trümmer der Vergangenheit hinter sich zu lassen. Ein Neuanfang par excellence.

Ganz unbewusst war sie beinahe wieder in einen Laufschritt gefallen. Obwohl sie schon unzählige Male in Nizza gelandet war, fühlte es sich diesmal doch irgendwie anders an. Endgültiger.

Noch während sie ihren unruhigen Gedanken nachhing, entdeckte sie ihren Freund Nicolai, der am Ausgang des Sicherheitsbereiches auf sie wartete. Es war ewig her, seit sie sich zuletzt gesehen hatten, mehrere Jahre, doch er hatte sich kaum verändert. Immer noch dieselbe drahtige Figur, der lässige Look, Jeans und T-Shirt. Man sah ihm nicht unbedingt an, dass er sehr vermögend war. Sein bubenhaftes Gesicht war etwas älter geworden, schmaler und hatte ein paar Falten weniger. Sie hatten sich in den Neunzigern in Monaco kennengelernt, eine kurze Romanze gehabt. Nichts Ernstes, für eine Beziehung waren sie damals beide viel zu jung gewesen. Trotzdem hatten sie sporadisch Kontakt gehalten, auch wenn sie sich zwischendurch immer wieder einmal für längere Zeit aus den Augen verloren hatten. Neuigkeiten aus Nicolais Leben erfuhr Coco hin und wieder aus der Presse, zum Beispiel, dass er eine bekannte amerikanische New-Country-Sängerin geheiratet, sich aber unter großer Aufmerksamkeit der Klatschblätter wieder von ihr hatte scheiden lassen.

Coco hatte sein Angebot, sie vom Flughafen abzuholen, dankbar angenommen. Es gab ihr ein wenig Sicherheit, jemanden aus der guten alten Zeit wiederzusehen. Sie umarmten sich kurz, dann musterte Nicolai sie eingängig.

»Coco, ich muss zugeben, du siehst gut aus. Knackig. Der Babyspeck ist endlich weg.«

»Nico ...«

»Aber was ist mit deinen Haaren passiert? Müsst ihr Mädels immer gleich eure Weiblichkeit abgeben, wenn ihr einen Männerberuf ergreift? Ist das Job-Voraussetzung? Schnipp, schnapp, Haare ab?« Er grinste. »Aber immerhin, du hast dich von dem Straßenköter auf deinem Kopf getrennt! Das Blond steht dir!«

Etwas widerwillig musste sie lachen. Es war genau wie früher, Nicolai hatte immer einen lapidaren Spruch auf Lager.

»Du bist unmöglich! Aber danke für's Abholen. Wo steht dein Wagen?«

Nicolai nahm ihr den Koffer ab und ging zielstrebig los. In diesem Moment erinnerte er sie an ihren Vater.

»In 'Naggo ist wie immer die Hölle los. Mit dem Auto kommst du keinen Meter weit. Aber du kennst das ja! Selbst die kleinsten Seitenstraßen sind gesperrt wegen des Rennens. Es wird jedes Jahr schlimmer! Gestern habe ich eine Dreiviertelstunde vom Hafen bis zum Jimmy'z gebraucht. Und das sind nun wirklich höchstens drei Kilometer.« Das Jimmy'z war einer der berühmtesten Nachtclubs Europas, in dem sich Leute aus aller Welt zu den wildesten Partys trafen. Zumindest, wenn sie kein Problem damit hatten, am Formel-1-Wochenende ein paar hundert Euro nur für den Eintritt zu bezahlen und dann für eine Magnumflasche Champagner noch einmal fünf Tausender auf den Tisch zu legen. »Wäre ich bloß zu Hause geblieben. Oder besser gleich weggeflogen!« Genervt verdrehte Nicolai die Augen und winkte Coco hinter sich her. »Wir nehmen den Heli. Der ist schneller.«

»Du hast dich kaum verändert. Den Heli. Warum ein stinknormales Auto nehmen, wenn es auch einen Hubschrauber gibt«, entgegnete Coco sarkastisch.

»Ach Blödsinn! Dieses ganze Schickimicki-Getue geht mir schon lange am Arsch vorbei! Aber ich bin Geschäftsmann und kann rechnen. Der Heli kostet nicht viel mehr als ein Taxi. Und ist bedeutend schneller!«

Sie folgte Nicolai durch die Gänge des Flughafens zum Heliport, wo bereits einer der Shuttlehubschrauber, die zweimal pro Stunde zwischen Nizza und Monaco hin- und herflogen, startbereit war. *Heli Air Monaco* stand in großen Lettern darauf. Vor ihnen stieg eine ältere Dame mit angespannter Miene und einer auffällig verkleinerten Nase in den Helikopter ein und nahm samt der obligatorischen Designertasche auf einem der schwarzen Ledersessel hinter dem Piloten Platz.

»Ein paar Teile der Dame sind sicherlich schon siebzig«, flüsterte Nicolai Coco zu und grinste. Auch sie musste lachen. Sie hatte das Gefühl, dass in Monaco die Klischees bezüglich der vermögenden Klasse nicht nur geboren, sondern von der Realität noch haushoch übertroffen wurden. Nicolai hievte ihren Koffer in den Helikopter und ließ sie dann einsteigen.

»Geh du nach vorne, da siehst du am besten.« Coco nickte dem Piloten zu, der bereits sein Headset trug, und setzte sich auf den zweiten Vordersitz. Ihr Blick fiel auf das Armaturenbrett mit den vielen Anzeigen, Instrumenten und Hebeln, mit denen der Pilot routiniert hantierte. Schnell setzten sich die Rotorblätter in Bewegung, und sie hoben ab. Schwungvoll glitt der Hubschrauber über die glatte, knallblaue Wasseroberfläche, auf der sich das Sonnenlicht wieder glitzernd spiegelte. Der Blick aus dem Helikopter war atemberaubend und sehr viel direkter als der aus dem Flugzeug. Sie überflogen ein paar Yachten, die nicht weit von den Häfen entfernt vor Anker lagen. In der Ferne entdeckte Coco ein gigantisches Kreuzfahrtschiff, das sich vermutlich auf dem Weg nach Monte Carlo befand, um den Passagieren Gelegenheit zu geben, den Fürstenpalast oder das berühmte Spielcasino zu besuchen und sich anschließend auf den schicken Teakholzmöbeln auf der Terrasse eines der Restaurants im Hafen niederzulassen, um unter freiem Himmel eine frische Dorade vom Grill zu genießen.

Nur sieben Minuten später tauchte vor ihnen der kleine Heliport Monaco auf, wo sie sanft auf einem der eingezeichneten großen gelben Kreise landeten. Sobald der Rotor stillstand, stiegen sie aus dem Hubschrauber und folgten dem Mann, der sie vor der Maschine in Empfang genommen hatte und sie nun in die Halle des kleinen Flugplatzes begleitete. Kaum hatte Coco monegassischen Boden betreten, fühlte sie, wie die Last, die sie bislang mit sich herumgetragen hatte, wenigstens ein wenig von ihr abfiel. Es war der Geruch des Meeres, die samtige Luft, der Geschmack von Salz auf den Lippen. Das strahlend blaue Wasser, die seichten Wellen, das helle Licht der Mittelmeersonne und die farbenfrohen Blüteninseln, die allenthalben die Wege säumten, versetzten sie in Urlaubsstimmung, obwohl sie zum Arbeiten hierhergekommen war.

»Respekt, das ging wirklich schnell!«

»Sag ich doch, und kaum bist du da, hast du schon einen Kerl, der dir den Koffer hinterherschleppt. Das würde sonst keiner für dich tun, von den Angestellten mal abgesehen«, entgegnete Nicolai. »Und? Wann fängst du an zu arbeiten?«

»Am Montag.« Coco hoffte, dass sie hier auf dem Heliport keinem ihrer neuen Kollegen von der Sûreté publique begegnen würde. Sie fürchtete, eine Kommissarin, die im Hubschrauber anrückte, würde bei den Kollegen einen etwas überspannten Eindruck erwecken.

»Und wieso kommst du dann freiwillig schon an diesem Wochenende her? Du musst verrückt sein, bei dem Zirkus! Ich hoffe, du hast nichts gegen einen kleinen

Spaziergang! Es hat keinen Sinn, den Shuttleservice von hier aus in Anspruch zu nehmen. Die Straßen sind im Moment viel zu voll!«

»Kein Problem! Ich gehe gerne zu Fuß!« Sie liefen vom Heliport durch den kleinen, relativ unbekannten Hafen von Fontvieille, einem der neueren Stadtviertel von Monaco. Fontvieille lag auf der anderen Seite des großen Felsens, auf dem der berühmte Fürstenpalast thronte und war, im Gegensatz zu den anderen Bezirken, aus Mangel an Bauland auf komplett künstlich aufgeschüttetem Terrain errichtet worden. Von hier aus brauchte man zu Fuß nur eine gute Viertelstunde bis nach La Condamine, dem Bezirk rund um den großen Hafen Port Hercule, wo Cocos Eltern jenes Appartement erworben hatten, in das sie nun einziehen konnte, weil ihre Mutter seit dem Tod ihres Vaters nicht mehr allzu häufig herkam.

»Ich mag die Atmosphäre in Monaco während der Formel 1. Es liegt so eine Spannung in der Luft! Wie ein Knistern. Man ist am Rennen so nah dran wie nirgendwo sonst.«

»Na, dann!« Nicolai kniff ihr in die Seite. »Dünn bist du geworden, aber das steht dir«, neckte er Coco.

Sie liefen am Jardin Animalier, dem kleinen Zoo von Monaco vorbei, von dem aus man, weil er direkt in den großen Felsen gebaut war, einen fantastischen Blick über den Hafen von Fontvieille hatte und der, abgesehen von diversen Kleintieren, immerhin auch ein Nilpferd beherbergte.

»Warst du schon mal hier im Zoo?«, fragte Nicolai, während er mit dem Kinn in Richtung Felsen wies.

»Ja, früher mal, ist aber ewig her, als ich noch ein Kind war. Und du?«, entgegnete Coco amüsiert.

»Klar. Mit meiner Tochter.«

Sofort zog sich Cocos Magen zusammen. Das bedrückende Gefühl war wieder da. Es kam wie ein Keulenhieb, so schnell, dass sie nicht mehr rechtzeitig ausweichen konnte. Doch sie wollte sich nichts anmerken lassen.

»Du hast eine Tochter?«, fragte sie daher nur knapp. Damit hatte sie nicht gerechnet. Coco hatte Nicolai, den erfolgreichen Selfmademillionär, immer als Playboy angesehen, der die Frauen schneller wechselte als Formel-1-Fahrer ihre Reifen.

»Ja. Chanel.«

»Was?«

»Meine Kleine. Sie heißt Chanel.«

»Wer benennt denn sein Kind nach einer Modemarke?«, entgegnete Coco fast ein wenig ärgerlich.

»Das fragt ja die Richtige! Frauen, die genau die gleichen Taschen tragen wie du«, antwortete Nicolai schnippisch und wies auf das verschränkte Doppel-C auf ihrer schwarz gesteppten Handtasche. Coco war froh, das Thema wechseln zu können, und klopfte mit der flachen Hand auf das Leder.

»Die ist Vintage, wirklich steinalt. Und von meiner Mum.« Coco hatte das Faible für Designerkleidung von ihrer Mutter in die Wiege gelegt bekommen, allerdings konnte sie sich von ihrem Polizistengehalt weder Chanel noch andere Designerstücke dieser Art leisten, erbte aber ab und zu von ihrer Mutter eines, auch wenn sie das heute weit weniger interessierte als noch vor ein paar Jahren. Was bedeutete schon ein bisschen teures Leder, wenn man ein Menschenleben auf dem Gewissen hatte?

»Ja, genau, von einer Mutter, die dir den Vornamen Coco verpasst hat! Eins zu null für mich.« Nicolai grinste, konnte er doch nicht wissen, dass er gerade einen extrem wunden Punkt bei ihr getroffen hatte. Sie nickte dennoch, spielte das Spiel mit, hatte keine Lust auf Erklärungen.

»Coco ist nur ein Spitzname, mein Lieber, und immerhin ein Vorname. Aber gut!« Sie brachte mühsam ein Lächeln zustande. Dann gingen sie weiter und überquerten den Place d'Armes, wo jeden Vormittag, selbst sonntags, Marktleute frisches Gemüse, Geflügel und Fische feilboten, liefen die roten Treppen am Ende des Platzes hinab, um vor dem großen Hafenbecken auf dem Boulevard Albert 1er wieder herauszukommen. Überall wimmelte es nur so von Touristen, die einen Blick auf die Rennstrecke und die Fahrer erhaschen wollten. An jeder Ecke standen Polizisten mit Trillerpfeifen, die versuchten, dem Chaos auf den Straßen Herr zu werden. Das waren also ihre neuen Kollegen. Sie konnte sich nicht erinnern, wann sie zuletzt einen Polizeibeamten mit einer Pfeife gesehen hatte.

»Sie stehen an diesem Wochenende überall«, meinte Nicolai. »Und Vorsicht, wenn du zu Fuß unterwegs bist! Man sagt, du kannst in Monaco eher betrunken Auto fahren als an der falschen Stelle die Straße überqueren!«

Kopfschüttelnd bahnten sie sich ihren Weg durch die Menschenmenge, vorbei an den Tribünen, auf denen sich bereits Tausende von Zuschauern eingefunden hatten, um das freie Training zu verfolgen. Das ohrenbetäubende Heulen der Rennwagen erfüllte die Luft und brachte Coco auf andere Gedanken.

»Hör doch mal!«, rief sie Nicolai zu. »Das ist Sport zum Anfassen, da fühle ich mit! Ich finde, das ist irgendwie elektrisierend. Nirgendwo rasen die Fahrer so schnell und so nah an den Leitplanken entlang, jeder Fehler kann das Aus bedeuten, vielleicht sogar den Tod. Hier spürt man die Gefahr. Sie liegt einfach in der Luft!«

»Und das gefällt dir?« Nicolai blickte sie herausfordernd an, während er in Schlangenlinien den Menschen auswich, die ihnen entgegenkamen.

»Die müssen wissen, was sie tun! Sie sind ja schließlich für sich selbst verantwortlich. Und verdienen damit jede Menge Geld.«

»Ich entdecke noch ganz neue Seiten an dir. Die Arbeit mit Verbrechern scheint dir gutzutun!«

»Wie witzig.«

»Mal im Ernst. Ich verstehe nicht, was an der Formel 1 so spannend sein soll.«

»Na ja, vielleicht nicht überall. Aber hier ist es wirklich etwas Besonderes. Kennst du nicht den Spruch von Nelson Piquet?«

»Nee. Wer soll das sein?«

»Der war mal Weltmeister!« Coco verdrehte entrüstet die Augen. »Wie kann man nur in Monaco leben und so wenig Ahnung von Motorsport haben? Piquet hat gesagt, Formel 1 fahren in Monaco ist wie Hubschrauber fliegen im Wohnzimmer.«

»Kommt ganz auf die Größe des Wohnzimmers an!«
Er lachte. »Trotzdem. Ich kann der Formel 1 nichts abgewinnen. Die Typen riskieren ihr Leben dafür, im Kreis zu fahren. Ist doch echt behämmert! Das Einzige, was mir an denen gefällt, sind ihre Frauen. Ich hab mal ein paar von denen gevögelt. Die machen alles, was du willst.«

»Nicolai!« Coco zog die Augenbrauen hoch.

»Ich meine es ernst. Anscheinend müssen diese Typen irgendwo ihre perversen Neigungen ausleben. Wahrscheinlich wird man so, wenn der Tod ständig mitfährt. Und die Weiber machen das mit! Für ein paar glitzernde Klunker tun die alles.«

»So genau wollte ich das gar nicht wissen!« Coco blieb vor dem Wohnkomplex stehen, in dem sich das Appartement ihrer Eltern befand. Von nun an ihr neues Zuhause, nicht sonderlich groß, aber mit einem sensationellen Blick über den Hafen von Monaco.

»Und du? Hast du keinen vermögenden Gönner, der dir Geschenke macht? Das ist doch alles, was ihr Mädels wollt«, merkte Nicolai spöttisch an.

»Na, du hast ja eine tolle Meinung von uns Frauen«, entgegnete Coco knapp. »Glaub mir, letztlich kommt es doch auf ganz andere Dinge an. Und Geschenke gehören nicht dazu.«

»Da bist du dann wohl die große Ausnahme, oder was? Dann müsstest du ja eigentlich glücklich verheiratet sein …«

»Verheiratet, ja«, entgegnete sie knapp.

»Erzähl!«, forderte er sie auf, doch just in diesem Moment klingelte ihr Smartphone. Selten war sie so froh

über das Läuten wie in diesem Moment. Sie hatte nämlich nicht vor, mit Nicolai über ihre Ehe zu reden. Auf
dem Display sah sie die Nummer der Sûreté publique.

»Ja?«

»Coco? Hier ist Noëlle! Entschuldigen Sie bitte, dass
ich Sie jetzt schon überfalle. Sie sind doch schon in Monaco, oder? Wir haben einen Fall. Und Sie müssten sofort
los.« Noëlle war ihre neue Assistentin oder genauer gesagt, ihre und die ihres zukünftigen Kollegen Henri Valeri, der schon seit vielen Jahren bei der Polizei in Monaco
arbeitete.

»Ich habe soeben erst monegassischen Boden betreten! Ich war noch nicht einmal in meiner Wohnung!«

»Ja. Tut mir auch echt leid. Aber Mörder halten sich
nun mal nicht an unsere Dienstzeiten«, entgegnete Noëlle. »Ich weiß, dass Sie eigentlich erst am Montag anfangen. Aber der Fall ist extrem wichtig.«

»Mag ja sein. Aber ich habe noch nicht mal meinen
Koffer abgestellt.« Coco schnaufte. »Ich rufe Sie gleich
zurück.« Dann legte sie auf.

Das war nicht die Ankunft, die sie sich vorgestellt
hatte. Eigentlich hatte sie am Wochenende nur zu Fuß
ein wenig durch Monaco schlendern wollen, ihre alten
Lieblingsplätze abklappern, wie zum Beispiel den Plage
Mala, den Strand im benachbarten französischen Ört-
chen Cap d'Ail, den man nur mit dem Boot oder über die
vielen Treppenstufen eines schmalen Serpentinenpfades
entlang der Felsen erreichen konnte, um in Erinnerungen zu schwelgen und zu sehen, was sich in den vergangenen Jahren alles verändert hatte. Und: Sie hatte ganz

entspannt aus nächster Nähe den Großen Preis von Monaco miterleben wollen. Aber nun sah es nicht mehr danach aus, als ob ihre Pläne aufgehen würden. Sie beschloss, sich nicht weiter darüber zu ärgern. Zumindest kam sie so darum herum, Nicolai weitere Auskünfte über ihr Privatleben geben zu müssen.

2

Nur eine halbe Stunde zuvor hatte ein Beamter in der Notrufzentrale den Anruf entgegengenommen.

»Wo genau befinden Sie sich? Wie lautet die Adresse?«

»Ich brauche Hilfe, ich brauche Hilfe, ich glaube, sie sind beide tot!«, schrie die Frau am anderen Ende der Leitung. Er kannte solche Situationen. In den meisten Notfällen standen die Menschen unter Schock und konnten nicht mehr klar denken.

Leben. Oder Tod. Wenige Sekunden konnten entscheidend sein.

»Bleiben Sie ganz ruhig. Wo sind Sie gerade?«

»Hier ist Blut, überall Blut«, schluchzte die Frau.

»So beruhigen Sie sich doch. Ich muss wissen, wo Sie sind. In welchem Ort? In welcher Straße? Wo sind Sie?«

»Blut, überall Blut. O Gott, helfen Sie mir …« wimmerte die Frau. »Das ganze Blut …«

»Hallo!«, unterbrach er sie lautstark und bemühte sich um einen möglichst autoritären Tonfall. Anders konnte man Menschen in so einer Situation nicht erreichen. »Sie sagen mir jetzt ganz einfach, wo Sie gerade sind, verstanden?« Immer noch schluchzend gab die Frau ihm die Adresse durch. Schnell tippte er die Angaben in den

Computer ein. »Und jetzt sagen Sie mir bitte genau, was passiert ist.«

»Jemand hat sie erschlagen! Und jetzt liegen sie da in dem ganzen Blut!«

»Sind Sie alleine?«, fragte er sie, um abzuschätzen, ob sich die Frau möglicherweise in akuter Gefahr befand.

»Ja, ganz allein! O Gott, was soll ich nur machen?« Aus der Leitung drang wieder ein heftiges Schluchzen.

»Hören Sie mir gut zu«, sagte der Beamte eindringlich. »Ist der Angreifer noch in der Nähe?« Auf der anderen Seite wurde es still. Offenbar versuchte die Zeugin, sich zu orientieren.

»Ich weiß es nicht«, wimmerte sie dann erneut. »O Gott, ich weiß es nicht. Bitte helfen Sie mir!«

Hoffentlich kommen wir nicht zu spät, dachte der Beamte, bevor er den Rettungsdienst informierte.

3

Rund fünfhundert Meter hoch über der Bucht von Monaco saß Kommissar Henri Valeri in einem seiner Lieblingsrestaurants beim Mittagessen, dem Café de la Fontaine, einer kleinen Brasserie in der am Berghang gelegenen Ortschaft La Turbie.

Es war ein ungewöhnlicher Frühlingstag, an dem das Wetter von einer Sekunde auf die andere wechselte. Soeben hatte es leicht zu nieseln begonnen, und der Wind war plötzlich so frisch geworden, dass Valeri sich entgegen seiner sonstigen Gewohnheit und unter dem missbilligenden Blick seines Freundes Stéphane Roux, einem hiesigen Tierarzt, sogar ins Innere des Restaurants zurückgezogen hatte. Das Bistro mit seinem typisch französischen Ambiente war bekannt für seine einfache, aber hochwertige Hausmannskost mit italienischem Einschlag. Die Tische waren eng aneinandergerückt, so dass die Gäste immer in nahem Kontakt zu den Tischnachbarn saßen, was die lebendige Atmosphäre, die sich durch die bunte Gästemischung aus Rentnern, Handwerkern, Playboys, Hausfrauen und Millionären ergab, noch unterstrich.

Valeri verspürte ein Zwicken im Magen, ein Unwohlsein, und das lag nicht allein an dem Hungergefühl, das ihn schon seit einer guten Stunde malträtierte. Es war Inés, seine Frau, die ihn beschäftigte, auch wenn er sich den Vormittag über mehr als bemüht hatte, die Gedanken an sie zu verdrängen. Sie würde enttäuscht sein. Und zu Recht wütend. Mehrfach hatte sie darauf hingewiesen, wie viel ihr daran lag, dass er bei der Präsentation ihres neuen Romans dabei sein würde. Und doch konnte er sich nicht dazu durchringen. Er verabscheute die Öffentlichkeit, das Im-Mittelpunkt-stehen, die Fragen von Journalisten, die Blitzlichter der Fotografen und alles, was sonst noch dazugehörte. Er hatte solche Veranstaltungen schon immer gemieden wie der Teufel das Weihwasser, und obwohl es diesmal um die Buchvorstellung seiner eigenen Ehefrau gehen sollte, hatte er vor, sich darum zu drücken. Vermutlich eine falsche Entscheidung. Ob er mit Stéphane darüber reden sollte? Er überlegte einen Moment, dann entschied er sich dagegen und wandte sich wieder seinem Essen zu. Mit einem Stück Baguette nahm er den letzten Tropfen Sud seiner Artischocken *à la Barigoule* aus dem kleinen Tontopf vor sich auf, als der Kellner den Hauptgang brachte.

»*Bon appétit!*«, murmelte dieser, bevor er sich wieder entfernte. Valeri genoss den letzten Rest der fast sirupartigen Flüssigkeit mit dem Geschmack von Olivenöl, frischen Artischocken, wilden Pilzen und natürlich Thymian, dem Gewürz, dem das *entrée* seinen Namen verdankte. Er war froh, dem Formel-1-Zirkus unten im Ort für einen Moment entkommen zu sein. Nur selten verirrten sich Touristen in das Fontaine, und so waren sie hier oben weitestgehend unter sich.

Er blickte seinen Freund Stéphane an, der sich gerade seine dunklen, kinnlangen Haare hinter die Ohren strich und ihm durch seine randlose Brille zuzwinkerte.

»Du glaubst nicht, was ich heute wieder in der Praxis erlebt habe«, sagte er und machte sich über die letzte Schnecke auf seinem Teller her.

»Bitte nicht schon wieder eine Geschichte von deinen egozentrischen Kunden«, entgegnete Valeri etwas unwirsch, obwohl er in diesem Moment froh über jede Ablenkung war. Stéphane, der ihm seine mürrische Art nicht übel nahm, hob das Schneckenhäuschen mit der Zange aus der Pfanne und hielt es ihm entgegen. Er kannte Valeri gut genug, um zu wissen, dass dieser sich seine Geschichte anhören würde, obwohl sein Freund die Leute, mit denen er als Tierarzt tagein, tagaus zu tun hatte, von ganzem Herzen verachtete.

»Meine Kundin wäre vermutlich mehr als pikiert, wenn sie sehen würde, dass ich Schnecken verspeise.«

»Mal wieder eine militante Tierschützerin?«, antwortete Valeri ungerührt.

»Nein. Eine Sterneköchin.« Vorsichtig zog er das Fleisch mit der Gabel aus dem Schneckenhaus und verspeiste das Tier mit sichtlichem Hochgenuss. Dann tupfte er sorgfältig mit einem Stück Baguette die restliche Kräuterbutter aus dem Gehäuse. »Der Dame gehört ein Gourmetrestaurant in Nizza, Schnecken sind ihre Spezialität. Ich habe selbst schon dort gegessen, die Küche ist exzellent. Heute erscheint diese Frau in meiner Praxis, eine kleine Dose in der Hand, und sagt zu mir: ›Meiner Schnecke geht es schlecht!‹«

»Wie bitte?« Valeri blickte Stéphane verwundert an und schob seine dunkle, breitrandige Brille hoch. Er wusste wirklich nicht, worauf sein Freund hinauswollte.

»Pass auf, eines Morgens kommt sie in ihre Küche und entdeckt am Waschbecken eine Schnecke, die gerade langsam am Rand entlangkriecht. Offenbar war ihr am Vorabend bei der Zubereitung des Cassoulet von Weinbergschnecken eines der Tiere entwischt. Sie hält das für ein göttliches Zeichen und möchte der Schnecke das geschenkte Leben nun unbedingt erhalten. Seitdem lebt das Tier, das sie übrigens Chanceux, das Glückskind, nennt, in einem großen Fischglas in ihrer Küche. Und immer, wenn sie unterwegs ist, hat sie Chanceux in der Handtasche dabei, in einer orangefarbenen Schachtel von Hermès.«

»Ist das ein Witz?« Kopfschüttelnd ließ Kommissar Valeri sein Messer durch das zarte Entenfleisch gleiten, das in einer leicht süßen, reduzierten Rotweinsoße auf seinem Teller lag. Eigentlich war er an die sonderbaren Geschichten seines Freundes gewöhnt, aber eine Weinbergschnecke als Haustier zu halten, erschien ihm doch mehr als schrullig. Seit Stéphane einst den Hund des Fürsten behandelt hatte, war seine Tierklinik bei den vermögenden Haustierbesitzern des Fürstentums von einem Tag auf den anderen zum Hotspot avanciert. Vornehme Damen, deren Hunde und Katzen Diamanthalsbänder trugen, die mehr wert waren als ein Kleinwagen, gingen seit diesem denkwürdigen Tag in seiner Praxis ein und aus, mit all ihren merkwürdigen Vorlieben und Spleens.

Valeri verabscheute diese Leute, diese Neureichen, die

Monaco bevölkerten und von dem alten Charme des monegassischen Küstenortes kaum noch etwas übrig gelassen hatten. Gierige Menschen, die sich in mehrstöckige Betonblöcke zwängen ließen, nur um die Einkommenssteuer in ihren Heimatländern zu sparen, Leute, die ihre Seelen für ihren immensen Reichtum verkauften. Gelangweilte Frauen, die bereit waren, Tausende von Euros für eine Handtasche auszugeben, um sich damit von der Masse abzuheben, nur um in diesem Mikrokosmos der feinen Gesellschaft festzustellen, dass hier doch wieder jede die gleiche Tasche trug. Hermès: Das H&M der reichen Leute. Sie alle waren mitschuldig daran, dass Monaco die zweifelhafte Ehre hatte, zum teuersten Standort der Welt gekürt worden zu sein, einem Platz, an dem eine dreißig Quadratmeter große Wohnung anderthalb Millionen Euro kostete. Preise, die sich nur noch wenige der gebürtigen Monegassen leisten konnten, auch wenn deren Wohnungen subventioniert wurden. Valeri hatte selbst in einer vom Fürstentum geförderten Wohnung gelebt, sich aber bald gegen die Enge der Stadt und für mehr Freiheit entschieden und war mit seiner Frau in ein kleines Haus in den Hügeln von Cap d'Ail gezogen, einem kleinen Küstenort, der direkt an Monaco grenzte, aber auf französischem Boden lag. Bloß keine weiteren Gedanken an Inés! Sonst würde ihn das schlechte Gewissen doch noch erwischen.

Er konzentrierte sich lieber wieder auf sein Mittagessen. Die Linsen, die zu dem zarten Entenfleisch gereicht wurden, waren göttlich.

»Und was war nun mit dieser Schnecke?«

»Die Dame war der Meinung, es ginge ihrem Tier nicht gut. Angeblich ist das Glückskind nicht wie sonst im Kreis gekrochen, sondern im Viereck, oder umgekehrt, was weiß ich.« Er verdrehte die Augen. »Und dann habe ich ihr ein paar Globuli gegeben.«

»Und das hilft?«

»Natürlich nicht.« Stéphane lachte auf.

»Dumm sind sie also auch noch! Ich bewundere dich für deine Fähigkeit, diese Leute jeden Tag zu ertragen.« Valeri genoss eine weitere Gabel der Linsen. Sie waren außergewöhnlich fein und hatten wenig mit dem einfachen, etwas rustikalen Geschmack zu tun, den man sonst von Hülsenfrüchten kannte. »Diese Linsen sind wirklich eine kulinarische Offenbarung!«

»Mach mal so«, sagte Stéphane und wies mit der Serviette auf sein Kinn.

»Hm?« Valeri blickte ihn fragend an.

»Du hast da eine kleine …«

»Eine Linse im Bart hat noch niemandem geschadet und zeugt davon, dass es mir geschmeckt hat«, brummte Valeri und wischte sich mit der Serviette über seinen dunkelgrauen Vollbart. Dann zückte er sein kleines Notizbuch, eines von vielen, in die er sich seit Jahren Rezepte aus Restaurants notierte, um die Köstlichkeiten zu Hause nachzukochen. Er besaß die besondere Gabe, aus fast jedem Gericht herausschmecken zu können, was der Koch an Zutaten und Gewürzen verwendet hatte. Er notierte: französische Linsen, Schalotten, Wurzelgemüse, Tomatenmark, Zitrone, Kräuter der Provence.

»Aber irgendetwas fehlt noch …«, sagte er mehr zu

sich selbst als zu Stéphane, der ihn amüsiert beobachtete. »Es muss ein ganz besonderer Wein sein!« Er blickte sich um und winkte den Kellner zu sich heran. »André! Sag mir, welchen Wein hat Albert für diese Linsen genommen? Er gibt dem Gericht eine ganz besondere Note und …« Ausgerechnet in diesem Moment klingelte sein Mobiltelefon. Ärgerlich zog er es aus seiner Jacketttasche.

»Was ist denn jetzt schon wieder?«

»Sicher ist es wichtig«, entgegnete Stéphane und angelte sich eine Gabel der soeben besprochenen Linsen von Valeris Teller.

»Ach was. Früher sind wir auch ohne diese Dinger ausgekommen!«, murrte Valeri, bevor er mit widerwilliger Miene die Gesprächstaste drückte. »Ja?«, blökte er ins Telefon.

»Kommissar?«, fragte seine Assistentin Noëlle am anderen Ende der Leitung.

»Wer denn sonst? Sie haben ja schließlich meine Nummer gewählt!«, antwortete er etwas ungehalten, wovon sich Noëlle aber nicht beeindrucken ließ. Auch wenn ihn ihre stoische Ruhe manchmal auf die Palme brachte, schätzte er sie insgeheim dafür, schließlich wusste er, dass es oft nicht einfach war, mit ihm zusammenzuarbeiten. Er konnte sich die Stimmungsschwankungen, die ihn mitunter von einer Sekunde auf die andere ereilten, selbst nicht erklären.

»Wo sind Sie gerade?«, fragte Noëlle freundlich.

»In La Turbie.«

»Was machen Sie denn da oben?«

»Essen.« Er bereute es schon jetzt, sein Handy nicht ausgeschaltet zu haben. »Was ist denn nun? Ich bin in der Mittagspause!«

»Wir haben einen Mord«, entgegnete Noëlle knapp. Dann war es still in der Leitung. Valeri brauchte einen Moment, um zu begreifen, was seine Assistentin da gerade gesagt hatte.

»Soll das ein Witz sein?«, antwortete er barsch. Er war nicht in der Stimmung, sich veräppeln zu lassen. Ein Mord in Monaco! Was für eine absurde Vorstellung, dachte er, während er auf ihre Antwort wartete. Ein Mord im sichersten Staat der Welt? Die Polizeidichte hier war ungewöhnlich hoch, ein Polizist für nur rund siebzig Einwohner. Mehr Polizisten als irgendwo sonst. Seit den neunziger Jahren waren zudem überall Kameras installiert. Es gab praktisch so gut wie keinen Fleck mehr in dem kleinen Fürstentum, der nicht von einem elektronischen Auge eingesehen werden konnte. Und Tötungsdelikte gab es hier weniger als anderswo Lottogewinne in Millionenhöhe. Wenn er sich recht erinnerte, lag der letzte Mord rund zehn Jahre zurück.

Ehe er darüber nachdenken konnte, was damals passiert war, fuhr Noëlle fort: »Nicht direkt in Monaco. Oben in den französischen Bergen.« Valeri atmete auf. Frankreich lag außerhalb seines Zuständigkeitsbereichs, sein Einsatz endete an der monegassischen Grenze.

»Warum rufen Sie mich dann an?«

»Die französischen Kollegen haben Amtshilfe beantragt. Die Frau und der Sohn eines Formel-1-Fahrers wurden schwer verletzt bzw. erschlagen aufgefunden.

Das Kind starb auf dem Weg ins Krankenhaus, die Frau liegt, soweit ich weiß, im Koma. Das Haus ist nur ihr Zweitwohnsitz. Sie haben ein Appartement in Monaco.«

»Natürlich! Wahrscheinlich haben sie genau wie alle anderen eine winzige Wohnung hier, nur um Steuern zu sparen. Und obwohl sie mit Sicherheit den Großteil ihrer Zeit in Frankreich verbringen, tricksen sie die Behörden aus und behaupten, ihr Hauptwohnsitz läge im Fürstentum!«, platzte es ärgerlich aus ihm heraus. Noëlle ignorierte seinen kleinen Wutausbruch und zählte die weiteren Fakten auf.

»Es handelt sich um Anca Bergmann, die Frau von Sebastian Bergmann, dem Rennfahrer. Bergmann fährt für das Team United. Ein Deutscher.«

»Auch das noch!« Er konnte sich jetzt schon vorstellen, wie die internationale Presse darauf reagieren würde. Diese sensationsgierige Meute hatte ihm gerade noch gefehlt. Er empfand die Formel 1 ohnehin schon als furchtbaren Zirkus, der ein unüberschaubares Verkehrschaos auslöste, die Preise hochtrieb und Journalisten aus aller Welt anlockte, die nichts Besseres zu tun hatten, als über alles und jeden herzufallen und der Polizei die Arbeit zur Hölle zu machen. Eigentlich hatte er – so wie viele der Einheimischen – vorgehabt, das Fürstentum am Formel-1 -Wochenende zu verlassen, aber seine Frau Inés wollte den Presserummel nutzen und den Journalisten unbedingt am selben Wochenende ihren neuen Roman präsentieren und hatte daher darauf bestanden, in diesem Jahr hierzubleiben.

»Die Kollegen sind schon am Tatort. Soll ich Ihnen

einen Wagen schicken?« Valeri zog ein paar Scheine aus seinem Portemonnaie und legte sie auf den Tisch. Dann stand er auf.

»Ich habe das Motorrad dabei. Schicken Sie mir die Adresse per SMS.«

»Alles klar. Ach …« Noëlle zögerte einen Moment. »Kommissar?«

»Was?«

»Der Chef ist außer sich. Sie können sich ja vorstellen, wie sehr er um den Ruf des Fürstentums besorgt ist und …«

»Ersparen Sie mir den Vortrag.«

»Ich meine es ernst! Er ist völlig ausgeflippt. Er hat jetzt schon Angst vor dem Druck von oben. Die Familie eines Formel-1-Fahrers! Prominente! Das ist eine Katastrophe, ein Desaster für die Außenwirkung und den Popularitätsindex. Und ich weiß, Sie waren noch nicht mal am Tatort«, versuchte sie es etwas versöhnlicher. »Aber er wird Sie verantwortlich machen, wenn wir den Täter nicht so schnell wie möglich finden. Und notfalls wird er Sie opfern!«

4

Blutige Abdrücke von Schuhsohlen mit unterschiedlichen Profilen verliefen rund um eine enorme Blutlache,
die sich vor dem weißen Ledersofa ausgebreitet hatte, das
in der Mitte des großen Wohnzimmers stand. Die blu-
tigen Schuhspuren setzten sich auf dem grauen Granit-
steinboden bis in den Flur und den Vorgarten fort, wo
sie erst auf dem gekiesten Weg allmählich schwächer
wurden.

Coco machte sich, den roten Spuren folgend, auf den
Rückweg ins Wohnzimmer. Darum bemüht, dieselben
nicht zu verwischen, ging sie in ihrem weißen Tyvek-
Schutzanzug dicht an der Flurwand entlang, wobei sie,
kurz bevor der Flur in das Wohnzimmer überging, über
eine offene Werkzeugkiste steigen musste.

Ein nicht allzu langer blutiger Spritzer verlief quer
über die Rückenlehne des weißen Ledersofas. Neben der
Blutlache auf dem Boden lag eine geöffnete Handtasche
von Hermès, über die Coco erst kürzlich etwas im Maga-
zin der *Financial Times* gelesen hatte, wo unter der Ru-
brik »Financial Crimes« die teuersten Accessoires vorgestellt wurden, die gerade wieder *en vogue* waren. Die
Handtasche war dem ersten Augenschein nach leer.

Coco zog ihren Notizblock aus der Tasche und notierte: »Handtasche – Inhalt?« Neben dem teuren Stück lagen jede Menge aufgerissene Verpackungen von Verbandsmaterial.

Die zweigeschossige Villa, die Coco nun näher in Augenschein nahm, war das, was man sich landläufig unter einem »Architekten-Haus« vorstellte: Im Innenbereich gab es wenige Wände und hohe Decken, und die Verglasung der hinteren Front, die auf einen Garten mit Meerblick hinausging, betonte die Offenheit des Wohnbereichs. Die Einrichtung war von Schwarz-Weiß-Kontrasten geprägt, ein schwarzer Esstisch mit schwarzen Stühlen, eine weiße Sofagruppe, dunkle Lampen, helle Küchenfronten, weiße Teppiche auf dunkelgrauem Granit.

Coco Dupont hatte ihren Koffer nach Noëlles Anruf nur schnell in ihrer Wohnung abgestellt und war auf direktem Weg mit einem Kollegen von der monegassischen Sûreté publique an den Tatort gefahren. Von der Vorstellung, erst ein paar entspannte Tage im Präsidium zu verbringen, sich den Kollegen in Ruhe vorzustellen und sich an ihr neues Leben im Fürstentum zu gewöhnen, hatte sie sich während der rasanten Fahrt dorthin verabschiedet. Dafür blieb nun einfach keine Zeit mehr. Was soll's, dachte sie wehmütig, in Extremsituationen lernt man die Kollegen ja bekanntlich am besten kennen.

Nun war sie an einem Tatort, musste sich konzentrieren, herausfinden, was geschehen war. Ihr Blick fiel auf einen mit hellem Leder bezogenen Ohrensessel. Ach, schön, dachte sie, der Eggchair von Arne Jacobsen. Die

Reinheit und Ästhetik des Möbelstücks bildete einen makabren Kontrast zu einem kleinen toten Bichon, der davor auf dem Boden lag und dessen einst schwarz-weißes Fell nun rot gefärbt war.

Das Tier war, auf der Seite liegend, in seinem eigenen Blut verendet. Seine Augen standen noch offen, und seinen Schädel entstellte eine klaffende Wunde. Offensichtlich war auch auf das Tier brutal eingeschlagen worden. Eine schwer verletzte Frau, ein totes Kind und dann auch noch ein toter Hund. Sieht ganz nach einer Familientragödie aus, wenn nicht gar nach einem erweiterten Suizid, dachte Coco. Erneut zog sie ihren Notizblock aus der Tasche. Verbleib von Ehemann/Vater checken, notierte sie, als ein kleiner Mann mit einem sorgfältig rasierten Schädel auf sie zutrat.

»'Scusez, Madame, aber was haben Sie hier zu suchen?«, fragte er sie in einem schneidenden Tonfall.

»Dasselbe könnte ich Sie fragen«, erwiderte Coco kurz angebunden und zückte ihren Dienstausweis.

»Vince Deneuve mein Name, von der französischen Kripo. Ich leite die Ermittlungen diesseits der Grenze«, erwiderte der Glatzkopf und sah sie fragend an.

»Coco Dupont von der Sûreté publique, die neue Kollegin von Kommissar Valeri«, sagte Coco und streckte ihm anstelle ihres Dienstausweises die Hand hin.

»Ah ja, ich verstehe. Na dann, willkommen im sonnigen Süden.« Deneuve ergriff ihre Hand und schüttelte sie länger, als Coco lieb war. Dann beugte er sich zu ihr und sagte mit gesenkter Stimme:»Der Einzige, der in unserem Sonnenparadies Schatten wirft, ist Ihr Kollege

Valeri. Ein harter Knochen, wenn Sie mich fragen. Also, mit ihm zusammenzuarbeiten, darum dürfte Sie hier kaum jemand beneiden.«

»Da machen Sie sich mal keine Sorgen. Ich bin schon mit ganz anderen Kalibern fertig geworden!«, erwiderte Coco, die sich fragte, ob dieses Rhinozeros ihr oder ihrem Kollegen mit dieser Bemerkung schaden wollte. Solchen intriganten Typen konnte man nur auf eine einzige Art und Weise begegnen: mit der kalten Schulter und gnadenloser Sachlichkeit.

»Dann lassen Sie doch mal hören, Kollege Deneuve! Was haben wir?«

»Anca Bergmann und ihr Sohn wurden angegriffen und niedergeschlagen ...«

»Doch nicht etwa die Frau des Formel-1-Fahrers Sebastian Bergmann?«, fiel ihm Coco einigermaßen verblüfft ins Wort. »Alle Achtung! Sie kennen sich anscheinend gut aus in der Rennfahrerszene, und das als Frau«, sagte Deneuve und stieß einen anerkennenden Pfiff aus.

Was für ein Idiot, dachte Coco, hielt aber entschlossen den Mund. Über den Formel-1-Fahrer Sebastian Bergmann hatte sie schon einiges in der Zeitung gelesen. Er erzielte regelmäßig Punkte, galt jedoch weniger als Ausnahmetalent, sondern vielmehr als jemand, der konstant gute Leistungen ablieferte. Bergmann erreichte regelmäßig eine der drei Positionen auf dem Siegertreppchen, der Weltmeistertitel aber fehlte ihm noch. Coco dachte an die Bilder von ihm, die immer mal wieder die Gazetten füllten. Mit seinen fünfunddreißig Jahren gehörte er zu den älteren Fahrern der Formel 1, aber im Gegensatz zu den glatten Babyfaces seiner Konkurrenten strahlte sein Gesicht, das von ersten tieferen Falten durchzogen war, etwas Reifes, Verwegenes aus. Bergmann war auf ganz eigene Art und Weise gut aussehend, eher attraktiv als schön, machte Werbung für einen großen deutschen Modekonzern, der eher für den klassischen Mann im Anzug produzierte als für den jungen Wilden. Coco erinnerte sich an den letzten Besuch in der Heimat ihres Vaters im vergangenen Jahr. In Deutschland grinste Bergmann seinen Fans an jeder Ecke von riesigen Plakaten entgegen.

»Wie ich sehe, haben Sie sich schon miteinander bekannt gemacht«, rief Kommissar Valeri ihnen zu, der etwas außer Atem hereingestürmt kam. Mit einem kurz angebundenen »*Bonjour!*« reichte er Vince Deneuve die Hand. Für seine neue Kollegin, die ihm von ihrem Vorstellungsgespräch nur vage in Erinnerung geblieben war, hatte er nur ein knappes Nicken übrig. Kommissar Valeri trauerte immer noch seinem Freund und Kollegen Frédéric nach, der seit einem schweren Skiunfall im Krankenhaus lag und wohl nicht mehr in den Dienst zurückkehren würde. Die Tatsache, nie wieder mit seinem langjährigen Partner zusammenarbeiten zu können und sich auf eine neue Person einlassen zu müssen, konnte er nur schwer akzeptieren. Und es machte ihn wütend, dass er nun auch noch als Letzter am Tatort eintraf, während seine neue Kollegin und die intrigante Ratte von der französischen Polizei schon die Gelegenheit gehabt hatten, sich in Ruhe umzuschauen.

»Ziemlich eigen, eure Neue«, flüsterte Deneuve ihm

zu und wies mit dem Kinn auf Coco, die in ihren Notizen blätterte. Valeri zuckte nur mit den Schultern.

»Eine schwer verletzte Frau, ein getötetes Kind und ein getötetes Haustier«, sagte Coco, »das sieht nach einem Familiendrama aus. Wissen wir mit Sicherheit, dass Bergmann am freien Training teilnimmt, das seit heute Vormittag läuft?«, fragte sie in Deneuves Richtung.

Deneuve schluckte einmal schwer. Die kannte sich ja tatsächlich aus im Rennsport. »Ich werde es herausfinden, Frau Kollegin«, beeilte er sich dann zu sagen, deutete eine ironische Verbeugung an und warf Valeri einen genervten Blick zu.

»Tun Sie das, mein Lieber«, meinte der nur. »Und wenn es geht, sofort.«

Während Deneuve mit einem beleidigten Schulterzucken den Raum verließ, um zu telefonieren, musterte Valeri seine neue Kollegin ganz verstohlen. Taffer als sie aussieht, dachte er. Er wusste, dass sie um die vierzig Jahre alt war, aber mit ihren kurzen Haaren und ihrer knabenhaften Figur wirkte sie eher wie eine fragile Zwanzigjährige. »Könnten Sie mich mal bitte über den Stand der Dinge aufklären?«, bat er sie. »Was ist hier denn genau passiert? Und warum ist der Tatort so verwüstet?«, fragte er, während er sich nachdenklich über den Bart fuhr.

»Die beiden Opfer waren noch am Leben, als sie gefunden wurden«, antwortete Coco »Das Notarztteam hat natürlich versucht, sie wiederzubeleben und daher keine Rücksicht darauf genommen, dass es sich hier um einen Tatort handelt. Was genau mit den beiden Opfern passiert ist, darüber können wir vorläufig allerdings nur spekulieren. Das viele Blut an einer einzigen Stelle und der nicht allzu heftige Spritzer an der Rückenlehne des Sofas deuten darauf hin, dass zumindest einem der beiden Opfer eine ziemlich große Wunde zugefügt wurde«, sagte Coco, als Deneuve wieder hereinkam.

»Auf die beiden wurde mit einem schweren, scharf geschliffenen Gegenstand eingeschlagen, so weit sind wir auch schon«, fiel Deneuve ihr, immer noch sichtlich verschnupft, ins Wort.

»Mit einem schweren Gegenstand?«, fragte Valeri nach. »Was könnte das gewesen sein?«

»Bin ich Hellseher?«, antwortete Deneuve provozierend. »Nein, mal im Ernst, so weit sind wir noch nicht. Bisher konnten wir noch kein Tatwerkzeug finden. Liegen gelassen hat er die Tatwaffe jedenfalls nicht.«

»Er?«, fragte Coco.

»Sie glauben doch wohl nicht, dass eine Frau zu einem derartigen Blutbad fähig wäre?«

»Das Ganze sieht für mich sehr nach Totschlag im Affekt aus. Und ausrasten können auch Frauen«, entgegnete Coco.

»Wenn Sie meinen.« Besserwisserin, dachte Deneuve genervt, als seine Kollegen von der Spurensicherung eintraten. »Aber nun lassen Sie bitte die Spusi jetzt in Ruhe ihre Arbeit tun.« Coco fiel auf, dass einer der drei Männer von der Spurensicherung leicht hinkte und eine von Brandnarben übersäte Gesichtshälfte hatte. Er lächelte ihr ganz kurz zu, bevor er sich dem Tatort widmete.

»Sag mal«, sprach Valeri diesen an, »kannst du uns von den Sanitätern, der Frau, dem Kind und dem Herrn des

Hauses die DNA zukommen lassen? Wir brauchen angesichts des verwüsteten Tatorts solides Vergleichsmaterial, wenn wir mögliche Täterspuren isolieren wollen.«

»Aber klar, Chef«, antwortete der Vernarbte und zwinkerte Coco dabei schelmisch zu.

»Eine Sache noch, Deneuve«, rief Valeri dem französischen Kollegen hinterher. »Wer hat die beiden eigentlich gefunden?«

»Die Haushälterin. Sie sitzt oben im Schlafzimmer. Sie ist ziemlich fertig. Vermutlich steht sie unter Schock.«

»Gut, dann brauchen wir von ihr auch noch die DNA.«

»Können wir mit ihr sprechen?«, fragte Coco.

»Tun Sie, was Sie nicht lassen können!«

»Können wir dort einfach raufgehen?«, hakte Valeri nach.

»Kein Problem, der Täter war nicht oben.«

»Was macht Sie da so sicher?«

»Der Schlafbereich hat ein eigenes Zugangskontrollsystem mit PIN. Ich nehme an, die Bergmanns verfügen über Wertsachen, die sie im Obergeschoss aufbewahren. Schmuck, Aktien, was weiß ich? Jedenfalls sagt die Haushälterin, die Tür sei verschlossen gewesen. Gehen Sie also ruhig hoch.« Er wies mit dem Kinn auf eine offene Glastür, hinter der eine Treppe in den ersten Stock führte. »Ach, fast hätte ich es vergessen: Sebastian Bergmann ist tatsächlich seit zehn Uhr beim freien Training, das immer noch läuft. Er weiß allerdings noch nicht Bescheid. Können Sie das übernehmen? Monaco ist ja schließlich Ihr Revier.«

»Sicher«, knurrte Valeri.

»Sympathischer Kollege«, murmelte Coco.

»Der braucht gar nicht so zu tun! Dabei wäre es sein innigster Wunsch, bei uns im Fürstentum zu ermitteln«, antwortete Valeri missmutig.

»Wirklich?« Coco folgte Valeri ins Obergeschoss, das in verschiedene Schlafbereiche mit Bädern aufgeteilt war.

»Deneuve hat sich mal bei uns beworben. Allerdings verfügt er nicht über die erforderliche Körpergröße. Seitdem steht er mit uns auf Kriegsfuß.« Etwas widerwillig musste Valeri schmunzeln. Die Polizei in Monaco hatte in der Tat ein penibles Auswahlverfahren. Männer mussten eine Mindestgröße von ein Meter achtzig mitbringen, außerdem einen Body-Mass-Index zwischen achtzehn und achtundzwanzig. Ausnahmen gab es da nicht.

»Verstehe. Das erklärt seine Art, sich aufzuplustern. Napoleonkomplex.« Coco grinste und empfand, obwohl sie sich kaum kannten, einen kleinen Moment der Eintracht zwischen ihrem neuen Kollegen und ihr. Trotzdem wusste sie nicht recht, was sie von ihm halten sollte. Sie spürte von seiner Seite eine gewisse Reserviertheit ihr gegenüber, die sie nicht so recht deuten konnte. Hatte er ein Problem, mit Frauen zusammenzuarbeiten? Oder war er einfach grundsätzlich ein Einzelgänger?

Valeri klopfte vorsichtig an eine der Türen, hinter der er das Schlafzimmer der Bergmanns vermutete, dann traten sie ein. Auch der Schlafbereich war in Schwarz-Weiß gehalten, lediglich der Parkettfußboden war dunkelbraun. In der Nähe des hellen Bettes, das an der gegenüberliegenden Wand stand, befand sich eine kleine weiße Sitzgruppe, über der Lehne eines Sessels hing ein schwarz-weißes Kuhfell. Über die gesamte Wand hinter dem Bett zog sich eine Fototapete, die mehrere steinerne Buddhas zeigte. In der einen Ecke stand ein silberner Kühlschrank. An der dem Fenster gegenüberliegenden Wand hingen verschiedene Porträts von einer Frau, vermutlich von Anca Bergmann in jüngeren Jahren. Die Hausherrin präsentierte sich auf den Fotografien in unterschiedlichen Posen: im Galaoutfit auf dem roten Teppich, in lasziver Pose an einen Rennwagen gelehnt und nur mit Dessous bekleidet auf einer dunklen Ledercouch. Auf Letzterem zog sie einen Schmollmund und wies mit einem perfekt manikürten Zeigefinger auf ein Tattoo unterhalb ihres Bauchnabels: ein kleiner, roter Rennwagen.

Die Haushälterin der Bergmanns saß mit hängenden Schultern auf dem Bettrand und starrte teilnahmslos vor sich hin. Ihre dünnen braunen Haare hatte sie zu einem Pferdeschwanz zusammengebunden, aus dem sich schon einige Strähnen gelöst hatten. Sie war jünger, als Valeri sie sich vorgestellt hatte, vielleicht Mitte zwanzig. Eine hübsche Frau, deren Augen jedoch tiefe Schatten umgaben. Sie machte den Eindruck, als hätte sie ihr Eintreten gar nicht bemerkt. Coco räusperte sich, um die junge Frau auf sich aufmerksam zu machen, dann zog sie einen der kleinen Sessel heran und nahm darauf Platz.

»Madame? Mein Name ist Coco Dupont, das ist mein Kollege Henri Valeri. Wir sind die zuständigen Kommissare in diesem Fall. Unsere Kollegen sagten uns, Sie hätten die beiden gefunden?« Es dauerte einen Moment, bis die Frau Notiz von ihr nahm. Wie in Zeitlupe hob sie den

Kopf und blickte Coco an. Ihre Augen waren gerötet, ihre Wimperntusche war verschmiert.

»Wer macht denn so etwas?« Ihr Blick war glasig, als wäre sie gedanklich in einer völlig anderen Welt.

»Das versuchen wir herauszufinden«, antwortete Coco leise. »Es tut mir leid, aber wir müssen Ihnen ein paar Fragen stellen.«

»Wer hat ihnen das bloß angetan?«, jammerte die junge Frau.

»Das wird sich bald herausstellen«, mischte sich Valeri in das Gespräch ein. Er zog den zweiten Sessel heran und setzte sich ebenfalls. Dann legte er seine Hand auf ihren Arm. »Ich weiß, wie schwer das ist. Aber Sie können uns wirklich helfen.«

»Wann sind Sie denn ins Haus gekommen?«, fragte Coco.

»Um vierzehn Uhr. Nach meiner Mittagspause. Wie immer. Ich bin jeden Tag da. Von acht bis zwölf und von vierzehn bis achtzehn Uhr. Ich mache hier den Haushalt. Ich kümmere mich um alles.«

»Wer kennt denn Ihre genauen Arbeitszeiten?«

»Eigentlich jeder, der hier im Viertel wohnt. Ich bin ja schon länger bei den Bergmanns angestellt.«

Coco nickte. Der Täter musste die Lebensumstände und Gewohnheiten der Bergmanns genau gekannt haben.

»Haben Sie irgendetwas Auffälliges bemerkt, als Sie von Ihrer Mittagspause kamen?«, hakte Coco nach.

»Nein. Überhaupt nichts. Alles war wie immer. Ich habe mich nur gewundert, dass Chipie nicht an die Tür kam.«

»Wer?«

»Der Hund. Normalerweise steht er immer schon aufgeregt hinter der Tür und wedelt mit dem Schwanz. Und jetzt ist er tot!« Erneut brach die junge Frau in Tränen aus und schluchzte einige Male heftig, bevor sie sich wieder einigermaßen gefasst hatte. »Es ist so furchtbar. Ich war doch völlig ahnungslos. Ich bin ins Wohnzimmer gelaufen, um zu schauen, wo er steckt. Und dann sah ich sie daliegen. Frau Bergmann, den kleinen Lucas und den Hund. Auf dem Boden, in dem ganzen Blut.« Erneut wurde sie von einem Weinkrampf geschüttelt.

»Und was haben Sie dann gemacht?«, fragte Coco, als die junge Frau sich wieder ein wenig gefangen hatte.

»Einen Moment lang stand ich einfach nur da. Wollte schreien, aber ich konnte nicht. Ich konnte nicht glauben, was ich sah. Dann habe ich weggeschaut. Ich konnte den Anblick einfach nicht ertragen.« Sie hielt einen Moment inne und wischte sich mit der Hand die Tränen aus dem Gesicht. »Irgendwann habe ich den Notruf gewählt. Es kam mir vor, als hätte ich stundenlang nur dagestanden, aber es sind wohl nur ein paar Minuten gewesen.«

»Haben Sie denn noch jemand anderen gesehen?«, fragte Valeri vorsichtig.

»Nein, niemanden.«

»Können Sie sich vorstellen, wer so etwas getan haben könnte?«

»Nein«, entgegnete sie entschieden. Auf einmal wirkte die junge Frau etwas gefasster. Sie richtete sich auf. »Wieso denn auch? Sie waren doch eine wirklich zauberhafte

Familie. Ich wüsste wirklich nicht, wer sie nicht gemocht haben sollte.«

»Hatte Frau Bergmann möglicherweise Feinde?«

»Das kann ich mir wirklich nicht vorstellen. Sie ist doch eine so schöne, nette Frau. Freundlich. Aufmerksam. Man musste sie einfach mögen.« Sie seufzte leise. »Ich habe sie jedenfalls gemocht.«

»Und wie war die Beziehung zu ihrem Mann?«

»Gut. Sie waren einfach ein perfektes Paar. Zum Neidischwerden.« Sie stand auf und ging langsam zu der kleinen Anrichte hinüber, die neben der Sitzgruppe stand. Sie nahm einen der darauf arrangierten Bilderrahmen in die Hand und hielt ihn Coco hin. »Schauen Sie doch mal.« Coco musterte das Foto. Es zeigte Sebastian Bergmann in Jeans und Sweatshirt lässig auf dem Sofa sitzend. Seine Frau stand hinter ihm, mit dem rechten Arm auf die Rückenlehne gestützt und leicht nach vorne gebeugt. Beide lächelten etwas aufgesetzt. Es war ein gestelltes Bild, kein Schnappschuss. Ein wenig zu perfekt für Cocos Geschmack. Anca Bergmann war deutlich präsenter, als ihr Mann es war, obwohl sie im Hintergrund stand. Im Vergleich zu seiner Frau wirkte der Rennfahrer ziemlich gewöhnlich, fast ein wenig langweilig.

»Steht Frau Bergmann gerne im Mittelpunkt?«, fragte Coco vorsichtig.

»Wie? Was meinen Sie denn?«

»Na ja, offensichtlich ließ sie sich gerne fotografieren. Sie hat ja auch von seinem Erfolg profitiert.«

»Na und?«, entgegnete die Frau fast ein bisschen ärgerlich.

»Ich will es mal so sagen: Der Erfolg ihres Mannes gab ihr viele Möglichkeiten, die sie sonst vermutlich nicht gehabt hätte«, sagte Coco und wies auf die professionell geschossenen Bilder von Anca Bergmann, die an der Wand hingen.

»Dafür hat sie ihm immer den Rücken freigehalten. Ich wüsste auch nicht, was das mit diesem grausamen Unglück zu tun hat.« Die Haushälterin ging wieder zu der Anrichte hinüber und stellte das Bild exakt da ab, wo es zuvor gestanden hatte. »Ich würde jetzt gerne nach Hause fahren.« Kommissar Valeri erhob sich und holte eine Visitenkarte aus der Innentasche seines Jacketts.

»Natürlich. Wenn Ihnen noch irgendetwas einfällt, würden Sie uns dann anrufen?«

Die Frau nickte und brachte sie zur Tür. Valeri und Coco gingen die Steintreppe wieder hinab und traten dann hinaus in den Garten.

»Mir kommt das hier alles zu perfekt vor«, begann Coco, »zu harmonisch, ohne Ecken und Kanten. Und dann schlägt jemand so brutal zu. Da muss extrem viel Wut mit im Spiel gewesen sein. Oder dem Ganzen ging ein Streit voraus, der dann eskaliert ist. Oder – soll es vielleicht nur so aussehen, als ob es sich hier um eine Tötung im Affekt gehandelt hätte? Möglicherweise hatte Sebastian Bergmann ein Problem damit, dass seine Frau plötzlich so erfolgreich war? Sie wurde ihm zu unabhängig, repräsentierte nicht mehr das Frauchen am Herd, das sich um die Kinder kümmert und nur für ihn da ist. Sie hat sich weiterentwickelt, war plötzlich auf Augenhöhe oder ist an ihm vorbeigezogen?«

»Sie haben doch gehört, dass Bergmann beim freien Training ist. Er kann es also gar nicht gewesen sein.«

»Na ja, zum einen endet die erste Trainingseinheit nach neunzig Minuten, das heißt, um elf Uhr dreißig, und die nächste fängt erst um zwei Uhr nachmittags an. Zum anderen muss er sich ja nicht selbst die Hände schmutzig gemacht haben.«

Valeri hörte ihr mit offen stehendem Mund zu und musterte sie. »Es gibt Männer«, fuhr Coco ungerührt fort, »die den Erfolg ihrer Frauen nicht aushalten können. In der Öffentlichkeit präsentieren sie sich als stolze Gatten, aber insgeheim nagt es an ihrem Selbstbewusstsein. Irgendwann ertragen sie es nicht mehr und dann … Vielleicht wollte Sebastian Bergmann seine Ehefrau loswerden!«

»Da wäre eine Scheidung einfacher«, entgegnete Valeri trocken.

»Aber sehr viel teurer.«

»Ein Mord könnte ihn ebenfalls ziemlich teuer zu stehen kommen, ihn ins Gefängnis bringen.«

»Ja, da haben Sie recht. Nicht ganz klar ist außerdem, warum das fünfjährige Kind dran glauben musste. War es Zeuge, vielleicht von einem Raubüberfall? Wir müssen überprüfen, ob irgendetwas fehlt.«

»Das kann uns am ehesten Bergmann selbst sagen, wenn wir mit ihm reden!«

»Dann lassen Sie uns losfahren.«

Coco blieb vor dem Eingang des Hauses einen Moment stehen und blickte sich um.

Etwa dreißig Meter entfernt befand sich eine frei stehende Villa mit überbordenden Blumenkästen unter den Fenstern. Durch den großen Garten schlängelte sich eine hölzerne Eisenbahn, aus deren Anhängern sich Kaskaden von weißen, gelben, roten und rosafarbenen Blüten ergossen. Einigermaßen überrascht stellte Coco fest, dass sie das Haus aus ihrer Kindheit kannte. Schon damals hatte die Eisenbahn in diesem Garten gestanden, allerdings ohne die Blütenpracht.

Valeri beobachtete seine neue Kollegin ungeduldig. Was hatte sie nur?

»Können wir dann mal los, oder wollen Sie noch länger das Haus da anstarren?«, fragte er, um sie zum Gehen zu bewegen.

»Natürlich nicht. Aber dort drüben hat mal eine Bekannte meiner Eltern gewohnt. Gräfin von … Wie hieß sie denn noch?« Coco überlegte einen Moment. Dann musste sie schmunzeln, denn es fiel ihr wieder ein. Als Kind hatte sie den Nachnamen immer falsch ausgesprochen. Sie hatte die Freundin ihrer Eltern immer Gräfin von Entenhausen genannt, in Anlehnung an Walt Disney, dabei hieß sie Ebenhausen. »Ebenhausen. Sie heißt Ebenhausen. Vielleicht lebt die Frau noch dort und kann uns helfen. Vielleicht hat sie etwas gesehen.« Coco ließ Valeri stehen, verfiel in einen Laufschritt, um den Eingang des Hauses schneller zu erreichen. Sie erinnerte sich ganz genau, dass sie früher immer mal wieder hier gewesen war. Meistens nur mit ihrer Mutter. Ihr Vater hatte für Menschen, die aus dem Raster fielen, noch nie etwas übriggehabt.

Coco blieb vor dem Eingangstor stehen und betrachtete das glänzende Messingschild mit dem eingravierten Namen. Sie betätigte mehrfach den Klingelknopf, doch es tat sich nichts. Offensichtlich war die Gräfin nicht zu Hause. Aber sie würde bestimmt irgendwann wieder-kommen.

5

Früher war sie fröhlich gewesen, heute wurde sie wegen jeder Kleinigkeit wütend. Vor allem, wenn sie das Gefühl hatte, selbst dafür verantwortlich zu sein, dass etwas nicht nach Plan verlief.

Ärgerlich betrachtete sie die helle Papierserviette, die vor ihr auf dem Tisch lag. Offenbar hatte sie sich die Hände nicht gründlich genug gewaschen, bevor sie das wertvolle Stück in die Finger nahm. Nun war die Serviette, die für sie eine so elementare Rolle spielte, nicht mehr ganz weiß und an den Rändern schon leicht eingerollt.

Sie erhob sich und ging langsam ins Badezimmer, um sich erneut die Hände zu waschen. Dann drehte sie sich um und betrachtete sich einen Moment lang in dem großen Spiegel, der auf der Innenseite der schmalen Badezimmertür befestigt war. Sie hatte tagelang kaum etwas gegessen, um möglichst attraktiv zu sein, schlank genug, für ihn.

Stolz betrachtete sie ihre Hüftknochen, die oberhalb ihres Jeansbundes deutlich hervorstachen und ihre schmale Figur unterstrichen. Dann schob sie sich eine Haarsträhne aus dem Gesicht und betrachtete kritisch die kurze Narbe über ihrem rechten Auge, die dafür sorgte, dass die Haare ihrer Augenbraue an dieser Stelle nicht mehr richtig nachwuchsen. Immer wieder hatte sie darüber nachgedacht, sich einen Pony schneiden zu lassen, um den Makel zu verdecken, der seit einem Reitunfall in ihren Jugendjahren ihr Gesicht verunzierte, aber er hatte ihr immer wieder versichert, dass die Narbe ihr etwas Ausgefallenes, Besonderes gab.

Und sie hörte auf ihn.

Sie ging zurück in den Wohnraum und nahm, nicht ohne sich die Hände erneut an einem Küchentuch abzuwischen, die Serviette in die Hand, auf die er mit Kugelschreiber ein Herz gezeichnet hatte, das von einem Pfeil durchbohrt wurde, und schob sie wieder vorsichtig in eine Klarsichthülle. Sie wollte das wertvolle Stück nicht noch mehr beschmutzen. Sorgfältig rückte sie das Papier zurecht, damit es gleichmäßig, Kante auf Kante, in der Hülle lag. Anschließend strich sie mit der flachen Hand noch einmal über die Hülle, um zu verhindern, dass sich Falten bildeten. Dann nahm sie ihr Tablet zur Hand und vergrößerte das Foto, das sie zuvor im Internet gesucht und aufgerufen hatte. Natürlich war ihr klar, dass es albern war, jemanden über ein Foto auf einem Computerbildschirm zu berühren, dennoch strich sie mit dem Zeigefinger den Verlauf seiner Wange nach.

Langsam und zärtlich. Fasziniert. Die leicht hervorstehenden Wangenknochen, das kantige Kinn und der Dreitagebart. Sie lächelte siegessicher. Sie gehörten zusammen, das wusste sie. Nur diese Frau stand zwischen ihnen. Die Frau, die ihn stoppte, ihn davon abhielt, das zu tun, was er wirklich wollte. Eine unsichtbare Kraft, die ihn in Schach hielt, wie eine Würgeschlange, die ihm die Luft nahm und ihn nicht gehen ließ.

Von draußen ertönte das dumpfe Brummen der Formel-1-Boliden, die unterhalb ihres Fensters vorbeirasten. Obwohl ihre Wohnung in Nizza nur etwa zwanzig Kilometer entfernt war, hatte sie sich in das legendäre Hôtel de Paris, dem exklusivsten Platz an diesem Wochenende, eingemietet, um immer in seiner Nähe zu sein.

Aus der Casino Square Suite konnte sie genau verfolgen, wie die Fahrer den Platz vor dem Casino erreichten, durch die Kurve schossen und am Café de Paris vorbeirauschten. Dazu kam, dass viele der Piloten im Laufe des Wochenendes auch immer mal in der Hotelbar vorbeischauten oder sich auf der Terrasse mit Sponsoren und prominenten Gästen trafen, die für dieses besondere Wochenende extra angereist waren.

Hier konnte sie ihren Geliebten aus dem Fenster beobachten und verfolgen, wie er immer und immer wieder seine Runden drehte. Er würde ihre Anwesenheit spüren, und das würde ihm das nötige Quäntchen Glück bringen, um endlich zu siegen.

Für sie. Für sie beide. Sie würde ihn bald ganz für sich haben. Das spürte sie. Er gehörte ihr. Nur ihr.

6

Misstrauisch betrachtete Coco die Maschine, die Valeri unter kurzem Aufheulen des Motors zum Laufen brachte. Sie mochte keine Motorräder, die Vorstellung, in Konfrontation mit einem PKW immer den Kürzeren zu ziehen, gefiel ihr nicht.

»Sie können den Helm haben«, sagte Valeri, während er hinter sich wies und sie aufforderte, sich zu setzen.

»Motorräder mag ich nicht so besonders«, antwortete Coco zögerlich.

»Ja, glauben Sie, ich reiße mich darum, mich in einen Helm zu zwängen und auf diesem unbequemen Hocker herumzufahren?« Valeri blickte sie genervt an.

»Nein. Eben nicht. Deshalb fahre ich auch lieber mit dem Auto«, erwiderte sie.

»Wenn wir den Wagen nehmen, sind wir übermorgen noch nicht an der Rennstrecke. Der Verkehr an diesem Wochenende ist nicht auszuhalten. Sie werden es gleich sehen, selbst mit dem Motorrad werden wir ein Weilchen brauchen. Und ganz ehrlich: Sterben werden Sie sowieso. Aber mit Sicherheit nicht heute, jedenfalls nicht meinetwegen. Also stellen Sie sich nicht so an. Ich könnte die Strecke rückwärts im Schlaf fahren!«

Skeptisch nahm Coco den Helm entgegen und setzte ihn auf. Dann schwang sie sich hinter ihren neuen Kollegen auf den Sitz und versuchte, sich an Valeri festzuhalten, ohne ihm allzu nahe zu kommen. Einem Menschen, den sie kaum kannte, so eng auf die Pelle zu rücken, war ihr ziemlich unangenehm. Zumal sie ohnehin den Eindruck hatte, dass Valeri sie nicht besonders sympathisch fand. Und wenn er weiterhin den unfreundlichen Kollegen markierte, würde er sie bald von einer ganz anderen Seite kennenlernen.

»Sie können sich ruhig anständig festhalten«, kommentierte Valeri ihre zögerliche Haltung. »Ich bin ein guter Fahrer und hatte noch nie einen Unfall. Jedenfalls keinen selbst verschuldeten.«

»Sehr beruhigend, dann bleiben ja nur noch die paar Millionen Autofahrer als Restrisiko«, murmelte Coco und schloss für einen kurzen Moment die Augen.

Ohne weiter auf sie einzugehen, setzte Valeri die Maschine in Bewegung und nahm die Serpentinenstraße in Richtung Monaco. In den Kurven ging er routiniert mit der Bewegung mit. Er war zwar kein besonders großer Fan vom Motorradfahren, aber die praktischen Vorteile hatten ihn irgendwann doch überzeugt. Schwungvoll nahm er eine Kurve nach der anderen und ließ die Häuser rechts und links der Straße an sich vorbeirauschen, die mit ihren ungleichmäßig behauenen, hell- und dunkelgrauen Steinen das typische Flair des Südens ausmachten.

Coco blies die milde Luft ins Gesicht, und nach wenigen Minuten, in denen sie sich ängstlich an Valeri geklammert hatte, begann sie sich ein wenig zu entspannen. Von hier oben hatte man eine fantastische Aussicht auf die Küste. Gebannt schaute sie auf das knallblaue Wasser, die Wellen, die sanft in der Bucht des Monaco Beach Clubs aufliefen. In der Gegenrichtung ragte die Landzunge der französischen Gemeinde Roquebrune-Cap-Martin weit ins Meer hinein. Dort war sie vor Jahren oft mit Nicolai und dessen Freunden im legendären Restaurant Le Pirate eingekehrt, das einst durch die Besuche von Brigitte Bardot und anderen Prominenten berühmt geworden war, und hatte wilde Partys gefeiert. Sie erinnerte sich an einen von Nicolais Geburtstagen, kurz nachdem er seine erste Million gemacht hatte. Sie waren maßlos gewesen, Außenstehende mussten sie für neureiche und unerträgliche Schnösel gehalten haben, die zu früh über zu viel Geld verfügten und damit mächtig über die Stränge schlugen. Damals warf kaum jemand einen Blick in die Speisekarte, es wurde einfach gegessen und getrunken, was der Pirat servierte, und am Ende eines verrückten Abends forderte er dann dreitausend Francs von jedem Gast, als ob das das Normalste auf der Welt wäre. Und wer noch ein paar Scheine dazulegte, konnte, um den Wahnsinn auf die Spitze zu treiben, das Geschirr zerschlagen oder sogar den Tisch anzünden, einfach nur um des Spaßes willen. Ein Ritual, dessen Ursprung dem legendären griechischen Reeder Aristoteles Onassis zugeschrieben wurde, der in den fünfziger Jahren viel Geld in das damals noch marode Fürstentum Monaco investiert hatte, um den internationalen Jetset anzulocken. Coco fragte sich, ob der exzentrische Inhaber des Restaurants, Robert, der selbst ernannte Pirat, und seine Frau Debra wohl noch am Leben waren und das Restaurant mit seinen nicht zu bändigenden Gästen noch existierte. Auch wenn sie sich damals sicherlich das eine oder andere Mal danebenbenommen hatten, dachte sie mit positiven Gefühlen an diese Zeit zurück. Sie hatte sich damals frei gefühlt, ohne Zwänge und Konventionen und vor allem ohne das Gepäck all der schlechten Erfahrungen, das nun wie ein schwerer Rucksack auf ihr lastete.

Kurz vor der nächsten Kurve drosselte Valeri das Tempo und wies auf ein sich noch im Bau befindliches Hochhaus, das unübersehbar vor ihnen aufragte.

»So verschandeln sie uns hier die Aussicht«, brüllte er nach hinten. »Für dieses hässliche Gebäude hat der Fürst tatsächlich die Baugenehmigung erteilt. Da drin können dann noch ein paar Reiche mehr ihre Millionen versenken. Ganz oben entsteht die teuerste Wohnung der Welt. Für dreihundert Millionen Euro!«

»Im Ernst?«, rief Coco zurück. »Dreihundert Millionen für eine einzige Wohnung?«

»Die Wohnung geht über mehrere Etagen. Aber dennoch. In dem Gebäude kostet der Quadratmeter rund neunzigtausend Euro. Das ist doch krank!«, echauffierte sich Valeri und ließ den Motor seiner Maschine aufheulen. Dann schoss er wieder vorwärts. Coco spürte seinen tief sitzenden Ärger, der sich augenscheinlich in seiner Fahrweise entlud.

»Allerdings, das ist verrückt!«, rief sie zurück, doch der Wind trug ihre Worte davon. Geschickt lenkte Valeri die Maschine an den Autos und Bussen vorbei, die sich in den

Kurven kurz vor Monaco bereits stauten. Auch das verärgerte Hupen der Fahrer konnte daran nichts ändern. Je näher sie der Formel-1-Strecke kamen, desto chaotischer ging es auf den Straßen des kleinen Fürstentums zu.

Das ständige *Stop-and-go* gab Coco Gelegenheit, ihren Gedanken weiter nachzuhängen. Sie hatte sich von ihrem Umzug nach Monaco eine Zeit der Ruhe versprochen, einen Platz mit mehr Sicherheit, einfach die Möglichkeit, sich zurückzuziehen und sich von den traumatischen Ereignissen der vergangenen anderthalb Jahre zu erholen. Stumm biss sie sich auf die Lippen, bis es wehtat. Die Bilder von kleinen Kinderkörpern blitzten durch ihre Gedanken. Schutzlose Wesen, misshandelt, verletzt und weggeworfen wie Müll. Sie spürte, wie ein Gefühl von Angst und Bedrückung ihr die Luft nahm, gleichzeitig stiegen ihr Tränen in die Augen. Diese Erinnerungen würden wahrscheinlich nie verschwinden. Ob sie irgendwann wenigstens ein bisschen verblassen würden? Ihr Magen krampfte sich zusammen, zurück blieb ein schales Gefühl, eine unangenehme Mischung aus Leere und Wut.

Sie klammerte sich fest an Valeri, der sich seinen Weg geschickt durch die engen Gassen bahnte. Ab und zu winkte er einem der Kollegen von der Streife zu, die an den Kreuzungen standen, um den Verkehr zu regeln oder umzuleiten.

Als sie am Eingang der Formel-1-Haupttribüne angekommen waren, ließen sie das Motorrad stehen und gingen die letzten paar Meter zu Fuß. Von den Aufsehern, die kontrollierten, ob die Gäste auch über die richtigen

Zugangspässe verfügten, ließen sie sich den Weg zum Fahrerlager erklären, in der Hoffnung, dort mit Sebastian Bergmann sprechen zu können. Sie liefen ein paar Stufen hinunter in einen Tunnel unterhalb der Fahrbahn, der die Verbindung zum inneren Bereich darstellte, der direkt am Rande des Hafenbeckens und damit auf der anderen Seite des Streckenabschnitts lag, auf dem sich die Start- und die Ziellinie der Rennstrecke befanden.

Es war unerträglich laut dort unten. Der Motor des Formel-1-Boliden, der gerade über ihren Köpfen vorbeischoss, dröhnte gewaltig, wenn auch nur eine knappe Sekunde lang in ihren Ohren. Dann war der Wagen auch schon über sie hinweggerast, in der nächsten Kurve verschwunden und längst auf einem anderen Teil des Parcours unterwegs. Erst in einer guten Minute, je nachdem, wie viele Sekunden mehr oder weniger der Pilot für eine Runde brauchte, würde er erneut an derselben Stelle vorbeischießen.

Schnellen Schrittes wichen Valeri und Coco den vielen Touristen aus, die ihnen entgegenkamen, bis sie auf der anderen Seite der Haupttribüne wieder ins sonnige Tageslicht traten. Sie liefen unterhalb der Presseboxen entlang, in denen auf wenigen Quadratmetern die Reporter aus den unterschiedlichsten Ländern das Rennen verfolgten, fachsimpelten und für ihre Heimatsender das Geschehen live kommentierten. Ihr Weg führte sie direkt am Wasser entlang, in dem die teuersten Schiffe der Welt lagen, unter anderem die Force Blue, die Sechzig-Meter-Yacht von Ex-Formel-1-Manager Flavio Briatore. In der Mitte des Hafenbeckens thronte die schwimmende Energy Station von Red Bull. Das österreichische Team hatte die größte Hospitality im gesamten Formel-1-Lager. Auf zwei Etagen ließen sich hier nicht nur die Fahrer versorgen, sondern genossen auch die vielen VIPs und Pressevertreter am Rande eines schicken Swimmingpools Drei-Gänge-Menüs, Champagner und den obligatorischen Wodka Redbull bei dauerhafter DJ-Beschallung.

Coco blickte in die entgegengesetzte Richtung, blieb einen Moment stehen und betrachtete das Geschehen auf der Rennstrecke. Von dem schmalen Weg zwischen Pressetribüne und Fahrerlager aus konnte sie über den Rand der mobilen Leitplanken hinweg einen kurzen Blick auf die Fahrbahn erhaschen, bis die Securitymitarbeiter sie aus Sicherheitsgründen zum Weitergehen drängten. Coco fand es faszinierend, wie die Wagen in Bruchteilen von Sekunden an ihr vorbeischossen. Sie wusste, dass jede ungenaue Bewegung, jede falsche Entscheidung, jeder Millimeter zu viel oder zu wenig auf dem Gaspedal den Tod bedeuten konnte. Doch offensichtlich machte es den Piloten nichts aus, ganz im Gegenteil, je näher der Tod, desto wahrscheinlicher war der Sieg. Und dafür waren sie in letzter Konsequenz alle bereit, ihr Leben zu riskieren.

In der Boxengasse stand vor der Garage von Ferrari bereits ein Team aus rund zwanzig Mechanikern für den Stopp bereit. Einen kurzen Moment später hielt ein Rennwagen vor der Box, und es dauerte nur wenige Sekunden, dann war das Gefährt auch schon wieder verschwunden. Muttern abschrauben, Reifen abnehmen, einen neuen Satz montieren, fertig. Es war beeindruckend zu sehen, wie präzise die Handgriffe saßen, wie fließend die Arbeitsgänge der Männer ineinanderliefen.

»Kommen Sie nun mit, oder wollen Sie hier noch die Fahrer anfeuern?«, trieb Valeri sie an. »Wir haben einen Fall zu lösen!«

»Ich komme ja schon.« Etwas wehmütig wandte sich Coco von den Rennwagen ab und folgte Valeri in Richtung Fahrerlager. Der Eingang wurde durch zwei Drehkreuze versperrt, die man nur mit einem entsprechenden Ausweis passieren konnte.

»Sûreté publique. Wir müssen mit Sebastian Bergmann sprechen«, erklärte Coco einem der Aufseher und hielt ihm ihren Ausweis entgegen.

»Das wird schwierig«, entgegnete der Mann. »Der sitzt nämlich in seinem Wagen und fährt hoffentlich Bestzeit.«

»Das mag ja sein. Aber es ist dringend. Es geht um seine Familie. Also?«

»Gehen Sie am besten direkt in den United-Container, da finden Sie sein Team. Da werden Sie Bergmann nach dem Training sicher erwischen, wenn die anschließenden Interviews hier vorne rum sind.« Er wies auf einen grünen Teppich, der vor dem großen, mit Spiegelglas verkleideten Fahrerlager von McLaren-Mercedes ausgelegt war und auf dem sich ein mit metallenen Zäunen abgesperrter Bereich befand, an dessen Rand schon ein paar Kameraleute herumlungerten. Ein Reporter hielt der Formel-1-Legende Niki Lauda gerade ein Mikrofon unter die Nase.

»Interviews? Meine Kollegin sagte doch, es ist dringend«, entgegnete Valeri. »Wo ist dieser Container?«

»Gehen Sie einfach hier links am Zaun entlang. Hier sind alle Fahrerlager der Teams. Mal abgesehen von Red Bull natürlich, die sind dort auf der anderen Seite. United ist etwa in der Mitte. Können Sie gar nicht verfehlen.« Wortlos passierte Valeri das Drehkreuz, Coco folgte ihm mit ein wenig Abstand.

Ihr Blick fiel auf einen luxuriösen dunklen Container mit schwarz verspiegelten Fenstern, dessen elektrische Schiebetür sich gerade öffnete. Heraus trat Formel-1 -Zampano Bernie Ecclestone. Er trug eine dunkle Sonnenbrille unter seinem grauweißen Pony.

»Da ist er, der Formel-1-Gott!«, zischte Coco Valeri leise zu. Fragend blickte er sie an.

»Bernie Ecclestone.«

»Na und?«, wunderte sich Valeri.

»Ist doch ganz interessant, die Leute, die man sonst nur aus der Zeitung kennt, mal aus der Nähe zu sehen.«

»Ich kann nicht behaupten, dass mich diese Begegnungen jemals besonders inspiriert hätten. Die ganze Meute hier hat doch die Bodenhaftung schon lange verloren. Diese Leute sollten sich mal ein Beispiel an ihren Rennwagen nehmen. Wenn ich diesen Sport richtig verstanden habe, ist das Rennen nämlich gelaufen, wenn die Bodenhaftung weg ist!«

»Da haben Sie völlig recht«, entgegnete Coco schmunzelnd. Immerhin, einen gewissen Humor schien ihr neuer Partner dann und wann doch zu haben. Sie folgte ihm entlang des Zauns, hinter dem sich schon etliche Fans eingefunden hatten, die hofften, durch das Absperrgitter hindurch ein Autogramm oder ein Foto von ihrem

Lieblingsfahrer zu bekommen. Zielstrebig bog Valeri in den Eingangsbereich des United-Containers ab. Im Innenraum lief auf diversen Flachbildschirmen die Übertragung des freien Trainings. An kleinen Vierertischen saßen ein paar Leute zusammen, die angespannt in Richtung Bildschirm starrten.

»Guten Tag«, rief Coco in die Runde. »Wir müssen Sebastian Bergmann sprechen!« Sie zog ihren Dienstausweis erneut aus der Jacke und hielt ihn den Männern entgegen.

»Was ist denn passiert? Hat er was verbrochen?«, fragte einer der Männer.

»Das wissen wir noch nicht«, entgegnete Coco. »Aber es ist dringend. Kann man das Training stoppen?«

»Machen Sie Witze? Wohl kaum. Ich schätze, da hätte Bernie was dagegen. Man kann den Betrieb hier nicht einfach so anhalten. Auch wenn es sich nur um ein Training handelt. Die haben damals noch nicht mal das Rennen gestoppt, als Ayrton Senna in Imola tödlich verunglückt ist. Der war noch nicht mal mit dem Heli außer Sichtweite, da liefen schon wieder die Reifen heiß und …«

»Und Sie sind?«, unterbrach Valeri den Mann, der sich während seines Monologs hektisch durch seine stoppelig geschnittenen grauen Haare gestrichen hatte.

»Miran Nikitin. Ich bin der Manager von Alexander Titow. Er fährt im Team von Sebastian. Team United, derzeit das erfolgreichste.« Er zog sich sein Jackett gerade, streckte Valeri die Hand entgegen und nickte ihm zu. »Ist es wirklich so dringend? Worum geht es denn?«

»Darüber dürfen wir Ihnen keine Auskunft geben. Wir müssen mit Sebastian Bergmann persönlich sprechen.«

»Sebastians Manager ist im Moment nicht hier, aber ich gehe sowieso nach vorne, um die Interviews für Alexander zu koordinieren. Ich schicke Sebastian sofort her, wenn er von der Strecke kommt.«

»Danke«, entgegnete Coco und blickte sich in dem Container um.

»Nehmen Sie sich einfach etwas zu trinken. Es wird nicht mehr lange dauern.« Coco nickte, bestellte am Servicecounter zwei *Espressi* und kam mit den dampfenden Tassen zurück an einen der freien Tische, an dem Valeri sich niedergelassen hatte.

»Gerüchten zufolge benutzt man drüben bei Ferrari nur das stille Wasser von San Pellegrino für die Kaffeemaschine«, sagte Coco, während sie eine Tasse vor ihrem Kollegen abstellte. »Vielleicht hätten wir dorthin gehen sollen.«

»Was für eine Verschwendung!« Mürrisch nippte Valeri an seinem Kaffee. Ihm war der ganze Zirkus zutiefst zuwider. »Verdrehte Leute sind das«, murmelte er.

Coco runzelte die Stirn, blickte erneut auf einen der Bildschirme und dann auf die Uhr. Es war bereits fünfzehn Uhr siebenundzwanzig. Da die ersten beiden Trainingseinheiten in der Regel neunzig Minuten dauerten und jeweils um zehn und um vierzehn Uhr begannen, musste gleich Schluss sein. Sie betrachtete die Zeiten, die auf der Übersichtstafel standen. Sebastian Bergmann hatte sich an die Spitze des Feldes gesetzt, der Russe Alexander Titow folgte auf dem zweiten Rang. Wenige Sekunden später war das freie Training vorbei. Sebastian Bergmann war tatsächlich der Schnellste gewesen.

Eine knappe Viertelstunde später erschien er endlich im Fahrerlager von United. Er hatte den oberen Teil seines Rennanzugs heruntergeklappt, darunter trug er ein verschwitztes T-Shirt. Er wirkte etwas müde, aber zufrieden und kam direkt auf sie zu.

»Sind Sie die Beamten von der Sûreté? Sie wollten mich sprechen? Was gibt es denn so Dringendes?«, fragte er ohne Umschweife. Bevor Coco oder Valeri antworten konnten, schlug ihm ein Mann kräftig auf die Schulter.

»Guter Job, Sebastian. Respekt. Können wir noch eben einen O-Ton haben?« Sebastian Bergmann drehte sich um und lächelte.

»Danke, ja klar«, antwortete er, dann wandte er sich wieder Coco und Valeri zu. »Haben Ihre Fragen noch einen Moment Zeit?«

»Nein«, antwortete Coco.

»Gordon Spilak.« Der Reporter streckte ihr seine Rechte entgegen. Er hatte einen kräftigen Händedruck. »Ich bin vom slowenischen Fernsehen. Es wird nicht lange dauern.«

»Schluss jetzt!« Valeri schob Sebastian Bergmann zur Seite und an dem Reporter vorbei. »Wo können wir hier in Ruhe reden?« Offenbar hatte Sebastian Bergmann endlich den Ernst der Lage erkannt und lotste sie in einen der hinteren Räume, wo er sich auf ein schmales Ledersofa fallen ließ. Er wies mit der Hand auf eine kleine Sesselgruppe. »Bitte. Setzen Sie sich. Verdammt noch mal, was ist los?«

Coco atmete tief durch. Sie fürchtete diese Momente, die Schreckensnachrichten, die das Leben eines anderen zerstören konnten, Menschen aus der Bahn warfen und dafür sorgten, dass von einer Sekunde auf die nächste nichts mehr so war wie bisher.

»Wir haben schlechte Nachrichten. Ihre Frau und Ihr Sohn sind überfallen worden.«

»Was?« Entgeistert blickte Sebastian Bergmann sie an. »Was heißt das? O Gott! Sind sie ...« Er hielt einen Moment inne. »Sind sie ... Was ist ihnen passiert?« Coco zögerte einen Moment.

»Es tut mir sehr leid, aber Ihr Sohn ist tot. Und Ihre Frau liegt im Centre Hospitalier Princesse Grace im Koma.«

Coco stand auf, setzte sich neben Sebastian Bergmann auf die Ledercouch und legte ihre Hand auf seinen Arm. »Ihr Zustand ist sehr kritisch.« Einen langen Moment war es völlig still in dem kleinen Raum. Sebastian Bergmanns Blick ging ins Leere.

»Was ... Wo war das? Wer hat das getan?«, brachte er dann mühsam hervor.

»Bei Ihnen zu Hause. Ihre Haushälterin hat sie gefunden, offenbar hat sich jemand Zugang zu Ihrem Haus verschafft. Die Rettungskräfte haben die beiden dann ins Krankenhaus gebracht und ...«

»Moment mal!«, unterbrach Bergmann Valeri und sprang auf.

»Sie meinen, es war jemand in meinem Haus und hat ihnen was angetan? Wer soll das denn gewesen sein?« Sebastian Bergmann wirkte zutiefst schockiert. »Das kann doch gar nicht sein! Wer macht denn so was? Und warum?« Hektisch ging er hin und her. »Das ist doch absurd! Wer sollte denn …?«

»Herr Bergmann, wir müssen das fragen«, unterbrach ihn Coco. »Hatten Sie beide Feinde?«

»Nein! Jedenfalls nicht, dass ich wüsste. Also zumindest niemanden, der uns so was antun würde. Also ich … das …«

»Wie war Ihr Verhältnis zu Ihrer Frau?«, hakte Coco nach.

»Wieso fragen Sie das?« Ärgerlich blickte er sie an.

»Reine Routine. Wir müssen in …«

»Das ist …«, unterbrach er sie barsch. »Sie haben mir gerade … ich … der Junge ist tot. Meine Frau … im Krankenhaus! Ich … Ich muss zu ihnen!« Bergmann eilte in Richtung Tür. Jetzt sprang auch Valeri auf.

»Wir haben noch Fragen an Sie!«

»Aber doch nicht jetzt! Ich muss zu meiner Familie!«

»Natürlich«, entgegnete Coco, lief Bergmann hinterher und reichte ihm eine ihrer Visitenkarten. »Würden Sie uns bitte anrufen, wenn Sie sich in der Lage sehen, uns noch weitere Auskünfte zu geben? Und könnten Sie bitte nachschauen, ob in Ihrem Haus etwas fehlt. Es könnte ja auch ein Raubüberfall gewesen sein. Es ist wirklich wichtig. Nur so können wir herausfinden, wer Ihnen das angetan hat.«

Sebastian Bergmann nickte. Dann stürzte er davon. Valeri und Coco folgten ihm nach draußen und blieben einen Moment lang stehen. Valeri zog sein Handy aus der Jackentasche.

»Deneuve soll später noch einmal versuchen, mit dem Mann zu reden«, erklärte er. »Deneuve? Valeri hier. Wir haben gerade den Ehemann informiert. Verständlicherweise steht er unter Schock und ist jetzt erst mal auf dem Weg ins Krankenhaus. Aber wir brauchen noch mehr Informationen von ihm. Würden Sie Bergmann noch einmal befragen? Vielleicht ist er in ein paar Stunden wieder in der Lage, mit Ihnen zu reden. Ich will wissen, ob etwas Entscheidendes im Haus fehlt. Und ich will mehr über sein Verhältnis zu seiner Frau wissen. Sie sind doch ein guter Taktiker, was Vernehmungen angeht …« Er lauschte noch einen Moment, dann steckte er das Handy in seine Jackentasche zurück.

»Zuckerbrot und Peitsche?« Coco grinste.

»Ich packe ihn nur bei seiner Eitelkeit. Und er ist kein schlechter Polizist. Nur manchmal zu sehr mit sich selbst beschäftigt.« Valeri drehte sich um und warf noch einen letzten Blick auf den Team United-Container. »Diese ganze Sache ist absurd! Wer tut denn einer Familie so etwas an? Und die Frau lebt noch, der Täter hat sie nicht richtig erwischt! Was, wenn er noch einmal zuschlägt?«

7

Der Blick über den Friedhof von Monaco war atemberaubend. Coco konnte sich nicht erinnern, jemals so schön
angelegte Gräber gesehen zu haben. Die Ruhestätten
der Monegassen waren in den Berg hineingebaut und er-
streckten sich über mehrere Terrassen hin nach oben, von
wo aus man über den Friedhof hinaus direkt auf das Meer
schauen konnte. Es herrschte eine angenehme Stille, und
Coco blieb einen Moment stehen, um die Ruhe, die von
diesem besonderen Ort ausging, aufzunehmen und die
Gräber, die in schmalen Reihen nebeneinander angelegt
waren, genauer zu betrachten. Wie fast überall in Süd-
europa gab es auf dem Friedhof nicht viel Vegetation, nur
ein paar Zypressenalleen trennten die Reihen voneinander. Die Erdgräber waren mit Steinplatten abgedeckt, die
Zwischenräume mit Kies oder Schotter ausgefüllt, zum
Teil lagen die Toten auch in sogenannten Kolumbarien,
in reihenweise über- und nebeneinander angebrachten
Nischen, in denen Särge oder Urnen eingemauert wurden. Die Grabstätten waren aufwendig geschmückt, mit
künstlichen Blumen, Keramikobjekten oder Fotos. Die
Hinterbliebenen hatten sich viel Mühe gegeben, ihren
Verstorbenen einen schönen, feierlichen Ort zu schaffen.

»Grandioser kann man kaum gebettet sein«, sagte Coco und wies auf das Wasser. »Die letzte Ruhe, mit Meerblick. Irgendwie schaurig-schön.«

»Glauben Sie mir, da ist nichts Schönes dran, am Sterben«, antwortete Valeri etwas rau, während er mit langsamen Schritten die Stufen hochstieg, die zu einer kleinen Kapelle auf der obersten Terrasse führten. Verstohlen warf er im Vorbeigehen einen Blick auf ein Grab in einer Reihe zu seiner Linken und hoffte, dass Coco sein kurzes Innehalten nicht bemerken würde. »Hector Valeri« stand auf dem Stein geschrieben. Sein Bruder. Ich vermisse dich jeden Tag, dachte er wehmütig und ging dann zügig weiter. Er hatte keine Lust auf Fragen und Erklärungen. Dennoch hatte er das Motorrad extra am unteren Eingang geparkt, um die paar Meter bis zum oberen Eingang, an dem sich das *athanée*, die Leichenhalle, befand, zu Fuß über den Friedhof zu gehen.

Sie verließen den Friedhof durch die Tür am oberen Ende und betraten von der Straße aus den Eingang zum *athanée*. Der mit hellen und dunklen Marmorplatten geflieste Raum mit seinen goldgerahmten Gemälden an der Wand wirkte eher wie eine Museums- als eine Leichenhalle. Sie schritten durch den Eingangsbereich und ließen sich von einer der Angestellten erklären, wo sie den Rechtsmediziner finden konnten. Das zentrale Krankenhaus von Monaco verfügte über keine eigene Abteilung für forensische Medizin, so dass in solchen Fällen ein Rechtsmediziner aus Nizza herbestellt werden musste, der dann hier tätig wurde.

Coco und Valeri betraten den Raum, in dem der tote

Junge bereits auf dem Seziertisch lag. Sein kleiner Körper reichte nicht einmal bis zur Hälfte des kalten Stahls, auf den man ihn gelegt hatte. Die Bahre stand in der Mitte des Raumes, und das grelle Licht ließ den Ort noch trostloser erscheinen, als er ohnehin schon war. An der Wand, die, ebenso wie der Fußboden, komplett mit hellen Kacheln gefliest war, hingen ein paar grüne Kittel, eine OP-Lampe warf einen Lichtkegel auf den Sohn der Bergmanns, der nur fünf Jahre alt geworden war. Seine Augen waren geschlossen, seine Stirn dunkelviolett verfärbt und am Haaransatz eingedrückt. Sein rechter Oberarm wies dunkelblaue Flecken auf. Coco sah von dem kleinen Körper hoch, als sich die Tür öffnete und der Mann mit der vernarbten Gesichtshälfte, den Coco schon am Tatort gesehen hatte, den Raum betrat.

»Schön, wieder mal mit dir zusammenzuarbeiten!«, sagte er zu Valeri und klopfte ihm herzlich auf die Schulter.

»Freut mich auch. Wie läuft es denn so in Nizza?«

»Gut, gut. Aber nicht viel Neues. Trotzdem solltest du dringend mal wieder vorbeikommen. Im Café de Turin gibt es wieder frische Seeigel. Ein Gedicht!«

»Das kann ich mir vorstellen, ich wünschte, ich hätte mehr Zeit, um dort zu Mittag zu essen«, antwortete Valeri.

»Und sonst geht es dir gut? Du wirst auch immer grauer, mein Alter. Apropos: Ist dein Friseur gestorben?« Valeri, der neuerdings einen kurzen Vollbart und die Haare etwas länger trug, musste lachen.

»Nur kein Neid! Meine Frau sagt, ich sehe aus wie

Christoph Waltz in Tarantinos *Django Unchained*!« Niki schmunzelte, dann wies er auf Coco. »Deine neue Kollegin?«

Valeri nickte.

»Er ist also nicht wieder …?«

»Nein.«

Sie schwiegen einen Moment, dann streckte der Rechtsmediziner Coco seine Hand entgegen. »Louis-Stéphane Marchand. Ich bin noch gar nicht dazu gekommen, mich Ihnen vorzustellen. Aber nennen Sie mich einfach Niki, wie das die meisten hier tun. Zumindest die, die ich mag«, sagte er und zwinkerte ihr zu.

Seine rechte Gesichtshälfte war von mehreren alten Brandnarben gezeichnet, die ihm tatsächlich eine gewisse Ähnlichkeit mit dem einstigen Formel-1-Star Niki Lauda gaben. »Ich bin ebenfalls ein bisschen zu flott unterwegs gewesen, allerdings auf einem Motorrad.«

Coco warf Valeri einen triumphierenden Blick zu. Motorräder. Doch Valeri beachtete sie gar nicht.

»Und immerhin …«, fuhr Niki fort, »habe ich noch beide Ohren! Aber behindert bin ich trotzdem.« Er hob sein rechtes Bein ein wenig in die Höhe und zog die Hose ein Stück hoch, um den Blick auf seine Prothese freizugeben. »Schick, so ein modernes Holzbein, oder?« Coco zwang sich, den Rechtsmediziner freundlich anzulächeln, auch wenn ihr in keiner Weise danach zumute war.

Der Anblick des toten Kindes machte ihr mehr zu schaffen, als sie sich eingestehen wollte. Mordopfer auf dem Seziertisch gehörten nun mal zu ihrem Job, aber der Anblick von misshandelten und getöteten Kindern war kaum auszuhalten. Sie hasste den Rechtsmediziner in diesem Augenblick für seine gute Laune, auf der anderen Seite bewunderte sie ihn für seine Gelassenheit. Sie erinnerte sich an ein Gespräch, das sie während ihrer Dienstzeit in Toulouse mit einem Rechtsmediziner geführt hatte: »Meine Arbeit macht mir Freude, aber Spaß macht sie mir nicht«, hatte der Mann damals zu ihr gesagt. »Spaß ist etwas, das lustig ist und mich zum Lachen bringt. Und lustig ist die Rechtsmedizin nicht.«

Coco beobachtete Niki einen Moment. Wahrscheinlich waren seine flapsigen Bemerkungen nichts weiter als der reine Selbstschutz, seine persönliche Art, das Leid und das Böse, das ihm in seinem Beruf tagtäglich begegnete, zu verkraften. Vielleicht konnte sie in dieser Hinsicht ja etwas von ihm lernen. Und so versuchte sie, mit einem ebenso lockeren Spruch darüber hinwegzutäuschen, wie sehr ihr zum Heulen zumute war.

»Ich bin Coco, wie Coco Chanel. Die hatte, im Gegensatz zu Ihnen, noch alle Körperteile beisammen, wenn ich mich recht erinnere!«

»Schlagfertig, deine neue Kollegin«, antwortete Niki und warf Valeri einen schmunzelnden Blick zu. »Gefällt mir. Wir werden uns gut verstehen!«

Valeri schüttelte den Kopf, dann kniff er die Augen zusammen und wies auf den toten Jungen. »Schön, dass du deinen Humor noch nicht verloren hast, unter diesen Umständen.«

»Schlimme Geschichte, ja.« Niki trat an den Seziertisch und war sofort bei der Sache. »Der Junge starb an seinen Kopfverletzungen. Jemand hat ihm mit einem schweren Gegenstand den Schädel eingeschlagen. Er wurde von einem einzigen gezielten Schlag getroffen, der dem ersten Anschein nach seine Schädeldecke mehrfach gebrochen hat. Dabei hat es nicht einmal sonderlich geblutet. Aber der Kleine hatte nicht den Hauch einer Chance. Dafür ist so ein Kinderkopf viel zu zerbrechlich.«

Valeri trat an den Jungen heran und betrachtete die Kopfwunde genauer. »Tatwaffe?«

»Haben wir nicht gefunden. Meiner Einschätzung nach könnte jemand mit der Längsseite eines Hammers zugeschlagen haben. Bei Frau Bergmann sah die Sache allerdings anders aus. Dem behandelnden Arzt zufolge wurde ihr mit einem scharfkantigen Gegenstand ein Loch oberhalb der Schläfe in den Schädel geschlagen, was eine ziemlich große Wunde verursacht hat. Daher das viele Blut auf dem Boden. Ich vermute mal, dass der Täter mit einem sogenannten Fäustel zugeschlagen hat.«

»Mit einem Fäustel?« Coco sah Niki fragend an.

»Das ist ein Hammer mit einem rechteckigen oder quadratischen Hammerkopf. Wiegt ungefähr ein bis anderthalb Kilo. Damit kann man einiges kaputt machen.«

»Aber warum sollte der Täter so einen Fäustel dabeigehabt haben?«, fragte Valeri nach. »Das ist ja nun eher unüblich, mit so einem Ding durch die Gegend zu laufen.«

»Mord ist auch eher unüblich. Zum einen könnte er ihn natürlich mitgebracht haben. Das ist allerdings nicht meine Theorie. Ich bin darauf gekommen, weil doch da im Flur, kurz vor dem Wohnzimmer, dieser offene Werkzeugkasten stand. Und der war ziemlich gut ausgestattet, übrigens mit lauter Werkzeug deutschen Fabrikats. Da könnte ein Fäustel drin gewesen sein. Möglicherweise hat es einen Streit gegeben, der eskaliert ist. Dabei hat der Täter zu dem Fäustel gegriffen und zugeschlagen.«

Niki hielt einen Moment inne. »Um jemanden zu erschlagen, braucht man jedenfalls ein Schlagwerkzeug, das schwer genug ist, um genügend Schaden anzurichten. Ein Kopf ist ja kein starres Objekt, er weicht aus, möglicherweise kann das Opfer sich noch wegdrehen, fliehen. Ganz so einfach ist das also nicht. Aber wenn der erste Schlag heftig genug erfolgt, ist das Opfer meist sofort bewusstlos.« Er nahm einen rechteckigen Hammer mit scharf geschliffenen Stahlkanten zur Hand, der auf einem kleinen Rollwagen gelegen hatte. »Schaut ihn euch an. Die Form passt. Echt gute deutsche Wertarbeit.«

Wieder schossen Coco Gedankenblitze durch den Kopf. Sie konnte den Ausführungen des Rechtsmediziners nicht länger folgen, hatte sich zur Seite gewandt. Wie kaltblütig musste jemand sein, um ein fünfjähriges Kind zu erschlagen?

Ihre Augen suchten den Kopf des kleinen Jungen, um sich erneut abzuwenden, dann ging sie ein paar Schritte zurück, blieb stehen wie festgenagelt, sah die schrecklichen Bilder wie in einem Film vor ihren Augen ablaufen. Sie sah den Täter, der brutal auf das kleine Opfer einschlug, sah den Jungen zu Boden gehen. Plötzlich wurde ihr speiübel, ihre Gedanken sprangen hin und her, die Bilder verschwammen vor ihren Augen. Schnell hielt sie sich die Hand vor den Mund, ging rückwärts in Richtung Tür, strauchelte leicht. Die Bilder, die Vergangenheit. Nichts davon konnte sie auch nur eine Sekunde länger ertragen.

»Es tut mir leid, ich muss hier raus!«, brach es aus ihr hervor, bevor sie den Raum unter den etwas überraschten Blicken von Valeri und Niki verließ. Die beiden sahen ihr einen Moment lang ratlos nach.

»Das kann doch nicht ihre erste Leiche gewesen sein«, meinte Niki schließlich. »Auch wenn sie noch relativ jung aussieht, ganz so jung kann sie doch nicht mehr sein. Wollen wir nach ihr sehen?«

»Gib ihr einen Moment«, hielt Valeri ihn zurück. Auch wenn er generell unzufrieden damit war, dass ihm Coco Dupont an die Seite gestellt worden war, wollte er nicht ungerecht sein. Irgendwie konnte er ihre Reaktion verstehen. Mit toten Kindern umzugehen war für niemanden leicht. Egal in welchem Alter, ob mit viel oder wenig Diensterfahrung. »Sie wird ihre Gründe haben.«

»Leichenphobie? Das wäre schlecht für eine Kommissarin. Wobei, vielleicht ist sie deshalb nach Monaco gekommen. Hier gibt's außer ein paar Schnapsleichen ja in der Regel keine …«

»Ach, Niki. Deine Witze waren auch schon mal besser!« Valeri war die Lust auf seichtes Geplänkel vergangen.

»Hast ja recht.«

Draußen auf dem Flur hatte Coco sich an die Wand gelehnt und konzentrierte sich auf ihre Atmung. Einatmen, ausatmen. Sie hatte zwei Finger ihrer rechten Hand an die linke Seite ihrer Nase gelegt und hielt sich das Nasenloch zu. Nachdem sie durch das andere einmal langsam und tief eingeatmet hatte, wechselte sie mit den Fingern die Seite und atmete durch das andere Nasenloch wieder aus. Nach ein paar Wiederholungen hatte sich ihre Atmung beruhigt, und die Übelkeit nahm ab. Diese Atemtechnik des Pranayama, die Wechselatmung, hatte sie in einer Yogaschule in Toulouse gelernt, während ihrer schlimmsten Lebenskrise.

Kurz bevor sie fertig war, riss Niki die Tür auf, trat auf den Flur und bedachte ihre Nasen-Fingerübung mit einem spöttischen Blick.

»Schnupftabak?«

»Sehr witzig.« Sie nahm die Hand vom Gesicht, streckte sich noch einmal und blieb dann abwartend stehen.

»Geht es wieder?«, fragte Niki und legte ihr die Hand auf die Schulter.

»Ja, danke. Ich weiß auch nicht, was mit mir los war«, log sie. Das Gegenteil war der Fall. Sie wusste genau, warum sie den Anblick des toten Jungen so schwer ertragen konnte. Immer wieder tote Kinder. Totgeburten, misshandelte Kinder, ermordete Kinder. Sie würde noch verrückt werden darüber.

»Machen Sie sich keinen Kopf. Mit toten Kindern umzugehen fällt uns allen nicht leicht.«

»Gibt es sonst noch etwas, das wir wissen müssen?«, wechselte Coco das Thema, um davon abzulenken, dass ihre Professionalität zu wünschen übrig ließ.

»Wir haben sämtliche DNA-Spuren am Tatort und in den übrigen Räumen des Hauses gesichert und sind dabei, sie den einzelnen Personen zuzuordnen. Möglicherweise können die Sanitäter noch mehr Aufschluss darüber geben, wie die Opfer lagen, als sie gefunden wurden. Das lässt Rückschlüsse auf den Tathergang zu.«

»Das wird kein Problem sein«, antwortete Valeri. »Ich kümmere mich darum.«

»Der Täter hat übrigens vermutlich geklingelt. Es gibt keinerlei Einbruchsspuren am Haus, Türen und Fenster sind intakt. Anca Bergmann muss ihn also selbst hereingelassen haben. Vielleicht hat sie den Täter sogar gekannt«, führte Niki seine Ausführungen fort. »Was ist mit dem Vater des Kindes?«

Coco winkte müde ab. »Der hat um diese Zeit am freien Training teilgenommen, kommt also als Täter eher nicht infrage. Wann genau ist der Kleine denn gestorben?«

»Der Notruf ging um vierzehn Uhr fünf ein, also irgendwann kurz danach. Der Junge lebte ja noch, als die Haushälterin den Rettungsdienst angerufen hat. Wartet mal, ich muss in die Unterlagen schauen.«

Coco und Valeri folgten Niki in ein Nebenzimmer, wo er eine Mappe mit diversen Dokumenten von einem Tisch nahm und einen Zettel herausfischte. »vierzehn Uhr dreiundzwanzig haben die Ärzte als Todeszeitpunkt angegeben.«

»Dann scheidet der Vater als Mörder eigentlich aus. Zwischen den beiden Trainingseinheiten nach Hause zu fahren halte ich bei dem momentanen Verkehrschaos für zu knapp.«

»Wer weiß. In Monaco sind die Wege kurz. Wir werden das überprüfen«, entgegnete Valeri.

»Und es gibt noch etwas, das gegen den Ehemann als Täter spricht.« Niki wies mit der Hand auf eine rote Damenhandtasche, die in einer durchsichtigen Plastiktüte auf dem Tisch lag. »Die Tasche lag geöffnet auf dem Boden. Ohne Portemonnaie. Es sieht so aus, als hätte es der Täter mitgenommen. Vielleicht hatte sie viel Bargeld drin. Außerdem trug die Frau keinerlei Schmuck. Noch nicht mal einen Ehering. Das erscheint mir ungewöhnlich.«

»Du meinst, es war ein Raubüberfall?«, hakte Valeri nach.

»Ist jedenfalls nicht auszuschließen.«

»Ich weiß nicht«, mischte Coco sich ein. »Warum hat er dann nicht gleich die Tasche mitgenommen?«

»Warum sollte er?« Valeri blickte sie verwundert an. »Was soll er denn mit einer Damenhandtasche?«

»Das ist nicht irgendeine Tasche. Das ist eine Birkin Bag. Die gehört zu den teuersten Handtaschen der Welt. Das Modell ist sicherlich dreißigtausend Euro wert«, antwortete Coco.

»Dreißigtausend Euro für eine Handtasche?« Valeri blickte sie entgeistert an. »Das ist doch wohl nicht Ihr Ernst!«

»Das ist noch wenig! Für die Birkin Bag von Hermès kann man auch gut und gerne bis zu einhundertfünfzigtausend Euro hinlegen. Die werden nur auf Bestellung angefertigt, und für manche Modelle gibt es jahrelange Wartelisten.«

»Was für ein Wahnsinn!« Valeri schüttelte fassungslos den Kopf.

»Sie werden von Hand gemacht, und das nur im Hermès-Atelier in Paris. Aber zugegeben, die Preise sind Wahnsinn.«

»Woher wissen Sie das alles?«, fragte Valeri erschüttert.

»Meine Mutter besitzt diese Taschen«, entgegnete Coco etwas peinlich berührt.

»Aha.« Valeri schwieg einen Moment. »Das mit dem Schmuck und dem Portemonnaie müssen wir überprüfen.«

»Gut. Macht das.« Niki drehte sich um. »Ansonsten haben wir das hier noch gefunden.« Er zeigte auf eine Reihe von Gegenständen, die er ordentlich nebeneinander auf dem Tisch aufgereiht hatte.

Valeri warf einen genaueren Blick darauf. Neben der Handtasche lagen ein grauer Plüschteddy, ein kleiner lilafarbener Filzschmetterling und ein Plastikball.

»Kinderspielzeug«, murmelte Valeri. »Wo hast du die Sachen gefunden?«

»Sie lagen auf dem Boden. Neben der Tasche. Da die Wohnung ansonsten so penibel aufgeräumt war, dachte ich, es könnte wichtig sein.«

»Die Sachen hatte das Kind vermutlich in der Hand.«

»Möglich. Den toten Hund schaue ich mir als Nächstes an. Daher muss ich jetzt auch weitermachen. Ich rufe euch an, wenn ich etwas Neues habe.« Niki nickte den beiden zu, grüßte im Weggehen noch einmal, indem er sich an seine rote Kappe tippte, und verschwand dann wieder in seinem Arbeitsbereich.

Valeri blickte ihm nach, bis die stählerne Tür ins Schloss fiel, dann bedachte er Coco mit einem besorgten Blick.

»Ich muss los. Fahren Sie nach Hause. Ich kümmere mich um alles, was heute noch erledigt werden muss ...«

»Aber …«

»Keine Widerrede, Sie sind hier eben fast in Ohnmacht gefallen. Und eigentlich sind Sie noch nicht mal im Dienst. Wir sehen uns morgen im Präsidium. Um neun Uhr ist Dienstbesprechung.« Ohne ein weiteres Wort ging Valeri davon und ließ Coco einfach stehen.

8

Coco war immer noch ein wenig übel, als sie kurze Zeit später das Appartement ihrer Mutter betrat, das nun auf unbestimmte Zeit ihr Zuhause sein sollte. Ihre Gedanken überschlugen sich. Sie hasste es, wenn andere Menschen glaubten, ihr sagen zu müssen, was sie zu tun hatte. Zudem ärgerte sie sich darüber, dass sie geglaubt hatte, ihre Vergangenheit einfach in Toulouse zurücklassen zu können. Schon ein halber Tag hatte diese Hoffnung zunichtegemacht.

Sie freute sich auf den einen Moment in der Zukunft, in dem die Bilder verblassen würden: dieser stürmische Tag, an dem der Regen gegen die Fenster des Kommissariats gepeitscht, eine heftige Windböe den Standaschenbecher neben der Außentür mitgerissen hatte. Dessen lautes Geschepper hatte sie damals daran erinnert, dass es auch Vorteile mit sich brachte, nicht mehr zu rauchen. Der Anruf war um siebzehn Uhr siebzehn eingegangen. Wieder eine Kinderleiche, einfach weggeworfen und liegen gelassen, an der Uferböschung eines Seitenarmes der Garonne. Sie hatte keine Sekunde gezögert, mit an den Tatort zu fahren, um die Spur des Täters – diese Teufels in Menschengestalt – aufzunehmen, ihn zu jagen und zur

Strecke zu bringen. Wie ein Stück glühendes Eisen hatte sich dieser Tag in ihr Gedächtnis gebrannt: die Fahrt auf dem holprigen Feldweg, während der Regen so stark auf die Scheiben prasselte, dass die Wischer der Wassermassen kaum Herr werden konnten. Der Mann, der mit seinem Hund am Waldrand stand, um ihnen den Weg zu weisen, trug ein glänzendes schwarzes Regencape, das ihn aussehen ließ, als käme er geradewegs aus dem Mittelalter.

Nur kurze Zeit später hatte sie oben auf der Böschung gestanden, nach unten geblickt, gefasst auf das, was sie in wenigen Sekunden sehen würde.

Das nächste Bild, das sie im Kopf hatte, war das Gesicht eines Rettungssanitäters, der sich über sie gebeugt hatte. Sie hatte Schmerzen, hörte die beruhigenden Worte des Mannes, konnte aber deren Sinn nicht erfassen. Dann war wieder alles schwarz um sie herum geworden.

Coco nahm einen stählernen Wasserkocher aus einem der Kartons, die das Umzugsunternehmen schon eine Woche zuvor hierhergebracht hatte, und stellte ihn auf der hölzernen Arbeitsfläche der offenen Küche ab. Mit dem Gerät war es möglich, die erwünschte Wassertemperatur exakt einzustellen. Coco entschied sich für ihre Lieblings-Weißtee-Gewürzmischung mit Ingwer und Zitrone, bei der die Temperatur höchstens siebzig Grad betragen durfte, damit die leicht flüchtigen Geschmacksstoffe erhalten blieben und der Tee nicht fade schmeckte.

Seit ihrer ersten Ayurveda-Kur auf Sri Lanka hatte Coco, die zuvor eine große Kaffeeliebhaberin gewesen war, ihre Begeisterung für Tee entdeckt und war seither immer

auf der Suche nach neuen und außergewöhnlichen Teesorten. Auch an einer mehrstündigen japanischen Tee-
zeremonie hatte sie großen Gefallen gefunden. Die Menschen auf der anderen Seite der Erdkugel nahmen sich
mehr Zeit für Rituale, die in der hektischen westlichen
Welt gar keinen Platz mehr hatten. Für Coco hatte ein mit
Tee gefüllter Becher etwas Beruhigendes, er war ein Sinnbild für Normalität und Gelassenheit in einer Welt voller
Psychopathen, die ihr in ihrem Beruf immer wieder be-
gegneten.

Sie genoss den aromatischen und leicht scharfen Geruch der Ingwerwurzel, der sich sofort im Raum ausbreitete.

Das kleine Studio ihrer Mutter war, durch eine hölzerne Schiebetür getrennt, in einen Wohn- und einen Essbereich aufgeteilt. Von einem schmalen Flur gingen ein
kleines Schlaf- und ein Badezimmer ab. Ihr neues Zuhause war nur knapp sechzig Quadratmeter groß, für sie alleine jedoch vollkommen ausreichend.

Coco nahm ihr Mobiltelefon in die Hand: Das Display
zeigte drei Anrufe an. Immer dieselbe Nummer aus Toulouse.

»Coco, ich bin's«, ertönte die Stimme ihres Exmannes
aus der Mailbox. Streng genommen war er immer noch
ihr Ehemann, auch wenn sie bereits in Trennung lebten.
»Ich habe dir die Papiere zugeschickt. Genau, wie du es
gewünscht hast.« Ein leicht vorwurfsvoller Ton. Pause.
Atmen. »Vielleicht hätten wir es doch geschafft«, fügte
er noch hinzu.

»Ja, das sagst du jetzt«, antwortete Coco schnippisch

in den leeren Raum hinein. Hätte, hätte. Wenn es zu spät war, war es immer leicht, den Konjunktiv zu bemühen.

Sie nahm den Umschlag in die Hand, der auf der Arbeitsplatte lag und die Scheidungspapiere enthielt, um die sie ihn mehrfach gebeten hatte. André hatte ihren Entschluss, von Toulouse nach Monaco zu ziehen, nicht verstanden und daher auch nicht akzeptiert. Obwohl sie sich sicher war, dass sie mit diesem Mann auf keinen Fall ihr restliches Leben teilen wollte, fiel es ihr schwer, das Ende ihrer Ehe mit ihrer Unterschrift zu besiegeln. Es war ihr wesentlich leichtergefallen, den Ehering abzulegen und einfach in einer Schublade verschwinden zu lassen, um ihn bei Gelegenheit vielleicht doch wieder hervorzuholen.

Trotzig warf sie den Umschlag wieder auf die Tischplatte zurück, nahm den Teebecher in die Hand und ging zu dem breiten Fenster hinüber, das ihr einen direkten Blick auf Port Hercule, den Hafen von Monaco, ermöglichte. Sie nahm einen großen Schluck Tee, schloss die Augen und genoss den Moment, in dem sich ein Gefühl von Wärme in ihrem Körper ausbreitete. Dann stellte sie die Tasse ab, lehnte sich auf die Fensterbank und schaute hinaus in die Ferne. Der Blick von hier aus war bedeutend schöner als der Anblick der Hausfassade von außen, die eher an einen Plattenbau erinnerte.

Ihr Appartementkomplex lag auf der Höhe des großen Freibades, das direkt vor den Hafen und damit mitten in die Stadt gebaut worden war und an dem an diesem Wochenende die Rennwagen besonders nah vorbeischossen. Vom Fünfmeterbrett aus hatte man vermutlich den besten Blick auf die Strecke, dachte Coco und schmunzelte. Von hier oben konnte sie auch den Rest des Geländes gut überblicken. Den Parcours füllten nun, nach dem Ende des freien Trainings, die vielen Touristen, die am Abend vor dem rennfreien Freitag in den Restaurants und Bars im Hafen feiern wollten. Was für ein absurder Zirkus sich dort unten abspielte! Da es sich bei dem Parcours in Monaco um einen Stadtkurs handelte, wurde die Rennstrecke abends geöffnet und für die Allgemeinheit freigegeben. Nun fuhren die Besitzer teurer Autos ihre Schlitten im Kreis herum, Ferrari, Porsche, Lamborghini, einer nach dem anderen drehte seine Runden. Und obwohl jeder Fahrer mit der Präsentation seiner Luxuskarosse das Ziel verfolgte, aufzufallen, verschwand er damit doch nur wieder in der Masse. Die Einzigen, die dort tatsächlich auffielen, waren ein paar ganz wenige normale Kleinwagen, die sich auf den Kurs verirrt hatten.

In Monaco zeigten die Menschen ganz ohne schlechtes Gewissen, was sie hatten. Gepflegtes Overstatement.

Der Verkehr wurde von einer ganzen Armee von Cocos trillerpfeifenden Kollegen geregelt, auch wenn es im Prinzip nichts zu regeln gab, denn die Stadt war so hoffnungslos überfüllt, dass die Wagen nur im Schritttempo über die Strecke schlichen. Sich im Monte-Chaos mit einem Auto fortzubewegen war ungefähr so sinnvoll, wie mit Bleigewichten zum Schwimmen zu gehen.

Coco erinnerte sich an einen Ausspruch der Gräfin von Ebenhausen, der Freundin ihrer Mutter, die damals wie eine Tante für sie gewesen war. Immer wenn ihr Vater, dem grundsätzlich alles im Leben viel zu langsam ging, die Gräfin vom Beifahrersitz aus drängte, schneller zu fahren, hatte sie völlig unbeeindruckt geantwortet: »Wer langsam fährt, wird länger gesehen!«

Und nun, was sollte sie anfangen mit diesem ersten Abend in Monaco, ihrer neuen Heimatstadt? Immer noch war sie leicht verärgert über Valeri, der sie wie ein Schulmädchen nach Hause geschickt hatte. Dem würde sie schon zeigen, »wo der Barthel den Most holt«, wie ihr deutscher Vater immer gesagt hatte. Sie griff zum Telefon und wählte Nicolais Nummer.

»Nico, ich weiß, die Formel 1 ist nicht so dein Ding, aber könntest du mir trotzdem einen Gefallen tun?«, fragte sie ihn, nachdem er abgenommen hatte.

»Aber immer doch, Schätzchen«, flötete Nicolai ihr ins Ohr. »Was kann ich für dich tun?«

»Wir ermitteln da in einem Fall, der uns ins Rennfahrermilieu führt, und du kennst hier doch Gott und die Welt. Da wollte ich dich fragen, ob du mich nicht zu einem der Events mitnehmen könntest, die hier gerade stattfinden.«

»Aber sicher, kein Problem. Aber erzähl doch erst mal, worum geht es denn?«

»Na ja, die Frau eines Formel-1-Fahrers und ihr Sohn sind brutal überfallen worden …«

»Ist ja krass! Von welchem Fahrer denn?«

»Von Sebastian Bergmann, diesem Deutschen! Kennst du die Familie?«

»Na ja«, sagte Nicolai, und Coco hörte ihn schlucken, »kennen wäre ziemlich übertrieben. Wie man sich hier in Monaco halt kennt. Aber es gibt einem ja immer ein komisches Gefühl, wenn so etwas in der Nachbarschaft passiert ...«

»Absolut. Und ich will so schnell wie möglich herausfinden, wer dafür verantwortlich ist! Pass mal auf, heute Abend ist doch die legendäre Feier bei Red Bull. Kriegst du mich da mit rein? Ich würde mich da gerne mal unauffällig umschauen. Oder anders gesagt: Ich hab keine Lust, mit meinem Dienstausweis zu wedeln.«

»Schon klar. Da steh ich sowieso auf der Liste. Und ich habe ohnehin noch ein *Plus eins* frei.«

»Super, Nico! Perfekt!«

»Aber nur, wenn du ein schickes Kleid im Schrank hast!«

»Welches hättest du denn gern? Schwarz, rot oder grün? Such dir was aus!«

»Die Farbe ist mir egal, nur möglichst kurz sollte es sein, das weißt du doch!«, antwortete Nicolai. »Jedenfalls, wenn deine Beine noch genauso schön sind wie damals.«

Coco wusste nicht, wie sie auf sein Kompliment reagieren sollte, daher entfuhr ihr nur ein verlegenes »Ha ha«.

»Gut, dann schwing deinen süßen Hintern in ein Kleid, und ich hole dich in einer Viertelstunde ab!«

Fünfzehn Minuten später meldete sich der Portier ihres Appartementkomplexes per Haustelefon und kündigte Nicolais Ankunft an. Coco nahm den Fahrstuhl nach unten, winkte dem Pförtner kurz zu und trat dann hinaus auf die Straße, wo Nicolai mit einem kurzen Pfiff seiner Begeisterung für ihr Outfit Ausdruck verlieh. Coco hatte sich für ein rotes Wickelkleid entschieden, das ihr, obwohl sie durch den Stress in den vergangenen Monaten ziemlich abgenommen hatte, immer noch gut passte, zumindest, wenn sie den Gürtel etwas enger schnallte.

Von ihrer Wohnung aus bis zum Fahrerlager von Red Bull waren es nur ein paar hundert Meter, so dass sie schon wenige Minuten später die zweistöckige schwimmende Energy Station erreichten, die jedes Jahr zum Formel-1-Rennen in einem gigantischen logistischen Aufwand in den Hafen von Monaco gebaut wurde und als Teil des Formel-1-Zirkus von Kontinent zu Kontinent gebracht wurde.

Dort hatte sich schon alles, was Rang und Namen hatte, an der Bar oder am Rande des beleuchteten Pools auf der Dachterrasse eingefunden und wippte zur Chill-out-Musik des DJs. Coco betrachtete die Gäste, eine Mischung aus Journalisten, Formel-1-Verantwortlichen, aktuellen und ehemaligen Fahrern, Promis aus der Film- und Modebranche und solchen, die in Monaco etwas zu sagen hatten.

»Ach, guck mal an!«, raunte sie Nicolai zu, der sich von einem der Kellner hinter der Bar auf Kosten des Rennstalls zwei Gläser Champagner reichen ließ. »Da drüben steht mein Chef. Was hat der denn hier verloren?« Kylian Levèvre war nicht zu übersehen: Mit seinen knapp zwei Metern Körpergröße ragte der Polizeidirektor des Fürstentums aus der Menge heraus. Ein maßgeschneiderter Anzug betonte seine schlanke Figur, und seine grau melierten Haare waren akkurat geschnitten und keinen Millimeter zu lang.

Coco hatte sich im Vorfeld einige Informationen über ihren Vorgesetzten verschafft und zusätzlich zu dem, was in seiner offiziellen Biografie stand, auch einige inoffizielle, aber durchaus interessante Auskünfte erhalten. Levèvre hatte bei der Polizei ziemlich schnell Karriere gemacht. Unter anderem rühmte er sich damit, einen international agierenden Diamantenräuberring ausgehoben zu haben, auch wenn einige seiner Kollegen von Interpol diese Geschichte etwas anders darstellten. In den vergangenen Monaten war Levèvre häufig in Begleitung vermögender Damen gesehen worden, zudem sagte man ihm nach, dass er einigen russischen Oligarchen, von denen sich immer mehr in Monaco niederließen, allzu nahegekommen war. Coco hatte sogar Gerüchte gehört, dass Levèvre bei Transaktionen, die ziemlich offensichtlich der Geldwäsche dienten, immer mal wieder ein Auge zudrückte, und sie fragte sich, ob ein Mann in seiner Position tatsächlich so dumm sein konnte, ein solches Risiko einzugehen.

»Levèvre?« Nicolai folgte ihrem Blick und betrachtete den groß gewachsenen Mann, der in ein Gespräch mit einer jungen brünetten Frau verwickelt war, die förmlich an seinen Lippen hing.

»Ihr kennt euch?«, fragte Coco überrascht.

»Kennen wäre übertrieben, aber ich wette, wir haben schon einige Male mit denselben Frauen geschlafen.«

»Nicolai! Levèvre ist verheiratet!«

»Na und?«

»Ist das dein Ernst?«

»Ach, Coco. Mach die Augen auf. Er ist verheiratet, das mag ja sein, das sind die meisten hier. Aber in Monaco hat das wirklich keine besondere Bedeutung!«

»Ach komm, das ist doch armselig!«

»Nun spiel hier nicht den Moralapostel! Was soll daran armselig sein? *Mutual agreement* nennt man das! Ich habe übrigens gehört, dass euer Polizeichef den hübschen Russinnen sehr zugetan sein soll. Und er hat offenbar ein Faible für diejenigen, die einen goldenen Ring am Finger tragen. Das wird ihn irgendwann seinen Kopf und seinen Hintern kosten, wenn er nicht aufpasst! Der Oligarch an sich sieht es gar nicht gerne, wenn seine Ehefrau von einem anderen flachgelegt wird. Glaub mir, ich spreche da aus Erfahrung …«

»Du glaubst wohl nicht mehr an die große Liebe, oder?«

»Liebe?« Nicolai stöhnte kurz auf. »Was heißt das schon? Ich kann dir nur sagen, was ich selbst von der Liebe hatte: eine prominente Exfrau, die mich mit ihrem Gitarristen betrogen hat, ein Kind, das sie vor allem deshalb wollte, um mir hinterher im Sorgerechtsstreit richtig viel Geld aus den Rippen zu leiern, eine arschteure Scheidung, nervenaufreibende Gerichtstermine und jede Menge schlechte Presse! Und das ist nur die Kurzfassung von dem, was ich in den letzten Jahren durchgemacht habe! Glaub mir, das war der absolute Horror!«

»Das muss ziemlich hart für dich gewesen sein, wenn du die Frau geliebt hast.«

»Ach was! Geliebt! Ich hab' diese Schlampe nicht geliebt! Ich war einfach nur viel zu lange von ihr geblendet, und sie hat mich nach Strich und Faden verarscht. Und ich Idiot habe es viel zu spät gemerkt. Aber das wird ihr noch leidtun!« Nicolai knallte sein Glas auf den Tresen und kaute verbittert auf seiner Unterlippe.

Sie schwiegen einen Moment. Coco war unsicher, wie sie auf das, was er ihr gerade anvertraut hatte, reagieren sollte.

Auch ihre Ehe war gescheitert, und das machte sie traurig, aber verbittert war sie deswegen nicht.

Sie beobachtete Nicolai einen Moment lang. Sie mochte ihn noch immer, nicht mehr auf die gleiche naive Art und Weise wie damals. Aber er gefiel ihr, auch wenn er sich soeben von einer Seite gezeigt hatte, die sie stutzig werden ließ. Als sie Nicolai kennengelernt hatte, war er fröhlich und leichtsinnig gewesen, ein Playboy, der zu früh zu Geld gekommen war und die Privilegien, die ihm sein Vermögen brachte, schamlos ausnutzte. Die tiefe Frustration, die er jetzt offenbarte, war für sie neu. In seiner Ehe musste einiges vorgefallen sein, das ihn zutiefst verletzt hatte.

Ehe sie sich nach den Einzelheiten erkundigen konnte, drängte sich eine Gruppe von Gästen an die Bar. Unter ihnen befand sich auch der Manager des russischen Formel-1-Piloten, Miran Nikitin, den Valeri und sie mittags schon kurz kennengelernt hatten. Er sah Coco einen Moment lang an, als wäre er sich nicht sicher, woher er sie kannte, dann nickte er ihr und Nicolai zu, machte den Barkeeper auf sich aufmerksam und bestellte eine Runde des obligatorischen Red-Bull-Wodkas. Als alle Männer ihre Getränke bekommen hatten, ließen sie die Gläser mit einem lauten Klirren aneinanderstoßen und prosteten sich zu. Coco tippte Nikitin auf die Schulter: »So schnell sieht man sich wieder. Sûreté publique, Sie erinnern sich?«

»Ach, ja. Eben konnte ich Sie nicht gleich einordnen. Sie glauben ja gar nicht, wie viele Frauen ich hier tagtäglich kennenlerne! Aber für mich gibt es sowieso nur eine: Meine Mutter!« Grinsend legte er den Arm um eine kleine ältere Dame, die neben ihm stand und verlegen lächelte. »Darf ich vorstellen: meine Mama, Irina Nikitin.«

»Schön, Sie kennenzulernen«, antwortete Coco höflich und schüttelte der Dame die Hand.

»Sie sind sicher Formel-1-Fan?«, fragte Coco in dem Bemühen um eine zwanglose Konversation.

»Seit ich denken kann, ist mein Sohn begeistert vom Motorsport.« Frau Nikitin strich sich über ihre sorgsam toupierte Hochsteckfrisur. »Ich komme also gar nicht drum herum. Der Funke springt irgendwann zwangsläufig über«, antwortete sie leise. Es war ihr sichtlich unangenehm, im Mittelpunkt zu stehen.

»Ich hatte hier nicht mit Ihnen gerechnet, Madame«, warf Nikitin ein und stellte Coco seiner Runde vor. »Ihr könnt Euch ja denken, warum die Kommissarin hier ist«, fügte er nachdenklich hinzu.

»Wir sind alle ziemlich schockiert«, antwortete einer der Männer und streckte Coco seine Hand entgegen. »Ich bin Rainer Hartwig, Sebastian Bergmanns Manager. Sie können sich ja vorstellen, wie sehr uns diese Nachricht getroffen hat. Ich weiß gar nicht mehr, wo mir der Kopf steht. Ich musste jetzt einfach mal raus, einen Drink nehmen, für einen Moment abschalten«, sagte er entschuldigend und wies auf sein Glas. »Wir sind alle total durcheinander. Aber wir müssen alles dafür tun, damit es weitergeht.« Ratlos blickte der Mann erneut in sein

Glas, dann leerte er es in einem Zug und bestellte an der Bar ein neues.

Miran Nikitin klopfte ihm auf die Schulter. »Das wird schon werden, Rainer. Sebastian wird das Rennen packen!«

»Was haben Sie da soeben gesagt?«, fragte Coco überrascht.

»Na ja, Sebastian wird am Sonntag sicher ein anständiges Rennen fahren.«

»Glauben Sie wirklich, dass Bergmann wieder in den Wagen steigen wird nach allem, was passiert ist?«

»Sicher wird er fahren. Das ist sein Beruf. Und es bringt niemandem etwas, wenn er den Wagen stehen lässt«, entgegnete Rainer Hartwig.

»Sein Kind ist tot. Und seine Frau liegt im Krankenhaus!«, sagte Coco. »Das ist doch wohl Grund genug, um alles stehen und liegen zu lassen, meinen Sie nicht?«

»Sie kennen sich nicht aus in der Formel 1, oder?«, hakte er nach. »Die Piloten würden niemals ein Rennen ausfallen lassen. Sie tun einfach alles dafür, um zu gewinnen.«

»Lady, der Motorsport ist ein hartes Geschäft!«, mischte sich einer der anderen Männer in die Unterhaltung ein. »Da darf man nicht zimperlich sein. Es geht um viel zu viel Geld dabei! Entscheidend sind die Punkte am Ende der Saison. Und da zählt jeder einzelne Sieg. Sebastian wird dieses Rennen nicht canceln. Dazu stehen seine Chancen viel zu gut. Er fährt schließlich mit Heimvorteil.«

»Der dürfte in Anbetracht der Lage ziemlich beim Teufel sein«, entgegnete Coco.

»Wissen Sie, ein wesentlicher Bestandteil dieses Sports besteht in der Fähigkeit der Fahrer, alles andere während eines Rennens völlig auszublenden. Die Fahrer sind in jeder Sekunde in Gefahr. Ein winziger Moment der Unaufmerksamkeit kann sie ihr Leben kosten. Deshalb darf sich ein Formel-1-Fahrer von nichts und niemandem ablenken lassen. Niemals! Das sind Hochleistungssportler, Profis, gedrillt auf perfektes Funktionieren. Denken Sie nur mal an die Schumacher-Brüder. Deren Mutter ist damals am Rennwochenende von Imola an Krebs gestorben, und trotzdem sind die beiden in ihre Wagen gestiegen und gefahren. Das war sicher einer der traurigsten Tage ihres Lebens, aber sie haben trotzdem alles gegeben. Michael hat damals sogar den ersten Sieg der Saison eingefahren. Er hat einfach seinen Job gemacht und für sein Team gekämpft.«

»Für sein Team wird Sebastian am Sonntag bestimmt nicht fahren!«, warf einer der anderen spöttisch ein.

»Was wollen Sie denn damit sagen?«, fragte Coco nach.

»Sebastian und Alexander fahren vielleicht beide für das Team United, aber sie sind Einzelkämpfer, besonders Alexander. Und seit dem Rennen in China ist die Stimmung dort geradezu vergiftet. Haben Sie die Presse nicht verfolgt?«

»Leider nein«, gab Coco unumwunden zu.

»In Shanghai hatte Sebastian die Poleposition und lag bis kurz vor Schluss an der Spitze, Alexander fuhr auf Platz zwei. Und so hätte das Rennen auch ausgehen sollen. Sebastian ist ein Spitzenrennen gefahren. Doch im letzten Moment ist Alexander an Sebastian in einem wirklich riskanten Manöver vorbeigezogen, obwohl es vom Teamchef die klare Stallorder gab, nicht zu überholen. Alexander hat sich einfach nicht daran gehalten, hat sein eigenes Ding gemacht. Und damit Sebastian und sich selbst in Gefahr gebracht. Fair Play sieht anders aus! Und das war nicht das erste derartige Duell zwischen den beiden. Sie haben sich sogar mal gegenseitig von der Piste befördert, nur weil keiner von beiden nachgeben wollte. Sebastian ist jedenfalls stinksauer auf Alexander. Aber der ist der aktuelle Weltmeister und will das natürlich auch bleiben. Glauben Sie mir, im Team United herrscht Krisenstimmung.«

»Ach was! Du übertreibst«, verteidigte Alexander Titows Manager das Team.

»Es gibt Leute, die reden schon von einem Krieg bei United.«

»So ein Unsinn! Die Presse hat diese ganze Geschichte größer aufgeblasen, als sie ist. Die beiden sind Konkurrenten, natürlich, aber sie sind doch keine Feinde! Meine Güte, das ist ein Wettkampf! Und das ist doch auch das Salz in der Suppe, beide wollten eben gewinnen! Es geht doch auch um was! Und so soll es doch auch sein! Das muss man nun wirklich nicht überdramatisieren!« Miran Nikitin hob sein Glas und prostete noch einmal in die Runde. Dann verabschiedete er sich und ging mit seiner Mutter davon.

Nachdenklich sah Coco ihm nach, dann wandte sie sich an Sebastian Bergmanns Manager. »Glauben Sie, die Feindschaft ist so groß, dass es für einen Mord reichen könnte?«

»Ach was!«, antworte Rainer Hartwig. »Ich muss zugeben, nach dem Rennen in Shanghai hätte Sebastian Alexander liebend gerne den Hals umgedreht. Aber welchen Grund sollte denn Alexander haben, Sebastians Familie etwas anzutun? Alexander ist doch der Weltmeister. Und er hat auch den nötigen Biss, um Weltmeister zu bleiben. Dass Alexander sich nicht an die Teamorder gehalten hat, hat uns maßlos geärgert. Aber sosehr ich mir Sebastian auf dem Siegertreppchen wünsche: Alexander Titow ist ein Jahrhunderttalent!«

»Verstehe.« Coco nickte und nippte an ihrem Glas.

»Tut mir leid, wenn ich Ihnen da kein Motiv liefern kann.«

»Schon gut. Trotzdem vielen Dank.«

Coco nickte den Männern noch einmal zu, dann sah sie sich um und zog Nicolai von dem Barhocker, auf dem er sich niedergelassen hatte.

»Lass uns doch mal eine Runde drehen!« Sie gingen die hölzerne Treppe nach oben auf die Dachterrasse, wo sich ein illustres Partyvölkchen rund um den kleinen Swimmingpool versammelt hatte, an Drinks nippte und sich rhythmisch zur Musik bewegte. Coco blieb stehen und blickte hinüber zu dem großen dunklen Felsen, auf dem der Palast der Grimaldis erhaben über dem kleinen Fürstentum thronte, und der, hell erleuchtet, Macht und Reichtum ausstrahlte.

»Guck mal, ist das da drüben nicht Cécilia?«, lenkte Nicolai Cocos Aufmerksamkeit wieder auf sich.

Cécilia war eine alte Freundin, mit der Coco und Nicolai mit Mitte zwanzig in Monaco viel Zeit verbracht hatten. Cécilia kam freudestrahlend auf sie zu, drückte erst Nicolai zwei Küsse auf die Wangen, dann blieb sie vor Coco stehen. Um ihre langen, von der Sonne ausgebleichten Haare hatte sie ein lässiges Lederstirnband gebunden.

»Coco! Das gibt es ja nicht! Wie lange haben wir uns denn nicht gesehen?« Sie schüttelte den Kopf, dann fiel sie ihr um den Hals. »Was machst du denn hier? Ich freue mich so, dich zu sehen!«

»Vorsicht!«, warf Nicolai ein. »Freu dich nicht zu früh! Coco ist ab Montag offizielles Mitglied der Sûreté publique. Und gerade in das Appartement ihrer Eltern gezogen.«

»Ist das dein Ernst? Du bist zurück? Dann sind wir ja quasi Kolleginnen.«

»Wie meinst du das?« Coco blickte sie verwundert an. »Hab ich etwas verpasst? Wenn ich mich richtig erinnere, hast du damals eine Tauchschule eröffnet!« Sie lachte. »Du siehst immer noch aus wie ein richtiges Beachgirl!«

»Danke! Bin ich auch! Die Tauchschule ist immer noch die meine. Aber ich trainiere inzwischen auch eure Leute im Tauchen. Die Polizeistaffel.«

»Das ist ja ein Ding! Nimmst du mich dann auch mal mit raus?« Coco lachte und nahm sie in den Arm. Nicolai beobachtete die beiden amüsiert.

»O ja, geht ihr zwei mal schön zusammen tauchen. Wenn ihr euch knappe Bikinis anzieht, komme ich auch mit«, witzelte er.

»Ich glaube nicht, dass du da viel Spaß hättest. Da lernst du Wasserleichen zu bergen, Sprengsätze an Schiffsböden aufzuspüren und nach Schmuggelgut zu suchen«, entgegnete Cécilia.

»Ganz im Gegenteil! Ich hab mich zwar bei Coco schon über ihren wenig glamourösen Job beschwert, aber langsam finde ich doch Gefallen daran. Mittlerweile klingt ihr Beruf durchaus sexy!«

»Jetzt mal im Ernst«, wandte Cécilia sich an Coco. »Du bist also tatsächlich bei der Polizei gelandet? Das war doch schon damals dein Traum!«

»Ja, nach dem Tod meines Vaters habe ich mich dann endlich durchgesetzt.«

»Ich habe davon gehört. Tut mir leid. Ich wollte mich damals bei dir melden, aber …«

»Schon gut. Ich weiß ja, wie das ist.« Coco hatte keine Lust, die alten Geschichten aufzuwärmen. »Hör mal, ich ermittle im Mordfall Bergmann. Sicher hast du schon davon gehört?«

»Natürlich!« Cécilia stemmte ihre Hand in die Hüfte. »Das hat sich hier ganz schnell herumgesprochen. Zurzeit gibt es hier nur ein Thema! Mord in der Formel 1, das ist eine Sensation! Und für das Image von Monaco ist es eine Katastrophe.« Cécilia wies mit dem Kinn auf den Polizeichef, der mittlerweile mit seiner Begleitung auf einem der weißen Ledersessel am Pool Platz genommen hatte und an einem Glas Champagner nippte. »Da wird Levèvre einiges zu tun haben, um das wieder geradezubiegen.«

»Hast du eine Idee, wer ein Motiv haben könnte, den Bergmanns so etwas anzutun?«

»Gute Frage. Ehrlich gesagt, liegt es außerhalb meiner Vorstellungskraft, dass Menschen überhaupt dazu fähig sind, sich gegenseitig umzubringen. Und hier ist ein Kind das Opfer, das ist besonders grausam.«

Coco nickte. »Was ist Bergmann denn für ein Typ?«

»Ein typischer Playboy, würde ich sagen.«

»Ach, tatsächlich? Aber er ist doch schon seit mehreren Jahren verheiratet?«

»Na und?«, entgegnete Cécilia trocken. Nicolai warf ihr einen vielsagenden Blick zu.

»Jetzt fang du nicht auch noch damit an!« Coco verdrehte genervt ihre Augen.

»Mal im Ernst. Dass er es mit der Treue nicht so genau nimmt, ist jedenfalls bekannt!«

»Warum sind diese Männer nie mit einer Frau zufrieden?«, fragte Coco nachdenklich.

»Schau dir sein Leben doch mal an. Bergmann steht permanent unter Leistungsdruck, fast jedes Wochenende ist er in einem anderen Land. Er ist ständig umgeben von interessanten Leuten, von Sponsoren, die ihm in den Hintern kriechen, von schönen Frauen, die sich ihm förmlich anbieten. Der muss doch nur mit dem Finger schnippen, und schon stehen drei Blondinen stramm.«

»Das ist noch lange kein Grund, sich auf diese einzulassen. Und eine ziemlich müde Ausrede. Bergmanns Haushälterin hat übrigens von einer ganz harmonischen Ehe gesprochen.«

»Was soll sie denn auch anderes sagen? Sie arbeitet schließlich für die Bergmanns und wird einen Teufel tun, Intimitäten auszuplaudern. Wenn so etwas an die Presse geht, ist sie ihren Job los. So einfach ist das.«

»Hier geht es aber um polizeiliche Ermittlungen. Dann hat sie mich also angelogen?«

»Zwischen einer aktiven Lüge und passivem Verschweigen besteht doch wohl noch ein Unterschied«, mischte Nicolai sich ein.

»Gut zu wissen!«, spottete Coco.

»Du weißt doch, wie die Leute sind!«, sagte Cécilia. »Hier redet keiner gerne über die dunklen Seiten der High Society. Anca Bergmann lebt hier auf großem Fuß, auf Kosten ihres Ehemanns. Offiziell hält sie ihm den Rücken frei, sorgt für ein skandalfreies Image und macht sogar selbst Karriere. Hier eine kleine Rolle in einem Filmchen, da ein nettes Fotoshooting, und als Dankeschön darf er sich ein bisschen austoben.«

»Win-win«, warf Nicolai ein.

»Es sei denn, es gäbe Ärger mit den Frauen!« Cécilia hob die Augenbrauen. »Es gibt da eine, die hier für ziemlichen Wirbel gesorgt hat. Eine seiner Gespielinnen hat nicht akzeptieren wollen, dass sie nur eine kurze Episode in seinem Leben war. Sie soll Sebastian Bergmann verfolgt haben, angeblich stand sie sogar irgendwann bei seiner Ehefrau auf der Matte. Mal unter uns: Ich bin mir sicher, dass Bergmanns Frau von seinen Eskapaden wusste. Das nahm sie stillschweigend hin. Aber damit direkt konfrontiert werden wollte sie natürlich nicht. Dann wäre es nämlich schnell vorbei mit der Legende vom sauberen Glamourpaar. Eine offene Affäre ist sozusagen Selbstmord in der hiesigen Gesellschaft. Aber das hat dieses Mädchen offenbar nicht interessiert. Die wollte Sebastian Bergmann ganz für sich alleine.«

»Weißt du, wie diese Frau heißt?«

»Nein, keine Ahnung, aber das kriege ich raus, wenn du willst.«

»Unbedingt! Auch wenn ich nicht glaube, dass eine Frau zu so einer Tat fähig wäre.«

Nicolai schnaufte. »Ihr Frauen seid doch zu allem fähig!«

»Wir müssen die Frau auf alle Fälle finden! Vielleicht hat sie ja aus Eifersucht zugeschlagen. Und wenn das der Fall ist, schnappe ich sie mir!«

9

Kommissar Valeri befand sich auf dem Heimweg. Je näher er seinem Zuhause kam, desto häufiger drosselte er den Motor seiner Maschine. Auch in den vergangenen zwei Stunden hatte er Zeit vertrödelt, nur um einer möglichen Konfrontation mit seiner Frau so lange wie möglich aus dem Weg zu gehen.

Nachdem er eine Weile ziellos über die Serpentinenstraßen hoch über der Küste dahingefahren war, hatte er in dem französischen Dörfchen Èze Village einen Zwischenstopp eingelegt, um eine Kleinigkeit zu essen.

Das Dorf, das auf einem gut vierhundert Meter hohen Felsen über dem Meer lag, hatte angeblich schon im 6. Jahrhundert vor Christus über eine Fluchtburg verfügt, bevor es dann im Mittelalter zu einer Festung ausgebaut worden war. Die Fluchtburg passte ganz hervorragend zu seiner eigenen Situation, fand Valeri, als er sein Motorrad auf dem Parkplatz des Hotels Château de la Chèvre d'Or abstellte. Eigentlich durften nur Hotelgäste ihre fahrbaren Untersätze hier parken, aber weil Valeri den Koch des Hauses ziemlich gut kannte, machte der Parkplatzwächter bei ihm meist eine Ausnahme.

Valeri hatte einen kurzen Spaziergang durch den jardin

exotique d'Èze gemacht, jenen Kakteengarten am Ende des mittelalterlichen Dorfes, den er so gerne außerhalb der Hauptsaison besuchte, wenn er allein sein wollte, um nachzudenken. Seine Frau hatte nichts für Kakteen übrig, sie behauptete, die spitz zulaufenden Blätter und deren Stacheln hätten nach der Lehre des Feng Shui keinen guten Einfluss auf das innere Gleichgewicht. Valeri hielt das für Blödsinn. Er mochte die unterschiedlichen Kakteenarten. Für ihn strahlten sie etwas Ursprüngliches, Archaisches aus. Zudem amüsierte er sich bei jedem Besuch aufs Neue darüber, dass frisch verliebte Paare ihre Namen in die langen, fleischigen Arme der Kakteen einritzten, um ihre Liebe an diesem geschichtsträchtigen Ort zu dokumentieren.

Nach dem Besuch des Gartens und einem Gang durch die steil ansteigenden Gassen des Örtchens, der ihm vorkam wie ein Vorgeschmack auf das, was ihn zu Hause erwartete, kam er verschwitzt im Restaurant des Hotels an, für ihn immer noch eines der besten weit und breit.

Eigentlich hatte er für derart exquisite Läden nicht viel übrig, sie waren ihm zu schick, zu teuer und zu häufig von neureichen Angebern bevölkert, aber die Terrasse hoch oben in den Bergen, mit Blick auf die Bucht von Èze Bord de Mer, war einfach ein ganz besonderer Ort. Er bestellte sich das *menu du jour*, dazu ein Glas Wein und beobachtete, wie das Sonnenlicht in der Ferne auf der Wasseroberfläche flimmerte und am Horizont Himmel und Meer ineinander übergingen. Abgesehen von ein paar gedämpften Stimmen und dem Klappern des Geschirrs aus der Küche war kaum etwas zu hören. Ein paar Schmetterlinge flatterten friedlich vorbei. Es roch nach Freiheit und süßem Nichtstun.

Lange, nachdem der Dessertteller von einem der Kellner abgeräumt worden war, hatte Valeri immer noch den Geschmack von der hausgemachten Eiscreme mit frischen Trüffeln auf der Zunge. Ein Rezept, das er sofort in sein kleines Notizbuch aufgenommen hatte: eine Kugel helles Speiseeis, am besten mit dem Geschmack von frischem Eigelb, vermischt mit einem Esslöffel Single Malt Whisky und darüber frisch geriebene Trüffel. Das süße Eis zu dem erdigen Geschmack der Trüffel, ein wahres Gedicht, so ungewöhnlich die Kombination auch klingen mochte. Zuvor hatte er ein liebliches Wolfsbarsch-Carpaccio zu sich genommen, verfeinert mit Olivenöl und Koriander, dazu ein Glas Rosé.

Angenehm gesättigt kam er nun, nach einer kurzen Fahrt über eine der drei *Corniches*, der berühmten Küstenstraßen, vor seinem Haus in Cap d'Ail an. Verwundert stellte er fest, dass es hinter sämtlichen Fenstern dunkel war. Offenbar war Inés noch nicht daheim, so wie er es eigentlich erwartet hatte. Erst jetzt wurde ihm bewusst, dass das in den vergangenen Wochen häufiger der Fall gewesen war, nur waren seine Gedanken meist um andere Dinge gekreist als um die Frage, wo und mit wem Inés wohl ihre Zeit verbrachte.

Hatten sie sich so weit voneinander entfernt, dass er wirklich nicht die leiseste Vorstellung davon hatte, wo sie sein könnte? Waren sie zu einem jener Ehepaare geworden, die zwar Haus und Hof, aber nicht mehr ihr Leben miteinander teilten?

Nachdenklich, aber auch ein wenig erleichtert darüber, einem möglichen Streit vorläufig zu entgehen, sperrte Valeri die Tür seines Hauses auf, das zwar direkt an der viel befahrenen Hauptstraße lag, dafür aber auf seiner Rückseite über eine große Terrasse verfügte, die einen wunderschönen Blick über das Meer ermöglichte und damit für die Geräuschkulisse entschädigte.

Valeri ließ seine Schuhe im Flur stehen, ging barfuß in die Küche und schenkte sich ein Glas Rosé ein. Dann nahm er eine seiner Gitarren zur Hand und setzte sich nach draußen in den alten Korbstuhl. Vielleicht würde ihn die Musik ein wenig ablenken, doch schon nach kurzer Zeit kreisten seine Gedanken um den äußerst brutalen Überfall auf den kleinen Jungen des deutschen Rennfahrers und dessen Ehefrau. Würde tatsächlich jemand für ein paar Schmuckstücke und ein bisschen Bargeld eine Frau und ein Kind erschlagen?

Auch wenn er nach rund fünfundzwanzig Dienstjahren immer noch erschüttert darüber war, wozu Menschen aus Habgier fähig waren, glaubte er nicht an Nikis Theorie von einem Raubüberfall. Die Gefahr, in der Mittagspause von den Nachbarn gesehen oder sogar überrascht zu werden, war viel zu groß.

Seine neue Kollegin vertrat eher die These, der Angriff habe sich aus einem Streit heraus entwickelt. Sollte Coco tatsächlich recht behalten? Ein Totschlag im Affekt?

Er stimmte ein paar Takte von den *Doors* an. *The time to hesitate is through. No time to wallow in the mire. Try now we can only lose. And our love become a funeral pyre. Come on baby, light my fire. Come on baby, light my fire.*

Das Geräusch des Schlüssels im Schloss ließ ihn aufhorchen.

Valeri ging davon aus, dass Inés ebenfalls ihre Schuhe im Hausflur ausziehen, ihre Jacke an die Garderobe hängen und dann in die Küche gehen würde, um sich die Hände zu waschen, so wie sie es immer tat. Er schmunzelte bei dem Gedanken daran, wie fest sich gewisse Rituale im Laufe der Zeit verankert hatten. Doch anstatt die Küche zu betreten, kam Inés an diesem Abend direkt nach draußen. In der Terrassentür blieb sie stehen, strich sich ihre roten Locken aus dem Gesicht, die wie immer wild von ihrem Kopf abstanden.

»Wo warst du?«, fragte Valeri und bemerkte im selben Augenblick, dass er ungewollt einen vorwurfsvollen Ton angeschlagen hatte.

»Sollte ich das nicht eigentlich dich fragen?« Inés kam auf ihn zu, nahm sein noch fast halb volles Roséglas von dem kleinen, hölzernen Beistelltisch, der neben seinem Sessel stand, und leerte es in einem einzigen Zug. Sie war wütend, das spürte er sofort.

»Was meinst du?«, fragte er daher vorsichtig.

»Ich war im Cipriani.«

»Aha.«

»Aha was?«, platzte es aus ihr heraus. »Aha, interessiert mich nicht. Aha, wie schön. Oder aha, wie armselig? Offensichtlich kannst du das Restaurant ja so wenig ertragen, dass du deine Frau lieber alleine gehen lässt, anstatt einmal über deinen Schatten zu springen und mich zu begleiten!«

In der Tat war Valeri kein Fan des Cipriani. Das Restaurant, dessen Vorläufer in den dreißiger Jahren von Giuseppe Cipriani als Harry's Bar in Venedig eröffnet worden war, war über die Jahre zu einem Ort geworden, der den internationalen Jetset mehr anzog als ein Misthaufen die Schmeißfliegen. Mittlerweile gab es außer in Monte Carlo noch Ableger in New York, Istanbul, Hongkong und Moskau. Dabei war die Speisekarte des Cipriani eher durchschnittlich, lediglich die große Auswahl an hausgemachten Torten, die den Gästen von mehreren Kellnern in einem großen Spektakel zur Begutachtung am Tisch präsentiert wurden, war erwähnenswert. Valeri hatte den Eindruck gewonnen, dass das Sehen und Gesehen werden, das er so sehr verabscheute, den Gästen dort ohnehin viel wichtiger war als die Nahrungsaufnahme. Er fand die meisten der Restaurantbesucher albern, alternde Playboys, die mit ihren auffällig jungen Begleiterinnen an der Bar standen, Mädchen, die demonstrierten, dass auch wahnsinnig teure Kleider billig aussehen konnten. Bis zum Gehtnichtmehr aufgebrezelte Damen, die noch mit fünfzig versuchten, wie Dreißigjährige auszusehen, deren schlaffe Achselhaut aber verriet, das es in Wahrheit ein paar Jahre mehr waren. Männer wie der ehemalige Formel-1-Manager Flavio Briatore, der auch um Mitternacht noch eine Sonnenbrille trug und leicht desorientiert durch sein Restaurant strich, oder Designer wie Philipp Plein, der seiner Coolness durch den *I-regret-nothing*-Schriftzug auf seinem Hintern Ausdruck zu verleihen suchte. Alles Leute, denen Valeri tunlichst aus dem Weg ging, auch wenn er sie nicht persönlich kannte.

Er erinnerte sich an einen Abend, an dem Inés ihn tatsächlich überredet hatte, mitzukommen. Sie waren mit einer entfernten Bekannten zum Abendessen verabredet gewesen, die die Frage, was sie in den vergangenen vier Monaten denn gemacht hätte, nur mit einem lapidaren *relaxed* beantwortet hatte. War das tatsächlich beneidenswert? Valeri stellte sich vier Monate relaxen verdammt anstrengend vor.

Um nun möglichst überzeugend zu erklären, warum er Inés versetzt hatte, setzte er eine zerknirschte Miene auf.

»Nein, ich dachte …«

»Was dachtest du?«, unterbrach sie ihn, nun erst recht wütend. »Du dachtest, du könntest dich mal wieder drücken, richtig? Oder interessiere ich dich einfach nicht mehr? Dass ich dich mehrfach angerufen habe, ist dir vermutlich auch entgangen!«

Zögernd zog er sein Mobiltelefon aus der Jackentasche und warf einen Blick auf das Display. Fünf Anrufe in Abwesenheit.

»Tut mir leid, das habe ich nicht gesehen«, antwortete er schwach, da er wusste, dass sie zu Recht wütend auf ihn war.

»Meine Güte, Henri! Sogar der Verlagsleiter aus Paris ist extra meinetwegen angereist! Nachdem ich jahrelang für nichts und wieder nichts gearbeitet und mich mit miesen kleinen Vorschüssen abspeisen lassen habe, wie du dich vielleicht erinnerst, habe ich nun endlich mal die Chance, einen Bestseller zu landen! Und das, obwohl ich dir jahrelang den Rücken freigehalten habe. Jetzt bin aber mal ich dran! Und ich erwarte von dir, dass du mich genauso unterstützt, wie ich das all die Jahre über für dich getan habe! Das war heute ein wirklich wichtiger Abend. Und du? Lässt mich einfach sitzen! Weißt du, wie sich das anfühlt, wenn der Kellner ganz verschämt das Gedeck neben einem wieder entfernt? Dieses Dinner war seit Wochen geplant. Von der Lesung und dem anschließenden Pressetermin mal abgesehen. Aber bei einem offiziellen Abendessen einfach nicht aufzutauchen, ohne abzusagen? Was ist nur in dich gefahren?« Inés lief wütend auf und ab. Dann blieb sie plötzlich stehen, lehnte sich an das Geländer der Terrasse, verschränkte die Arme vor der Brust und starrte ihn aus ihren grünen Katzenaugen an.

»Ich …« Valeri wusste nicht, was er sagen sollte. Das Dinner nach der Buchpräsentation hatte er tatsächlich vollkommen vergessen. Ihm war klar, dass es nicht fair war, sein Fernbleiben mit seinem neuen Fall zu entschuldigen, aber er wusste sich einfach nicht anders zu helfen. »Ich … wir haben einen neuen Fall«, brachte er daher mühsam hervor.

»Ach, tatsächlich? Musstest du einer alten Dame über die Straße helfen?«

»Ich meine es ernst. Wir haben einen Mord!«

»Phh!« Inés glaubte ihm kein Wort. Und er konnte sie sogar verstehen. Die meisten Delikte, die er zu bearbeiten hatte, waren tatsächlich nicht der Rede wert, und sie hielt seine schwachen Argumente für eine Ausrede.

»Die Frau und der kleine Sohn eines Formel-1-Fahrers sind überfallen worden. Nebenan in den französischen Bergen. Der Kleine ist tot, und die Frau liegt im Koma.

Und wir mussten möglichst schnell agieren, um keine Zeit zu verlieren. Und das bei dem momentanen Chaos hier. Du weißt doch, was während des Formel-1-Rennens hier los ist.«

»Ist das wirklich wahr?«, fragte Inés, die etwas blass geworden war und sich entsetzt die Hände vor den Mund schlug.

»Leider ja.« Valeri seufzte. »Es tut mir leid. Ich hätte bei dir sein sollen, aber …«

»Schon gut. Dann hattest du wohl deine Gründe. Du hättest aber wenigstens anrufen und Bescheid sagen können.« Dann fiel ihr Blick auf den Beistelltisch, auf dem das leere Rotweinglas stand. Sie wusste, dass ihr Mann sich immer noch eine Kleinigkeit zu essen machte, wenn er spät nach Hause kam, es sei denn, er war zuvor zum Abendessen in einem Restaurant gewesen. Sie kannte ihn einfach zu gut.

»Und du hast noch nichts gegessen?«

»Was ist das denn für eine Frage?«, versuchte er auszuweichen.

»Ich will wissen, ob du heute Abend schon etwas gegessen hast!«

»Das ist doch lächerlich.« Er stand auf, nahm das leere Glas und ging damit ins Wohnzimmer. Inés folgte ihm auf den Fuß und hielt ihn mit einem beherzten Griff am Oberarm fest.

»Beantworte meine Frage! Hast du gegessen oder nicht?«

»Ja, ich habe gegessen.«

»Wo?«

»In Èze.« Er wusste, dass sie ihn durchschaut hatte. Natürlich hätte er Zeit gehabt, sie zu begleiten, das war seiner Frau nun klar. Ehe er eine weitere halbherzige Entschuldigung loswerden konnte, stieß sie ihn rüde zur Seite und ließ ihn einfach stehen. Auf der Treppe drehte sie sich noch einmal um und schüttelte vorwurfsvoll den Kopf. Dann ging sie ohne ein weiteres Wort nach oben und schlug die Schlafzimmertür mit einem lauten Knall hinter sich zu. Valeri seufzte. Er hatte nicht nur einen Mord aufzuklären. War er soeben in eine schwere Ehekrise hineingeraten?

10

Der Eingangsbereich der Sûreté publique de Monaco sah gänzlich anders aus als derjenige vom Polizeipräsidium in Toulouse. Mit der schicken Ledersitzgruppe, einem blank geputzten Glastisch und einem Wasserspender, der unter einem großen Porträt des Fürsten Albert an der Wand stand, mutete er eher wie das Wartezimmer einer privaten Arztpraxis an. Auf dem Tisch lagen diverse Frauenzeitschriften und andere Magazine. Eines davon hatte Sebastian Bergmanns grausame Familientragödie auf die Titelseite gebracht: *Blutbad beim zukünftigen Weltmeister* stand in großen Lettern über einem Foto von Bergmann, das ihn in seiner Rennfahrerkluft lässig an seinem Sportwagen lehnend zeigte.

Coco warf im Vorbeigehen nur einen schnellen Blick auf das Cover, begrüßte Claire, die Dame am Empfang, mit einem freundlichen Nicken und betätigte etwas schwerfällig mit dem Ellenbogen den Fahrstuhlknopf, da sie einen Karton mit ihren Teeutensilien in den Händen hielt.

Von ihrer Wohnung aus war es nicht weit bis zum Präsidium: Sie musste den Appartementkomplex nur durch den Hinterausgang verlassen, eine Straße überqueren, ein paar Palmen rechts liegen lassen, und schon stand sie vor dem Gebäude der Sûreté publique, dessen Fassade ein großes Gemälde zierte: ein Reiter, der mit seiner Lanze gegen einen Drachen kämpfte. Ob das Kunstwerk symbolisch gemeint war? Der Kampf des guten Polizisten gegen das Böse?

Coco verließ im ersten Stock den Fahrstuhl, ging die schmalen, holzvertäfelten Gänge entlang, bis sie im Bereich der Kriminalpolizei ankam und stieß die Tür zu ihrem neuen Arbeitsplatz auf.

»Guten Morgen«, rief sie Noëlle zu, die sich gerade in einem Taschenspiegel betrachtete und sich mit den Fingern durch den dunklen Pony fuhr.

»Ach, hi! Schön, dass Sie da sind. Gleich heute Dienst zu schieben, das haben Sie sich sicher anders vorgestellt, oder?«

»Allerdings«, entgegnete Coco seufzend und stellte den Karton auf dem weißen Sideboard ab, das neben ihrem Schreibtisch an der Wand stand, und packte die verschiedenen Teesorten aus, außerdem ein paar sehr bunte To-go-Becher.

»Nicht schlecht, die farbliche Auswahl!«, kommentierte Noëlle ihr Bechersammelsurium.

»Die habe ich alle von meiner Mutter bekommen. ›Wenn du deinen Tee schon unterwegs trinkst, dann wenigstens in einem Becher, der farblich zu deiner Handtasche passt‹«, imitierte Coco ihre Mutter.

Noëlle musste lachen. »Sieht so aus, als wäre das nötig, bei den Mengen an Tee, die Sie hier anschleppen!«

»Sorry. Aber daran kann man sich weitaus leichter

gewöhnen als an Ihr kleines Haustier hier«, entgegnete Coco und wies mit dem Kinn auf das große Terrarium, das hinter Noëlles Schreibtisch in einem Regal stand und eine Vogelspinne von beachtlicher Größe beherbergte.

Noëlle war studierte Biologin, hatte nach Abschluss ihres Studiums aber keine Stelle an der Universität bekommen und war über Umwege als Assistentin bei der Polizei gelandet. Natürlich hatte sie ihre Leidenschaft für Flora und Fauna nicht abgelegt und zur Belustigung ihrer Kollegen nach ein paar Wochen im Dienst ihren haarigen Achtbeiner mit ins Büro gebracht.

»Hat das Monster eigentlich auch einen Namen?«

»Natürlich.« Noëlle schob den Deckel des Glaskastens zur Seite und nahm das Tier vorsichtig aus seiner Behausung. »Darf ich vorstellen«, sagte sie, während sie einen Schritt auf Coco zumachte, was die Spinne dazu veranlasste, im Zeitlupentempo mit den Beinen zu wackeln. »Das ist Adolphe.«

»Kommen Sie mir bloß nicht zu nahe!«, rief Coco und machte ein paar Schritte rückwärts. »Adolphe – was ist das denn für ein Name für eine Spinne?«

»So heißt mein Exfreund. Wir verstehen uns nicht mehr besonders gut. Und er hasst Spinnen. Das ist sozusagen meine späte kleine Rache: Ich benenne einen seiner größten Feinde nach ihm. Und der hat nun auch noch Haare auf dem Rücken. Wenn Adolphe wüsste, wie ich ihn in Erinnerung behalte …«

»Haha! Vermutlich würde er Ihnen unterstellen, Sie hätten Haare auf den Zähnen …« Ehe Coco ihren Satz zu Ende bringen konnte, flog die Tür auf, und Kylian Levèvre, der Chef der Sûreté, stand, wie immer elegant gekleidet, in ihrem Büro. Die goldene Seidenkrawatte mit gelb-blauen Ranken und einem dazu passenden Einstecktuch boten einen interessanten Kontrast zu seinem schwarzen Nadelstreifenanzug.

»Valeri!«, brüllte er, stürzte auf dessen Bürotür zu und riss sie auf, ohne anzuklopfen.

»Ihnen auch einen schönen guten Morgen!«, entgegnete Valeri ungerührt. Er saß hinter seinem Schreibtisch und las den *Monaco-Matin*. Er hatte nach dem Streit mit Inés am Vorabend wenig Lust auf eine weitere ärgerliche Diskussion.

»Ich möchte, dass Sie mich unverzüglich auf den neuesten Stand im Fall Bergmann bringen. Und das gilt für Sie beide!«, rief er dann in Cocos Richtung. »Was haben wir bislang?«

Valeri ließ sich nicht aus der Ruhe bringen und winkte Coco, Noëlle und auch den französischen Kollegen Deneuve, der soeben den Raum betreten hatte, in sein Büro.

Coco nahm auf dem schmalen Sofa Platz, das an der rechten, mit Plakaten von berühmten Musikern dekorierten Wand stand: Ron Wood, The Doors, Tom Petty & the Heartbreakers und einige schwarze Bluesmusiker, von denen sie nur B. B. King erkannte. In der hinteren Ecke des Raumes standen zwei Gitarren, eine deutsche Duesenberg E-Gitarre und eine Akustik-Westerngitarre von Gibson. Ihr neuer Kollege schien einen exquisiten Musikgeschmack zu haben.

Erst als sich alle Anwesenden gesetzt hatten, schob Valeri langsam seine Brille nach oben. Er konnte es gar nicht leiden, von seinem Vorgesetzten unter Druck gesetzt zu werden, und ließ sich daher viel Zeit.

»Also, die Fakten: Der Überfall wurde von der Haushaltshilfe der Bergmanns um kurz nach vierzehn Uhr gemeldet. Als sie gegen zwölf das Haus für ihre Mittagspause verließ, waren Bergmanns Frau und der kleine Sohn noch wohlauf. Das heißt, dass der Überfall irgendwann in dem Zeitfenster zwischen zwölf und vierzehn Uhr stattgefunden haben muss. Der Sohn wurde mit einem gezielten Hammerschlag auf den Kopf getötet, die Mutter, ebenfalls am Kopf verletzt, liegt immer noch im Krankenhaus. Oder gibt es da schon Neues, Deneuve?«

»Nein, sie ist offenbar stabil, aber noch im Koma. Über mögliche Folgeschäden kann man im Moment noch nichts sagen. Die Ärzte wollen sie wahrscheinlich in den nächsten Tagen aufwecken. Dann wissen wir mehr.«

»Das ist ein wichtiger Punkt, sie ist die einzige Zeugin. Und es könnte sein, dass die Frau immer noch in Gefahr ist. Diese Informationen dürfen auf keinen Fall an die Presse geraten. Und wir sollten einen Beamten im Krankenhaus haben.«

»Längst vor Ort«, sagte Deneuve.

»Gut. Und was sagen die Nachbarn?«

»Die Bergmanns haben nur eine direkte Nachbarin, die wir aber bisher noch nicht erreichen konnten. Vermutlich war sie zur Tatzeit aber gar nicht zu Hause.«

»Merde!«, entfuhr es Valeri. »Mit ihr müssen wir trotzdem unbedingt reden. Sie könnte ja im Vorfeld etwas bemerkt haben. Und wir brauchen die Bilder von sämtlichen Überwachungskameras, die in der Nähe des

Hauses installiert sind. Die sind auf französischem Terrain zwar selten, aber die Straßen, die von Monaco aus dorthin führen, werden alle überwacht. Und das Haus liegt schließlich nicht weit von der Grenze entfernt. Und was ist mit den Personen aus dem näheren Umfeld der Bergmanns? Coco? Können Sie sich um beides kümmern?«

Ehe sie antworten konnte, meldete sich ihr Mobiltelefon. Cécilia hatte ihr soeben eine SMS mit dem Namen der mutmaßlichen Affäre von Sebastian Bergmann geschickt: Mareike Weber. Coco blickte auf und nickte.

»Sicher, ich checke das.«

»Niki hat noch mal angerufen«, fuhr Valeri mit seiner Zusammenfassung fort. »Die Tatwaffe war definitiv ein sogenannter Fäustel, also ein schwerer Hammer mit scharf geschliffenen Kanten. Die DNA-Proben der Sanitäter und der übrigen Mitglieder des Bergmannschen Haushalts haben wir auch schon für den Abgleich mit einer möglichen Täter-DNA.«

Levèvre war aufgestanden und lief nun ungeduldig hin und her. Dabei strich er sich wild durch seine exakt geschorenen Haare.

»Das ist viel zu wenig! Haben wir denn immer noch keinen Verdächtigen?«, fuhr er Valeri an.

»Jetzt lassen Sie mich doch mal ausreden. Deneuve, haben Sie noch mal mit Bergmann gesprochen?«

»Ja, ich habe ihn gestern noch gesprochen. Soweit er das überblicken konnte, wurde aus dem Haus nichts gestohlen außer dem Portemonnaie und den Ringen seiner Frau. Ansonsten war er keine besonders große Hilfe. Angeblich hat er keine Ahnung, wer hinter dem Anschlag stecken könnte. Er hat eine ziemliche Show abgezogen. Wie sehr er unter Schock stehe, dass er seine Frau über alles liebe und sich dieses grausame Unglück überhaupt nicht erklären könne. Und so ganz nebenbei hat er der Presse schon Interviews gegeben. Und das, obwohl er angeblich unter Schock steht. Sie können sich nicht vorstellen, was da los ist! Da steht eine Horde Reporter in der Größe einer Fußballmannschaft vor dem Krankenhaus!« Er griff in die Innentasche seiner Jacke, zog die Zeitschrift hervor, die Coco auf dem Glastisch im Eingangsbereich hatte liegen sehen, und warf sie auf Valeris Tisch. »Hier: Er spricht von der großen Liebe, einer harmonischen Ehe und so weiter und so weiter …«.

»Das stimmt so nicht!«, unterbrach Coco ihren französischen Kollegen.

Valeri und alle anderen blickten sie überrascht an. »Wie bitte?«

»Bergmann hatte Affären. Wahrscheinlich sogar mehrere. Mindestens eine mit einer Deutschen. Eine gewisse Mareike Weber. Sie soll Bergmann nachgestellt und seine Frau bedroht haben. Nach dem, was ich gehört habe, eine echte Stalkerin.«

»Und wo bitte hört man so etwas?« fragte Valeri kühl.

»Ich habe mich gestern mit ein paar Leuten auf dem Event von Red Bull unterhalten. Da hat mir eine Bekannte diese Geschichte erzählt. Offenbar ein schlecht gehütetes Geheimnis!«

»Na, endlich eine Spur!« Levèvre baute sich vor Valeris Schreibtisch auf. »Und warum weiß ich nichts davon? Ich will über jedes Ermittlungsergebnis informiert werden! Und zwar sofort! Ist das klar? Ist das jedem hier klar?«, wiederholte er seine Frage, die eher wie eine Drohung klang.

Valeri war aufgestanden, wollte etwas erwidern, besann sich dann aber. Eine Auseinandersetzung mit dem Boss wäre jetzt und hier wenig sinnvoll.

»Gut.« Levèvre nickte und ging zur Tür. Im Hinausgehen drehte er sich noch einmal kurz um und bedachte Coco mit einem wohlwollenden Blick: »Gute Arbeit, Frau Kollegin, weiter so!« Valeri ging ebenfalls in Richtung Tür.

»Das war's. An die Arbeit!« Er schob Noëlle und Deneuve aus dem Zimmer. »Noëlle, überprüfen Sie die Telefonate von Bergmanns Frau und kontaktieren sie diese Deutsche. Ich will wissen, wo wir sie erreichen können. Deneuve, Sie geben mir bitte Bescheid, wenn es Neuigkeiten von der Spurensicherung gibt. Und Sie ...« Er blickte Coco an. »Wie schön, dass Sie gestern Abend die Möglichkeit hatten, *business* und *pleasure* zu verbinden. Und Sie sind nicht auf die Idee gekommen, mich zu informieren?«, fragte er in einem schneidenden Tonfall. Er war maßlos verärgert, dass Levèvre ihn vor der gesamten Mannschaft so abgekanzelt hatte.

»Es tut mir leid, aber ich wollte Sie gestern so spät in der Nacht nicht mehr stören ...«, begann Coco.

»Ich möchte nicht, dass so etwas noch einmal vorkommt! Keine Alleingänge!«, unterbrach Valeri sie, dann schob er sie unsanft aus seinem Büro und schlug die Tür hinter ihr zu.

Coco blieb einen Moment unschlüssig stehen, dann drehte sie sich langsam um und warf Noëlle einen hilflosen Blick zu.

»Machen Sie sich keine Gedanken, er beruhigt sich schon wieder!«, sagte ihre Assistentin aufmunternd. »Eigentlich ist er gar nicht so ein Hitzkopf, aber unter uns gesagt: Levèvre und er können nicht besonders gut miteinander.«

»Es war wirklich keine Absicht.« Coco ging zum Wasserkocher hinüber, um sich einen Tee aufzubrühen. In die kleine Teekugel passten genau zwei Löffel *Kukicha*, einer japanischen Grünteesorte, die weniger Koffein als andere Grüntees enthielt. Bei exakt siebzig Grad Wassertemperatur stoppte Coco den Siedevorgang des Wassers und goss das Getränk auf. Einen Moment lang sog sie den Duft des frisch aufgebrühten Tees ein und atmete tief durch. Gerade als sie mit dem Becher in der Hand das Büro verlassen wollte, ertönten hinter Valeris Tür Gitarrenklänge. Coco erkannte das Gitarrenriff von *Brown sugar* von den Stones. Verwundert blickte sie erst in Richtung Tür, dann wieder zu Noëlle hinüber, die breit lächelte.

»Er greift regelmäßig zur Gitarre, wenn er sich über etwas geärgert hat. Das ist seine Art, wieder runterzukommen. Daher auch die Instrumente in seinem Büro. Außerdem hat er zusammen mit ein paar Kollegen eine Band«, erklärte Noëlle.

»Ich hab mich schon gefragt, was er mit den Gitarren hier im Präsidium anstellen will«, antwortete Coco lachend. »Dann hoffe ich, dass er sich beruhigt hat, wenn ich wiederkomme.«

Mit dem Teebecher in der Hand verließ sie das Büro und betrat die Kommandozentrale der Kameraüberwachung, die sich nur ein paar Meter weiter auf demselben Flur befand.

Etliche Bildschirme bedeckten eine der vier Wände, auf denen die Bilder der über vierhundert Kameras betrachtet und ausgewertet werden konnten, die an wichtigen Ein- und Ausfallstraßen des Fürstentums, in Einkaufspassagen, Geschäften, Hotels und sogar in Fahrstühlen installiert waren. Die Kameras konnten von hier aus in alle Richtungen geschwenkt werden und Bilder heranzoomen. Außerdem war es möglich, Autokennzeichen abzugleichen und einen Alarm auszulösen, wenn gesuchte Fahrzeuge die Grenze von Monaco passierten.

Die Aufnahmen wurden acht Tage lang gespeichert und konnten von der Kriminalpolizei jederzeit eingesehen werden.

Coco beobachtete einen Moment lang das Geschehen auf den jeweiligen Bildschirmen, dann ging sie zielstrebig auf einen jungen Mann zu, der dort saß und die Bildschirme im Auge behielt.

»Bonjour, Monsieur. Coco Dupont mein Name. Ich bin die neue Kollegin von Kommissar Valeri«, stellte sie sich vor. »Wie sieht es aus in der Big-Brother-Kommandozentrale?«

»Gut sieht es hier aus«, entgegnete der Kollege und wies grinsend auf einen der Bildschirme, auf dem gerade eine Gruppe junger Frauen zu sehen war, die die Straße am Kreisel des Place d'Armes überquerte. »Zurzeit sind so viele Schönheiten wie nie in der Stadt!«

Coco nickte, bevor sie auf ihr Anliegen zu sprechen kam.

»Ich ermittle im Fall Bergmann. Dazu bräuchte ich die Aufnahmen aller Kameras, die in der Nähe des Tatorts installiert sind. Lässt sich das machen?«

»Im Prinzip ja. Theoretisch können wir jeden Fleck in Monaco mit einer Kamera erreichen, aber sie muss natürlich auch im richtigen Winkel ausgerichtet sein. Wonach suchen Sie denn, wenn ich fragen darf?«

»Ganz konkret bräuchte ich die Aufnahmen von allen Straßen, die Richtung Beausoleil führen.«

»Von der französischen Seite haben wir keine Bilder. Aber wenn der Täter die Zufahrtsstraßen dahin genommen hat, dann könnten wir ihn erwischen!«

»Vorausgesetzt, er ist von Monaco aus gekommen?«, hakte Coco nach.

»Richtig. Wenn er von der französischen Seite aus gekommen ist, haben wir keine Chance. Da oben gibt es keine Kameras. Ich nehme an, Sie brauchen die Aufnahmen sofort?«

»So schnell es geht.«

»Über welchen Zeitraum?«

»Die Bergmanns sind zwischen zwölf und vierzehn Uhr überfallen worden, also am besten vom gesamten Vormittag bis vierzehn Uhr.«

»Habt ihr denn schon einen Verdächtigen?«, fragte er.

»Nicht einen, sondern eine. Eine Deutsche. Sie heißt Mareike Weber. Noëlle wird Ihnen ein Foto von ihr zukommen lassen, sobald wir eines haben. Das ist zumindest eine erste Spur!«

11

Mareike Weber befand sich auf der Yacht des Ex-Formel-1-Managers und Italo-Playboys Flavio Briatore, auf der während des gesamten Wochenendes ein Event nach dem anderen stattfand. Das Schiff konnte für rund zweihundertdreißigtausend Euro pro Woche gemietet werden, Verpflegung, Treibstoff und Trinkgeld nicht inbegriffen. An diesem Tag war zu einem Champagnerempfang mit Häppchen geladen worden, zu dem die unterschiedlichsten Gäste, Presseleute, VIPs und Sportler erwartet wurden. Valeri hatte die mutmaßliche Affäre von Sebastian Bergmann über ihr Mobiltelefon erreicht und sich mit ihr zu einem kurzen Gespräch an Bord verabredet.

Der Steg, an dem Briatores Yacht lag, war nur über das Wasser zu erreichen, und so bestiegen Valeri und Coco eines der kleinen Shuttleboote, deren Fahrer den ganzen Tag über nichts anderes zu tun hatten, als die Gäste zwischen der Yacht und dem Formel-1-Gelände hin- und herzufahren. Vom Boot aus betrachtete Coco die Force Blue, die zwischen den anderen Schiffen schon durch ihre gigantische Größe hervorstach. Die Force Blue gehörte zu den hundert größten Yachten der Welt, war über sechzig Meter lang und verfügte über drei Decks. FB, die

Initialen, die zugleich auf den Eigner verwiesen, prangten in großen silbernen Lettern auf dem Schiff. Coco genoss den leichten Wind und das strahlende Sonnenlicht während der Überfahrt, die leider nur sehr kurz dauerte. Am Steg angekommen stiegen sie aus, präsentierten der Hostess an der Gangway ihre Dienstausweise, und gerade als Valeri mit schnellen Schritten ins Innere der Yacht gehen wollte, wurde er schon wieder angehalten.

»Entschuldigen Sie, Sie müssen bitte Ihre Schuhe ausziehen«, sagte ein junger Mann an der Tür und wies auf Valeris schwarze Mokassins.

Valeri hielt einen Moment inne, während Coco kommentarlos aus ihren Schuhen glitt und diese in den dafür vorgesehenen Korb neben der Tür warf. Auch neben dem Korb standen etliche Schuhpaare, ein Hinweis darauf, dass sich auf dem Boot schon einige Gäste eingefunden hatten.

»Ich ziehe hier ganz sicher nicht meine Schuhe aus!«, antwortete Valeri knapp und ging einfach weiter.

Seine Laune ist offenbar immer noch nicht besser, dachte Coco, während sie dem jungen Mann einen entschuldigenden Blick zuwarf.

»Das ist halt so üblich auf Booten«, sagte sie dann leise zu Valeri.

»Nicht mein Problem! Mal ehrlich, diese Leute geben Millionen für ein Schiff aus, aber können sich kein anständiges Parkett leisten, das man mit Schuhen betreten kann!«

»Na ja, darum geht es ja nicht, das ...« Coco hielt inne, denn Valeri war bereits weitergegangen und hörte ihr gar nicht mehr zu. Sie folgte ihm durch eine schmale Tür in den Bauch des Schiffes, von dem aus eine Treppe auf das nächste Deck führte. In dem kleinen Flur hing ein Gemälde an der Wand, das Flavio Briatore im typischen Outfit etlicher historischer Persönlichkeiten zeigte: Als Goethe, Napoleon, Bacchus, Heinrich VIII., Che Guevara und sogar als Batman. Das sagte ja einiges darüber aus, was für ein Bild der Schiffseigner von sich selbst hatte! Coco musste grinsen.

Auf dem Oberdeck lagen einige Gäste entspannt auf meterlangen Couches in der Sonne, hörten Chill-out-Musik, nippten an ihren Gläsern und nahmen sich Häppchen von silbernen Platten, die von mehreren Bediensteten herumgereicht wurden. Valeri zog das Foto hervor, das Noëlle ihm kurz zuvor noch von Mareike Webers Facebook-Seite herunterkopiert hatte, und wies mit einem Nicken auf eine Frau, die, bekleidet mit weißen Lederhotpants, einem knappen T-Shirt und einer gigantischen Sonnenbrille auf der Nase am Rand eines Whirlpools lehnte und an ihrer Zigarette sog. Sie hatte ihre langen dunklen Haare penibel geglättet und symmetrisch über beide Schultern gelegt.

»Das ist sie«, sagte Valeri und ging auf die Frau zu. Einer der Kellner hielt ihm ein Tablett hin.

»Champagner?«, fragte er höflich.

»Nein, danke. Bin im Dienst«, knurrte Valeri und ging weiter. Coco warf einen Blick auf die Gläser und zuckte bedauernd mit den Schultern.

»Pardon, sind Sie Mareike Weber?«, sprach Valeri die junge Frau ohne Umschweife an.

Mareike Weber hielt seinem Blick einen Moment stand, dann blies sie ihm langsam den Rauch ihrer Zigarette entgegen.

»Wer will das wissen?«, fragte sie.

»Sûreté publique, Henri Valeri. Das ist meine Kollegin Coco Dupont. Wir haben telefoniert.«

»Mag ja sein. Darf ich trotzdem mal Ihren Ausweis sehen?«

»Klar.« Das war ihr gutes Recht. Trotzdem sog Valeri hörbar die Luft ein, bevor er seinen Ausweis aus der Brieftasche zog und Mareike Weber unter die Nase hielt. Diese Frau ging ihm schon auf die Nerven, bevor er auch nur ein einziges vernünftiges Wort mit ihr gewechselt hatte.

»Und Ihre Legitimation?«, wandte sich Mareike Weber nun an Coco.

»Sicher, kein Problem!« Coco zückte ebenfalls ihren Ausweis.

»Was kann ich denn nun für Sie tun?«

»Wir ermitteln im Fall Bergmann. Von dem Überfall auf seinen Sohn und seine Frau haben Sie ja sicherlich gehört …«, begann Coco und wartete auf eine Reaktion, doch Mareike Weber tat ihr den Gefallen nicht. Sie sah sie nur starr an. »Sie kennen die Bergmanns doch, nicht wahr?«, fuhr Coco fort.

»Sagt wer?«

»Wir fragen, Sie antworten! Also: Kennen Sie die Bergmanns?«

»Vielleicht.«

»Schluss jetzt mit dem Spielchen!«, knurrte Valeri.

»Wir ermitteln in einem Mordfall, und wenn das hier nicht möglich ist, nehmen wir Sie mit ins Präsidium! Also, noch mal, wie ist Ihr Verhältnis zu den Bergmanns?«

»Wir kennen uns.«

»Wo haben Sie sich kennengelernt?«

»Am Hockenheimring.«

»Was hatten Sie da zu tun?«

»Ich habe das Rennen verfolgt, was sonst?«, antwortete Mareike Weber patzig.

»Wenn ich richtig informiert bin, ist es nicht so einfach, mit den Fahrern in Kontakt zu kommen!«

»Da haben Sie recht.«

»Und wie sind Sie dann an Sebastian Bergmann herangekommen?«, hakte nun Coco nach.

»Ich hatte Gästekarten. Damit darf man ins Fahrerlager und manchmal auch in die Boxengasse. Sebastian hat mich angesprochen, wir kamen ins Gespräch, haben uns sofort gut verstanden. Ganz einfach.«

»Und woher hatten Sie die Karten?«

»Das VIP-Paket habe ich gekauft, den Gästepass für die Boxengasse gibt es auf Einladung.«

»Sind solche Tickets nicht sehr teuer?«

»Durchaus«, entgegnete Mareike Weber süffisant und nahm sich eines der frisch gefüllten Champagnergläser, das ihr von einer der Servicekräfte angeboten wurde. Sie stellte es kurz auf dem Rand des Whirlpools ab, in dem zwei junge Frauen in knappen Bikinis saßen und zwischen ihnen ein Mann, der sicherlich älter war als die überschlanken Damen zusammen und vermutlich das dreifache Gewicht der beiden auf die Waage brachte. Soeben drückte er erst der einen, dann der anderen jungen Frau einen Kuss auf die Wange und rief: »So lässt es sich doch aushalten, was meint ihr, ihr Hasen!«

Valeri schüttelte sich. Das Intermezzo dieses Dreiergespanns hatte ihn sichtlich aus dem Konzept gebracht.

»Darf ich fragen, was Sie beruflich machen?«, wandte er sich wieder an Mareike Weber.

»Dürfen Sie.«

»Und?« Mareike Weber nahm sich eine weitere Zigarette aus ihrem silbernen Etui und neigte sich Valeri entgegen.

»Haben Sie Feuer?«

»Bedaure!«

Der kompakte Herr wuchtete sich nun schneller aus dem Whirlpool, als man ihm zugetraut hätte, und griff nach einem goldenen Feuerzeug, das neben einer Packung Zigarillos lag.

»Kann ich behilflich sein, Lady?«

»Merci, mon cher!« Alle Blicke waren auf Mareike Weber gerichtet, die diesen Moment sichtlich genoss. Erst als die Zigarette brannte und sie einen tiefen Zug genommen hatte, ließ sie sich dazu herab, Valeris Frage zu beantworten.

»Zurzeit mache ich gar nichts, ich genieße das Leben! Meine Familie ist vermögend!«

»Aha.« Valeri seufzte resigniert.

»Gut«, sprang Coco ein, »Sie reisen also herum, sehen sich Formel-1-Rennen an, haben bei dem Rennen in Deutschland Sebastian Bergmann kennengelernt. Wie ging es dann weiter?«

»Er hat sich sofort in mich verliebt.«

»Tatsächlich? Und dann hatten Sie eine Affäre?« Auch Coco wurde es langsam zu bunt, so dass sie etwas direkter wurde. »Eine Affäre? Nein. Haben wir nicht. Das ist etwas ganz Besonderes zwischen uns. Er liebt mich, ich liebe ihn, so einfach ist das!«

»Sebastian Bergmann ist verheiratet, das wissen Sie doch sicherlich?«

»Natürlich. Aber seine Frau macht ihn nicht glücklich! Das sieht man doch! Sie ist eiskalt und hat nichts anderes im Sinn als seinen Erfolg und ihre eigene Karriere! Die Heirat war ein großer Fehler! Menschen machen Fehler! Das wird Sebastian auch noch klar werden. Eigentlich weiß er es ja längst!«

»Besteht diese Liebe zwischen Ihnen noch?« Valeris Augenbrauen schnellten nach oben.

»Natürlich. So ein Gefühl geht doch nicht einfach vorbei.«

»Das heißt, Sie sind immer noch mit Bergmann liiert?«

Mareike Weber antwortete nicht sofort. Sie hielt einen Moment inne, zog ein weiteres Mal an ihrer Zigarette, dann kippte sie den Rest des Champagners in einem Zug hinunter.

»Nein. Sebastian wollte seine Frau nicht verletzen. Er kümmert sich um diese Familie, obwohl er sie eigentlich gar nicht will. Eigentlich will er mich, das ist doch offensichtlich. Das weiß doch jeder! Jedenfalls weiß ich es!«, sagte sie mit glasigem Blick und ließ sich noch einmal nachschenken.

Valeri und Coco sahen einander an.

»Haben Sie Sebastian Bergmann in den letzten vierundzwanzig Stunden gesprochen?«

»Habe ich nicht. Aber sicher ist er froh, diese Last los zu sein!«

»Welche Last?« Valeri blickte die Frau verständnislos an.

»Die Familie natürlich. Wahrscheinlich ist es gut, dass sie tot sind!«

»Sein Sohn ist tot, seine Frau lebt noch«, korrigierte Valeri sie.

»Kennen Sie Anca Bergmann persönlich?«, fragte Coco.

»Ich hab sie einmal gesehen. Ich habe ihr gesagt, dass Sebastian mich liebt und sie verlassen wird.«

»Wie hat sie darauf reagiert?«

»Sie hat mir nicht geglaubt. Hat mir erzählt, Sebastian würde sie niemals verlassen!«

»Und dann haben Sie die Sache selbst in die Hand genommen und die beiden niedergeschlagen? Damit Sebastian frei für Sie ist?«, insistierte Valeri.

»Ich?« Mareike starrte ihm direkt in die Augen. »Nein. Aber ich bin froh, dass es so gekommen ist. Wenn ich wüsste, wer das war, würde ich demjenigen einen Dankesbrief schreiben.«

»Frau Weber, da ist ein Kind getötet worden!«, zischte Coco.

»Das Kind wollte er ja gar nicht!« Mareike Weber schwieg einen Moment, dann öffnete sie ihre Handtasche, nahm einen kleinen Spiegel und einen Lippenstift heraus und zog sich ungerührt die Lippen nach. »Kann ich sonst noch was für Sie tun?«, fragte sie dann in einem herablassenden Tonfall.

»Wo waren Sie gestern Mittag zwischen zwölf und vierzehn Uhr?«

»Hier und da.«

»Frau Weber, ist Ihnen klar, dass Sie unter Mordverdacht stehen? Und wenn Sie jetzt nicht angemessen auf unsere Fragen antworten, lasse ich Sie auf der Stelle festnehmen und in Handschellen abführen!« Valeri war wütend und etwas lauter geworden.

»Das dürfen Sie doch gar nicht.«

»Sie werden schon noch sehen, was ich alles darf! Also, zum letzten Mal: Wo waren Sie gestern Mittag zwischen zwölf und vierzehn Uhr?«

»Hier in Monaco. Ich habe mir das freie Training angeschaut. Ich bin ein bisschen herumgelaufen, habe eine Kleinigkeit gegessen, mich umgeschaut …«

»Waren Sie in Begleitung?«

»Nein.«

»Es gibt also niemanden, der bezeugen könnte, wo genau Sie um diese Uhrzeit waren?«

»Mich hat bestimmt irgendjemand gesehen. Vielleicht drüben bei Red Bull? Dort habe ich geluncht.«

»Wir werden das überprüfen.« Valeri zog eine Visitenkarte aus seiner Brusttasche und reichte sie Mareike Weber. »Bleiben Sie in der Stadt und melden Sie sich, wenn Sie vorhaben, das Land zu verlassen. Es kann sein, dass wir noch einmal mit Ihnen sprechen müssen.«

»Ich lebe in Nizza. Ich werde das Land also relativ schnell wieder verlassen.«

»Sie wissen genau, was ich meine«, entgegnete Valeri knapp.

»Sicher.« Mareike Weber nahm Ihre Sonnenbrille ab und kniff die Augen zusammen. »Darf ich jetzt gehen, oder wollen Sie mir doch noch Handschellen anlegen?« Sie streckte ihm mit einem süffisanten Lächeln ihre Handgelenke entgegen.

Valeri drehte sich wortlos um und machte sich auf den Weg zum Ausgang. Coco folgte ihm. Als sie draußen ankam, stieg er bereits in das Shuttleboot, das sie wieder zurück zum Fahrerlager bringen sollte. Coco fischte ihre flachen roten Loafer aus dem Schuhkorb, schlüpfte hinein und eilte ihm über die Gangway hinterher.

Vom Formel-1-Gelände ertönte schon wieder das Heulen der Motoren. Auch wenn die Formel-1-Piloten an diesem Tag freihatten, wurde die Strecke genutzt: Am Freitag fanden üblicherweise zahlreiche Rahmenrennen wie zum Beispiel die GP2-Serie oder der Porsche-Cup statt. Warum in Monaco am Freitag keine Formel-1-Rennen gefahren wurden, darüber stritten sich die Experten. Einige meinten zu wissen, dass Rainier III., der vormalige Regent des Fürstentums und Ehemann der amerikanischen Filmschauspielerin Grace Kelly, keine drei Tage am Stück den Rennwahnsinn hatte ertragen wollen, andere sagten, dass man den vielen Sponsoren und Gästen die Gelegenheit geben wollte, ausgiebig zu feiern und Verträge auszuhandeln.

Coco nahm neben Valeri im Shuttleboot Platz, der einen letzten entgeisterten Blick auf die Force Blue warf, bevor ihr Bötchen wieder Richtung Fahrerlager ablegte.

12

Zurück am Steg neben dem Red-Bull-Areal blieben Coco und Valeri einen Moment lang unschlüssig in der Sonne stehen.

»Haben Sie Hunger?«, brach Coco das Schweigen und warf einen Blick auf die Terrasse des österreichischen Fahrerlagers, wo schon einige Gäste zu Mittag aßen.

»Ehrlich gesagt, ja.«

»Dann lassen Sie uns bei Red Bull eine Kleinigkeit essen, die Küche dort ist mehr als passabel. Und alle, die Zugang zur Terrasse haben, dürfen sich hier verpflegen. Fahrer, Presseleute, Gäste ...« Coco ging die kleine Treppe hinauf, präsentierte den Hostessen am Eingang ihren Ausweis und stellte sich ans Ende der Schlange, die sich vor dem Tresen gebildet hatte.

»Eigentlich nicht ganz korrekt. Man könnte uns für bestechlich halten!« Valeri folgte ihr dennoch und warf einen Blick auf die Speisen, die bereits angerichtet waren. Es gab gebratene Jakobsmuscheln auf Rote-Beete-Carpaccio mit Meerrettichschaum, außerdem Pasta mit frischen Champignons und Kirschtomaten. Sie nahmen sich von beidem je einen Teller und stellten sich an einen der Stehtische neben der gigantischen Bar, die mitten auf der Terrasse stand und an der es das ganze Wochenende kostenlos Champagner, Wein, Wodka und natürlich auch antialkoholische Drinks und Heißgetränke gab. Coco organisierte eine große Flasche Wasser, und schweigend begannen sie zu essen. Um sie herum herrschte Trubel, und der Champagner floss bereits um diese Tageszeit in Strömen. Der ehemalige britische Formel-1-Fahrer David Coulthard ging vorbei, gefolgt von dem Finnen Mika Häkkinen, der seine beiden Kinder im Schlepptau hatte. Sie postierten sich vor einem alten Formel-1-Wagen, den die Organisatoren zur Dekoration neben einer Sitzecke aufgestellt hatten, und bereiteten sich auf ein Interview mit dem deutschen RTL-Formel-1-Boxenreporter Kai Ebel vor, der mit seinem Kamerateam schon in der Nähe stand.

Valeris Blick fiel auf einen der vielen Flachbildschirme, auf denen der momentan ausgetragene Porsche-Cup übertragen wurde. Just in diesem Moment krachte einer der Wagen gegen die Absperrung, ein Rad und ein Teil der Karosserie flogen durch die Luft.

»Schade um das schöne Blech!«, meinte Valeri trocken.

Coco folgte seinem Blick. Die Rennleitung unterbrach das Rennen kurz, um das kaputte Auto bergen und die Strecke säubern zu lassen. In Windeseile rannten Helfer auf die Fahrbahn, holten den Piloten, der offenbar unverletzt geblieben war, aus dem Wagen und befestigten Gurte an den Seiten des Fahrzeugs. Wenige Augenblicke später schwebte der Porsche in der Luft. Er wurde von einem der an der Strecke aufgebauten Kräne von der

Fahrbahn gehoben, damit diese möglichst schnell wieder freigegeben werden konnte. Ein eigenartiges Bild, wie der beschädigte Bolide dort oben in der Luft baumelte, hoch über den Köpfen der Zuschauer und direkt vor den Fassaden der teuren Immobilien.

»Ja, da darf man nicht zimperlich sein! Weder als Fahrer und schon gar nicht als Rennstallbesitzer. Hier wird viel Geld verbrannt, das können wir uns gar nicht vorstellen.« Coco nahm einen großen Schluck aus ihrem Wasserglas und musste insgeheim zugeben, dass sie gerade jetzt auch nichts gegen ein kleines Gläschen Champagner einzuwenden gehabt hätte.

Sie war früher häufiger hier zu Gast gewesen und mochte die Stimmung beim Formel-1-Rennen. Sie erinnerte sich an gute, unbeschwerte Momente. Sie dachte an Nicolai und Cécilia und musste lächeln. Sie hatten viel Spaß zusammen gehabt damals. Einen Moment lang wünschte sie sich, sie könnte die Zeit zurückdrehen.

Dann aber besann sie sich wieder auf ihren Job und verwarf die Idee, sich zum Genuss eines prickelnden Getränkes hinreißen zu lassen.

»Was halten Sie von dieser Frau?«, fragte Coco Valeri.

»Die Weber, meinen Sie?« Valeri ließ seine Atemluft lautstark entweichen. »Ich glaube, die hat einen ziemlich großen Batterieschaden!«

Coco lachte. »Ich weiß, was Sie meinen. Eine eigenartige Person, sie wirkt irgendwie manisch.«

»Und ganz offen die Meinung zu vertreten, dass es gut sein könnte, dass da ein Kind getötet wurde! Das ist doch nicht normal!«

»Denken Sie, Mareike Weber könnte die Täterin sein?«

»Ich weiß es nicht. Sie hat uns ja förmlich auf dem Silbertablett ein Motiv serviert. Das könnte aber auch Strategie sein: so offensiv ihren Hass zu zeigen, dass man fast nicht mehr glauben kann, dass sie tatsächlich hinter der Tat steckt. Auf der anderen Seite: Versetzen wir uns doch mal in ihre Lage. Die beiden hatten eine Affäre. Für Bergmann ist das, wenn man Ihrer Bekannten glauben mag, nicht die erste und wohl auch nicht die letzte.« Valeri hielt einen Moment inne. »Apropos: Woher kennen Sie eigentlich so viele Leute hier in Monaco?«

»Als mein Vater noch lebte, war ich mit meinen Eltern häufiger hier. Meine Mutter hat unser Appartement in La Condamine behalten, kommt allerdings nur noch sehr selten hierher. Sehr praktisch für mich, so habe ich einen Platz zum Wohnen.«

»Ach, Sie wohnen direkt in der Stadt?«, fragte Valeri überrascht.

»Ja, direkt dort drüben im Hafen.«

»Aha.« Valeri schwieg einen Moment, bevor er auf den Fall zurückkam. »Also noch mal: Bergmann schläft also ein paarmal mit der Frau, danach serviert er sie ab, wie so üblich, hat ja anscheinend bislang gut funktioniert. Doch in diesem Fall reagiert seine Exgeliebte anders als die Frauen zuvor. Mareike Weber lässt sich nicht einfach abservieren, wird unangenehm. Sie hat die finanziellen Mittel, ihm überallhin zu folgen. Sie fordert ihn auf, sich von seiner Ehefrau zu trennen, doch er lehnt ab. Sie gibt natürlich der Gattin die Schuld, wird wütend und will sich rächen. ›Wenn ich dich nicht haben kann, dann soll dich auch keine andere haben‹«, spielte Valeri die Szene durch. »Sie steigert sich immer weiter in ihren Wahn hinein, dann klingelt sie bei Anca Bergmann, die nichts ahnend öffnet, und schlägt auf die Frau ein. Das Kind der beiden kann Mareike Weber ebenso wenig ertragen, ist es doch ein Zeugnis ihrer Liebe. Auch der Kleine muss sterben. Und der Weg, so glaubt die Weber zumindest, ist nun für sie frei.«

»So könnte es gewesen sein.« Coco nickte nachdenklich. »Auf der anderen Seite: Ich kann mir nicht vorstellen, dass eine Frau es fertigbringt, ein Kind zu erschlagen. Frauen … Mütter … Sie schützen doch normalerweise ihre und andere Kinder!«

»Manchmal legt sich da ein Schalter um, und dann passiert es einfach«, entgegnete Valeri. »Sie dürfen hier nicht von einer gesunden Person ausgehen. Wir sollten auf jeden Fall an ihr dranbleiben. Trotzdem schlage ich vor, dass wir auch noch einmal Sebastian Bergmanns Alibi abklopfen, wenn wir schon hier sind. Wann sagten Sie, endet die erste Trainingseinheit normalerweise?«

»Um elf Uhr dreißig«, antwortete Coco und schluckte den letzten Bissen ihres köstlichen Mahls hinunter.

Valeri warf einen Blick auf ihre leeren Teller. »Sie sind fertig?« Ohne eine Antwort abzuwarten, setzte er sich in Bewegung und ging in Richtung der Container auf der anderen Seite des Zauns, wo sie am Tag zuvor schon Sebastian Bergmann aufgesucht hatten.

»Wenn jeder hier immer seinen Ausweis braucht, um ein und aus zu gehen, gilt das ja wohl auch für Sebastian Bergmann. Wir müssen auf eventuell gespeicherte Daten zugreifen, damit wir wissen, wann sich Bergmann wo aufgehalten hat.«

Valeri sprach einen der Männer an, die am Drehkreuz die Pässe kontrollierten. Jedes Mal, wenn ein Gast seinen Pass an den Sensor hielt, erschien dessen Foto auf dem dazugehörigen Bildschirm.

»Wo werden diese Daten registriert und gespeichert?«

»Keine Ahnung, da müssen Sie den Chef fragen!«, entgegnete der Mann achselzuckend und wies mit dem Kinn auf den edlen, schwarzen Container, der Coco schon früher aufgefallen war. Bernie Ecclestones *motorhome* war nicht zu übersehen. Coco ging zielstrebig auf den Eingang zu und klopfte energisch an die Tür, die aus schwarzem Spiegelglas bestand. Langsam glitt die Schiebetür auf, dahinter erschien eine blond gelockte schlanke Frau, deren Hakennase ein wenig an Kleopatra erinnerte. Fragend blickte sie Valeri und Coco an.

»Ja, bitte?«

»Sûreté publique, mein Name ist Coco Dupont, das ist mein Kollege Henri Valeri. Wir ermitteln im Fall Bergmann und hätten einige Fragen.«

»Gerne, wenn ich Ihnen weiterhelfen kann«, antwortete die Blonde freundlich und ließ sie eintreten. Bernie Ecclestones Reich glich einer Kommandozentrale. War es von außen durch die verdunkelten Scheiben nicht möglich, hineinzusehen, konnte man von innen das Geschehen draußen ganz genau beobachten. Neben den Fenstern hingen etliche Bildschirme, und mehrere Kameras zeigten wechselnde Bilder von der Rennstrecke. Die Einrichtung war schlicht, eine Mischung aus dunklem

Holz und poliertem Metall, nirgendwo war auch nur ein einziges Staubkorn zu entdecken.

»Bitte setzen Sie sich. Was kann ich also für Sie tun?«

»Sie haben ja sicher von dem Überfall auf Bergmanns Familie gehört«, begann Valeri.

»Aber natürlich! Grausame Geschichte. Wie weit sind Sie mit Ihren Ermittlungen? Haben Sie schon einen Verdacht?« Die Dame setzte sich ebenfalls und schob einen Teller mit einem halben zerteilten Hummer beiseite.

»Sie können gerne weiteressen, während wir Ihnen ein paar Fragen stellen«, sagte Coco höflich.

»Ach, lassen Sie mal, ich war ohnehin schon fertig.«

»Wir ermitteln im Moment noch in alle Richtungen«, begann Valeri. »Und wir wüssten gern, ob Sie sich vorstellen können, wer hinter dem Überfall stecken könnte.«

»Nun, die Formel-1 ist ein hartes Geschäft. Es geht um sehr viel Geld, ein Milliardenbusiness. Hier gibt es also auch ziemlich viel Neid. Sehen Sie, wir haben im Moment elf Teams. Das sind zweiundzwanzig Topfahrer. Mehr nicht. Nur zweiundzwanzig Menschen weltweit, die auf diesem Niveau Rennen fahren können. Das sind Weltstars, Helden.«

»Neid könnte durchaus ein Faktor sein. Haben Sie denn einen konkreten Verdacht?«, hakte Valeri nach.

»Nein, tut mir leid, aber da fällt mir auf die Schnelle nichts dazu ein.«

»Wie gut kennen Sie die Fahrer denn?«

Die Frau stieß spöttisch Luft aus und zog eine Augenbraue hoch. »Monsieur … Wie war Ihr Name?«

»Valeri.«

»Gut, Monsieur Valeri. Dann erkläre ich Ihnen mal, wie unser Geschäft läuft. Die Formel 1: Das ist Bernie Ecclestone. Mittlerweile ist er zwar nicht mehr bei jedem Rennen dabei, zum Beispiel in Australien oder China, das ist ihm zu weit weg. Aber glauben Sie mir, wir wissen ganz genau, was weltweit läuft! Es geschieht in dieser Branche nichts, was Bernie nicht weiß. Man könnte sagen, er ist ein allmächtiger Herrscher in seinem Reich. Ein Despot.«

»Was soll das denn heißen?«, fragte Valeri nach.

»Ecclestone entscheidet, wie es läuft. Wo und wann die Rennen stattfinden, welches Team an den Start geht, welche Firma die Reifen stellt, wie das Fahrerlager angeordnet ist, wo die Wagen stehen … Ich nenne Ihnen mal ein Beispiel: Abu Dhabi kannte doch vor dem Formel-1-Rennen keiner, das wussten die Mächtigen dort auch. Sie wollten also die Welt auf ihr Land aufmerksam machen und haben sich gedacht: ›Lassen wir das Formel-1-Rennen in unserem Land stattfinden, dann guckt schließlich die ganze Welt auf uns.‹ Damit haben sie ja auch recht, die Scheichs. Aber so einfach ist das nicht. Denn jetzt kommt Bernie Ecclestone ins Spiel und sagt: ›Wenn ihr die Formel 1 fahren lassen wollt, müsst ihr zahlen. Fünfzig Millionen im Jahr – und die gehen an uns, weil ich das so will.‹ Ob das den Teams passt, den Fahrern oder den Sponsoren, das ist Bernie völlig egal. Er ist Cäsar. Ich zitiere ihn gerne und verrate damit bestimmt kein Betriebsgeheimnis: ›Du musst ein Drecksack sein in diesem Geschäft.‹« Die Frau hielt einen Moment inne und schlug ein Bein über das andere, wobei Coco einen Blick auf ihre hohen Snakeprint-Pumps erhaschen konnte. Gerade als Valeri eine weitere Frage stellen wollte, fuhr sie fort: »Ein anderes Beispiel: Wenn die Fahrer länger im Geschäft sind, dann werden sie irgendwann faul, empfindlich, haben Allüren und keine Lust mehr, mit ihren Fans zu reden. Das hier ist ein kleiner Kreis von Privilegierten, aber trotzdem kommen ja immer wieder Fans an Karten, die ihnen Zugang zum Fahrerlager gewähren, sogenannte Gästepässe. Diese Leute verehren die Fahrer, und für diese Fans sollten sich die Piloten ruhig auch mal einen Moment Zeit nehmen. Das ist Bernies Einstellung: Formel-1 ist ein Zuschauersport! Aber einige Fahrer hatten sehr schnell keine Lust mehr, mit ihren Fans zu reden, daher sind sie dann immer sofort vom Fahrercontainer in die Trucks mit den privaten Unterkünften gehuscht und hinter verschlossenen Türen verschwunden. Das gefiel Bernie gar nicht. Deshalb hat er eine neue Regel aufgestellt: Neuerdings müssen die Fahrerlager mindestens fünfzig Meter von den Privatunterkünften entfernt sein, damit die Piloten einen längeren Weg zurücklegen müssen und die Fans Gelegenheit haben, sie anzusprechen, ein Autogramm zu bekommen oder auch ein gemeinsames Foto. Und glauben Sie mir, Bernie selbst misst die fünfzig Meter ganz genau nach!«, sagte sie und lachte.

»Diese sogenannten Gästepässe, nach welchen Kriterien werden die denn vergeben?«, mischte Coco sich ein und dachte an Mareike Weber, die Bergmann über einen solchen Gästepass kennengelernt hatte.

»Das ist unterschiedlich. Die Sponsoren haben die Möglichkeit, Gäste einzuladen, die Teams natürlich auch, ebenso Journalisten, mit denen wir schon lange zusammenarbeiten.«

»Sie kennen die Gäste aber nicht alle persönlich?«

»Natürlich nicht. Das wären viel zu viele.«

Valeri nickte und zog das Foto von Mareike Weber aus der Tasche. »Kennen Sie diese Frau?«

Die Blonde betrachtete das Bild eingehend, dann schüttelte sie den Kopf. »Ich glaube nicht, dass ich diese Frau schon mal gesehen habe. Wer ist das?«

»Angeblich eine gute Bekannte von Sebastian Bergmann. Manche Zungen behaupten, sie habe ihm nach dem Ende einer Romanze nachgestellt und seine Frau bedroht.«

»Also, wenn sie Sebastian selbst je ernsthaft nachgestellt oder gar bedroht hätte, dann wüssten wir mit Sicherheit davon«, entgegnete sie entschieden.

»Würden Sie das denn wirklich mitbekommen?«

»Mit absoluter Sicherheit. Wir sind hier eine eingeschworene Gemeinschaft, und wir haben ein gutes Verhältnis zu unseren Fahrern. Für Bernie sind sie so etwas wie seine Söhne. Er fliegt die Piloten sogar ab und zu mit seinem Privatjet nach Hause. Das ist für die Fahrer ja auch deutlich angenehmer, als sich im Flieger in der First Class unter das Volk mischen zu müssen. Und bei der Gelegenheit erzählen sie dann auch mal Privates.«

»Das heißt, Sie wissen also von Bergmanns Affären?«, fragte Coco nach.

»Also, ich werde Ihnen ganz bestimmt keine Details aus dem Privatleben der Fahrer preisgeben. Aber diese Frau ist mir tatsächlich noch nie begegnet.« Sie warf einen Blick auf ihre Armbanduhr, dann stand sie auf. »Kann ich sonst noch etwas für Sie tun? Ich habe nämlich noch einiges zu erledigen.«

Valeri und Coco erhoben sich ebenfalls.

»Wir brauchen die Aufzeichnungen der Daten von den Ein- und Ausgangskontrollen des Fahrerlagers. Wir müssen wissen, wann Sebastian Bergmann sich dort aufgehalten hat.«

»Sie verdächtigen Sebastian?«

»Wie gesagt, wir ermitteln in alle Richtungen«, antwortete Valeri kühl.

»Lasse ich Ihnen zukommen.« Sie nickte und brachte sie zum Ausgang. Valeri und Coco traten hinaus in das helle Sonnenlicht und sahen zu, wie sich die Schiebetür hinter ihnen lautlos schloss.

»›Das Fliegen im Privatjet ist deutlich angenehmer, als sich in der First Class unters Volk zu mischen‹«, äffte Valeri Ecclestones Assistentin nach. »In was für einer Welt leben die eigentlich? Das ist ja wie in Quarantäne!«

»Ja, Bernie und sein Team sind ein Fall für sich. Die Geschichte über die Abstände zwischen den Containern und den Privaträumen glaube ich sofort. Ich habe mal gelesen, dass er sogar von den Fahrern der Trucks verlangt haben soll, die geparkten Laster mit einem Wagenheber hochzubocken, um alle Reifen so zu drehen, dass man die Reifenmarke erkennen kann, wenn man davorsteht. Das Label musste angeblich genau auf zwölf Uhr stehen!«

»Der hat doch nicht mehr alle Tassen im Schrank! Zwangscharakter! Warum macht der das?« Valeri schüttelte verständnislos den Kopf.

Coco zuckte mit den Schultern. »Weil er es kann?«

Kurz bevor sie das Formel-1-Gelände wieder verließen, klingelte Cocos Handy. Es war Cécilia.

»Cécilia! Schön, dich zu hören!«, begrüße Coco ihre alte Freundin.

»Du steckst bestimmt mitten in der Arbeit. Ich will dich auch nicht lange stören, aber ich hab mich noch mal umgehört und ein paar pikante Details über die Bergmanns herausgefunden.«

»Raus damit«, ermunterte sie Coco.

Cécilia lachte. »Die beiden müssen eine ziemlich schräge Beziehung gehabt haben.«

»Was genau meinst du damit?«

»Es gibt Gerüchte über Sex-Partys, Gang Bang und so was, du verstehst schon, oder?«

»Ehrlich gesagt, nein. Gang-Bang? Was soll das denn sein?« Coco schüttelte irritiert den Kopf.

»Na ja, Sex mit mehreren!«

»Aha.«

»Es sollen sogar Prostituierte mit von der Partie gewesen sein. Es gibt Leute, die behaupten, dass Anca Bergmann selbst mal als Professionelle gearbeitet hat.«

»Was? Ist das dein Ernst?«

»Wie gesagt, das sind alles Geschichten, die hier hinter vorgehaltener Hand kursieren. Die Bergmann kommt aus Rumänien ...«

»Na und? Das heißt ja nicht, dass sie deshalb gleich auf den Strich gegangen sein muss«, unterbrach Coco ihre Freundin.

»Das sage ich ja gar nicht! Ist nur eine Randnotiz. Jedenfalls weiß keiner so genau, was sie gemacht hat, bevor sie Sebastian Bergmann geheiratet hat. Offiziell ist sie Schauspielerin.«

»Danke für die Infos. Ich behalte die mal im Hinterkopf und melde mich. Bis später.« Coco beendete das Gespräch und berichtete Valeri in Kurzform, was sie gerade gehört hatte.

»Ich kann mir nicht vorstellen, dass das stimmt«, sagte Valeri und schüttelte den Kopf. »Aber möglicherweise liegt das an meinem beschränkten Horizont, was diese feine Gesellschaft hier angeht. Aber eins steht fest: Wir müssen dringend noch mal mit Bergmann sprechen! Vielleicht steckt er doch selbst in der Sache mit drin!«

13

Obwohl Coco das Hôtel de Paris schon mehrfach besucht hatte, war sie immer wieder beeindruckt, fast sogar ein wenig eingeschüchtert vom ausladenden Prunk des berühmten Luxushotels, das direkt an der Place de Casino neben der Spielbank lag. Die blütenweiße Belle-Époque-Fassade mit all dem üppigen Stuck, den roséfarbenen Säulen und dem fast märchenhaften Glanz erinnerte sie ein wenig an eine üppige Hochzeitstorte. An diesem Wochenende gehörte die edle Herberge zu den exklusivsten Plätzen des Fürstentums, da man von der Terrasse und den Fenstern des Hotels direkt auf die Rennstrecke blicken konnte und damit so nah wie fast nirgendwo am Formel-1-Geschehen war. Wer es sich leisten konnte, verfolgte das Rennen bei einer Flasche Champagner und exklusiven Häppchen von der Hotelterrasse aus. Da die Formel 1 am Freitag keine Runden drehte und die Strecke von anderen Rennserien genutzt wurde, kamen neben Prominenten und Sponsoren auch die Formel-1-Fahrer ins Hôtel de Paris, und so sollte auch Sebastian Bergmann mit seinem Team hier zu finden sein. Coco und Valeri betraten das Hotel durch den Haupteingang und schritten über den blank geputzten Marmorboden an einer Reiterstatue von Louis XIV. vorbei, die direkt hinter der hölzernen Drehtür stand und um die sich die Legende rankte, dass die Spieler im benachbarten Casino nur dann die Gunst Fortunas genössen, wenn sie zuvor den Huf des Pferdes der Statue berührt hätten. Einige Meter weiter, direkt in der Mitte der gigantischen Lobby und unter der stuckverkleideten Kuppel prangte ein überdimensional großer Blumenstrauß in einer riesigen Vase auf einem ovalen Holztisch.

»Bonjour«, begrüßte Valeri den Mann an der Rezeption und hielt ihm seinen Dienstausweis entgegen. »Wir sind auf der Suche nach dem Team United, genauer gesagt nach Sebastian Bergmann. Können Sie uns sagen, wo wir ihn finden?«

»Ja, natürlich. Ich denke, er sitzt in der Bar, dort habe ich ihn noch vor einer Viertelstunde gesehen. Dort findet gerade ein Empfang statt. Gleich hier nebenan«, antwortete der Rezeptionist freundlich.

Valeri bedankte sich und ging in die angegebene Richtung. Coco folgte ihm in die etwas düster wirkende Bar Américain, die, wie sie von früher wusste, für ihre Live-Jazzmusik bekannt war. Der Raum war gut gefüllt, die Gäste saßen auf gepolsterten Sesseln an kleinen Tischen oder standen in Gruppen an der Bar, wo auf silbernen Etageren äußerst appetitlich anmutende Canapés drapiert waren. Valeri blickte sich um, dann deutete er unauffällig mit dem Kinn auf ein paar Frauen, die an dem dunklen Bartresen lehnten.

»Wir hatten das Thema ja gerade. Sehen Sie die beiden Frauen dort? Es wird immer schlimmer, Monaco wird überrannt von diesen *Fünfsternemädchen*. Sie stehen in jeder Bar, in jedem Club, sie sind einfach überall.«

Coco blickte ihn fragend an. »*Fünf-Sterne-Mädchen?*«

»Edelprostituierte. Anscheinend ist es so, dass der hiesige Millionär sich lieber die eine oder andere Frau kauft, anstatt sich in einer *normalen* Beziehung oder Ehe mit einer Partnerin auseinanderzusetzen. Diese Mädchen hier …«, er zögerte kurz, »… sie sind wie Puppen! Hübsch anzusehen, ohne eigene Meinung, und – ganz wichtig – sie widersprechen nicht! Sie werden quasi dafür bezahlt, dass sie den Mund halten! Dabei sind die meisten dieser Frauen durchaus gebildet und haben gute Manieren. Man sieht ihnen ihren *Beruf* oder ihre *Berufung* nicht an!«

Coco nahm die zwei jungen Frauen genauer in Augenschein. Die Dunkelhaarige trug ein langes, rotes Kleid, das ihren schmalen Körper eng umschloss. Ein auffälliges silbernes Doppel-C, das den Stoff unterhalb des Ausschnitts zusammenhielt, lenkte den Blick auf ihr Dekolleté. In der Hand hielt sie eine schmale Louis-Vuitton-Clutch. Das zweite Mädchen glitzerte in einem kurzen Paillettenkleid, dazu trug sie Louboutin-Pumps, die berühmten Schuhe mit der roten Sohle, und über ihrer Schulter hing die 2.55 aus der Taschenkollektion von Chanel.

»Die Outfits müssen ein Vermögen gekostet haben! Chanel? Das kann sich doch keine Prostituierte leisten!«

»Wir sprechen ja hier nicht vom Straßenstrich! Deshalb sagte ich eben *Fünf-Sterne-Mädchen*. Ich habe von Preisen von um die zwölftausend Euro für eine Woche gehört. Diese edlen Damen verdienen weit mehr als wir!«, entgegnete Valeri und schüttelte den Kopf. »Unfassbar! Und die Behörden sind machtlos. Die Mädchen sind unauffällig, äußerst diskret, und doch sind sie überall. Viele von ihnen kommen aus Russland oder Lettland, selbst ein paar Französinnen haben diesen lukrativen Nebenjob für sich entdeckt. Und die meisten der Frauen arbeiten selbstständig. Da gibt es keinen mafiösen Hintermann, den wir wegen Menschenhandels oder Zuhälterei festnehmen könnten!«

»Vielleicht hat Bergmann seine Frau auch auf diesem Weg kennengelernt …?«, fragte Coco nachdenklich.

»Die berühmte Pretty-Woman-Story? Kann ich mir nicht vorstellen! Normalerweise werden Prostituierte, seien sie auch noch so edel, nicht geheiratet. Man geht zu Huren, ja, aber man nimmt sie doch nicht mit nach Hause.«

»Aha!« Coco warf erneut einen Blick auf die Mädchen. »Ich finde, die sehen aus wie alle anderen Frauen, die hier rumlaufen! Chanel, Louis Vuitton, schicke Kleider, hohe Absätze. Woher soll ein Mann denn wissen, ob er mit einer normalen Frau flirtet oder mit einer Prostituierten?«

»Glauben Sie mir, die meisten dieser Damen kommen sehr schnell auf das Finanzielle zu sprechen. Außerdem bekommt man schnell ein Gefühl dafür, wer hier arbeitet und wer nur zum Vergnügen hier ist. Meistens jedenfalls.« Valeri lachte. »Kennen Sie die Geschichte vom blamierten Millionär?«

Coco blickte Valeri fragend an.

»Stand neulich in der Zeitung. Ich glaube, der Mann war Holländer. Hat eine Frau kennengelernt, sich über beide Ohren in sie verliebt und ihr direkt einen Heiratsantrag gemacht. Um einen langwierigen Ehevertrag zu umgehen, hatte er ihr versprochen, dass sie mit der Hochzeit zu ihrer Sicherheit eine Million Euro bekommen sollte. Nur hatte die Dame vergessen zu erwähnen, dass sie jahrelang als Edelprostituierte gearbeitet hatte …«

»Ach du liebe Güte!« Coco ahnte, worauf die Geschichte hinauslief.

»Und als der Holländer das herausgefunden hatte, ließ er die Hochzeit natürlich platzen! Aber das Mädchen hat auf die Zahlung der Million bestanden und ihn verklagt. Und der Witz ist: Sie hat in erster Instanz sogar recht bekommen. Der Mann ist dann aber in Revision gegangen, und wenn ich mich recht erinnere, musste er am Ende doch nicht zahlen.«

»Unglaublich. Der arme Kerl.«

»Ach, hören Sie auf! Ich habe jedenfalls mit solchen Männern kein Mitleid. Ich finde das zum Kotzen! Wenn diese Typen mal auf etwas anderes Wert legen würden als auf runde Hintern, große Brüste und volle Lippen, würde ihnen so etwas auch nicht passieren! Widerlich ist das!«, echauffierte sich Valeri.

»Denken Sie nicht, dass Sie vielleicht etwas hart urteilen? Vielleicht hat er die junge Frau ja wirklich geliebt?« Bevor Coco eine Diskussion vom Zaun brechen konnte, wies Valeri mit dem Kinn auf einen Tisch, der in der hinteren Ecke des Raumes stand und ihm bisher nicht aufgefallen war. »Da ist er ja. Der hat wirklich Nerven, sich in dieser Situation in eine Bar zu setzen, als wäre nichts gewesen!«

Sebastian Bergmann saß mit seinem Manager und einigen anderen Herren zusammen und war in ein Gespräch vertieft, als Valeri und Coco an ihn herantraten.

»Entschuldigen Sie«, unterbrach Valeri. »Es tut mir leid, Sie zu stören, Herr Bergmann, aber wir müssen noch einmal mit Ihnen sprechen.«

»Muss das jetzt sein?«, zischte an Bergmanns Stelle sein Manager, den Coco am Abend zuvor schon kennengelernt hatte.

»Tut mir leid, mir persönlich wäre ein ruhigerer Ort für ein Gespräch auch lieber, das kann ich Ihnen sagen«, knurrte Valeri.

»Wir haben uns ja bereits kennengelernt!« Bergmanns Manager war aufgestanden und schüttelte Coco die Hand. Dann wandte er sich an Valeri. »Hartwig mein Name«, stellte er sich vor. »Und das ist Alexander Titow, Sebastians Teamkollege. Miran Nikitin, seinen Manager, haben Sie auch schon kennengelernt, oder?« Dann wies er auf zwei weitere Herren. »Unser Team wird von Gasola gesponsert, einem russischen Energieunternehmen. Die beiden Herren hier, Aleksei Glaskov und Gregori Pchelko, gehören dem Vorstand des Gaskonzerns an.« Miran Nikitin übersetzte das Gesagte ins Russische, um den Männern zu erklären, worum es ging, und die beiden nickten kurz.

»Können wir uns irgendwohin zurückziehen, wo es etwas ruhiger ist?«, fragte Coco und sah sich in dem Raum um.

»Sicher«, entgegnete Bergmann, stand auf und warf den beiden Russen einen entschuldigenden Blick zu.

»Ich denke, es ist besser, wenn ich dich begleite«, warf Rainer Hartwig ein und legte Sebastian seine Hand auf die Schulter.

»Das wird nicht nötig sein! Wir würden mit Herrn Bergmann gern alleine sprechen. Es handelt sich hier um eine sehr persönliche Angelegenheit«, entgegnete Valeri bestimmt und ließ Rainer Hartwig einfach stehen.

Bergmann folgte ihm und Coco in die Lobby, wo sie sich auf einer der orangefarbenen Sitzgruppen niederließen.

»Wie geht es Ihrer Frau?«, fragte Coco höflich.

»Unverändert. Sie liegt nach wie vor im Koma. Ich kann im Moment nichts für sie tun. Die Ärzte sagen, wir müssen einfach abwarten. Und hoffen, dass sie sich wieder erholt. Das ist alles ziemlich schwierig für mich. Die Sponsoren sind extrem wichtig für uns, sie bezahlen sehr viel Geld, daher ist es nötig, dass wir ihnen das Gefühl geben ...«

»Sie müssen sich nicht entschuldigen«, unterbrach Coco. »Wir sind nicht hier, um Ihnen Vorwürfe zu machen. Wir finden es nur etwas ungewöhnlich, wie sich die Reifen hier einfach weiterdrehen.«

»Das mag für Außenstehende unverständlich sein. Aber selbst meine Frau ist der Ansicht, dass ich als Formel-1-Fahrer alles für meinen Beruf geben muss. Und ich kann Ihnen versichern, dass sie es selbst in dieser Situation befürworten würde, dass ich fahre. Und ohne die Sponsoren können wir einpacken. Die Formel 1 ist einfach wahnsinnig teuer. Hier geht es um Millionen. Deshalb muss ich mich hier sehen lassen, Hände schütteln, Fototermine wahrnehmen. Das Übliche eben. Die Termine mit den Aasgeiern von der Presse habe ich allerdings abgesagt. Ich gebe vorläufig keine Interviews mehr.« Bergmann wirkte müde. Er rieb sich die Augen, dann sackte er auf seinem Sessel in sich zusammen und starrte ins Leere.

»Wo haben Sie Ihre Frau eigentlich kennengelernt?«, fragte Valeri.

»Warum fragen Sie das?«, erwiderte Bergmann.

»Wir versuchen lediglich, uns ein Bild von Ihrem familiären Umfeld zu machen«, erklärte Coco.

»Wir haben uns auf der Hochzeit gemeinsamer Freunde kennengelernt. Sie war meine Tischdame, und wir haben uns sofort blendend verstanden. Wahrscheinlich haben unsere Freunde damals schon geahnt, dass wir gut zusammenpassen würden«, antwortete Bergmann schnell. »Ich war augenblicklich fasziniert von ihr. Sie ist so unkonventionell. Ein Wildfang. Das hat mich wahnsinnig gereizt.«

»Was meinen Sie mit unkonventionell?«, hakte Coco nach.

»Sie ist einfach anders als die meisten Frauen. Wissen Sie, die meisten wollen doch immer sofort eine feste Beziehung, heiraten, Kinder kriegen. Für Anca war das damals überhaupt kein Thema. Sie war so frei, so unabhängig. Ich hatte immer den Eindruck, dass sie mich gar nicht wirklich wollte. Das hat meinen Jagdinstinkt geweckt.«

»Das könnte auch eine Strategie gewesen sein«, warf Valeri ein.

»Vielleicht. Es hat jedenfalls funktioniert. Ich war ihr ziemlich schnell verfallen.« Sebastian Bergmann kratzte sich seinen Drei-Tage-Bart und seufzte.

»Herr Bergmann, ich will nicht indiskret sein, aber für uns sind wirklich alle Informationen wichtig. Diese unkonventionelle Art, meinen Sie damit, dass es in Ihrer Beziehung auch andere Männer und Frauen gab?«

»Wie kommen Sie darauf?« Sebastian Bergmann wirkte überrascht.

»Ist es so?«

»Unsere Beziehung ist in Ordnung!«

»Das habe ich nicht bezweifelt. Aber unkonventionell sein bedeutet ja auch, dass man zum Beispiel Regeln ignoriert. Waren Sie sich treu oder nicht?«

»Was heißt schon treu, das ist eine Sache der Definition.«

»Ich nehme an, es bedeutet nicht, dass Sie eine *normale* Zweierbeziehung hatten?«, mischte sich Valeri ein. Coco warf ihm einen warnenden Blick zu, denn sie hatte den Eindruck, dass Bergmann kurz davor war, sich ihnen zu öffnen.

»In Ihrem Sinne haben wir wahrscheinlich keine normale Zweierbeziehung. Wir haben einfach einiges ausprobiert. Sie hat vor allem einiges ausprobiert. Sie wollte, dass …« Sebastian Bergmann hielt inne und sah nicht besonders glücklich aus. Dann platzte es aus ihm heraus: »Sie steht auf all diese Sachen! Sie will Abenteuer und Aufregung! Ich alleine habe ihr nicht gereicht! Erst waren es Rollenspiele, dann hatte sie Lust auf andere Partner. Am liebsten zu dritt oder zu viert.«

»Waren bei Ihren …« Coco zögerte einen Moment. »Waren bei Ihren Aktivitäten auch Prostituierte mit im Spiel?«

Einen Moment lang blieb es still.

»Ja, das ist manchmal auch vorgekommen.« Bergmann strich sich durch die Haare und setzte sich auf. »Ich weiß gar nicht, was Sie das angeht! Und ich gehe davon aus, dass das unter uns bleibt! Das mag ja alles nicht Ihren Vorstellungen entsprechen, aber das ist mein Leben! Was mir gefällt oder besser gesagt gefiel, hat nichts mit diesem schrecklichen Verbrechen zu tun!«

»Kann es sein, dass es Sie aber irgendwann doch gestört hat, wie Ihre Frau Ihr Leben in die Hand genommen hat?«

»Wie meinen Sie das?«, fragte Bergmann verärgert.

»Hatten Sie nicht auch Ihre Affären, um mit Ihrer Frau mitzuhalten?«

Bergmann schwieg und fixierte trotzig die Tischplatte.

»Herr Bergmann, wir wissen von Ihrem Verhältnis mit Mareike Weber. Warum haben Sie uns nichts davon gesagt?«

Bergmann sackte wieder auf seinem Sessel zusammen. »Das ist nicht gerade etwas, womit man hausieren geht«, antwortete er dann. »Ja. Ich hatte diese Affäre. Und ich bin nicht besonders stolz drauf.«

»Wie kam es denn dazu?«, wollte Coco wissen.

»Ja, wie ist es wohl dazu gekommen? Irgendwann habe ich gedacht, warum soll nur meine Frau ihren Spaß haben. Auch ich habe meine Bedürfnisse. Und das sind andere als die meiner Frau. Und auch ich brauche hin und wieder Bestätigung.«

»Warum haben Sie sich nicht von Ihrer Frau getrennt?«

»Das stand nie zur Debatte. Warum auch? Uns geht es ja gut.« Coco betrachtete Bergmann einen Moment lang schweigend. Sie dachte an ihre eigene gescheiterte Ehe, ihren Noch-Ehemann. Sie hätte nicht eine Sekunde länger mit ihm zusammenleben können. Unglück engte doch ein, vermittelte das Gefühl, in einem Gefängnis zu sitzen.

»Herr Bergmann, haben Sie wirklich nie darüber nachgedacht, Ihre Frau für Mareike Weber zu verlassen?«

»Nein, nie«, sagte er bestimmt. »Das war nie ein Thema.«

»Könnte es sein, dass es für Mareike Weber ein Thema war?«, fragte Coco nach.

»Wenn ich ehrlich bin, war es das für sie wahrscheinlich. Aber ich habe ihr nie etwas vorgemacht. Ich habe von Anfang an gesagt, dass ich meine Frau nicht verlassen würde.«

»Sind Sie sicher, dass sie das auch so verstanden hat?«

»Ja. Was gibt es daran nicht zu verstehen?«

»Können Sie sich vorstellen, dass Mareike Weber dazu fähig wäre, Ihre Frau und Ihren Sohn umzubringen?«

»Was? Nein! So ein Unsinn! Wie kommen Sie denn darauf? Niemals wäre sie zu so etwas fähig! Sie sind ja verrückt!«

»Nicht in diesem Ton und der Lautstärke«, warf Valeri ein. »Irgendjemand muss es ja getan haben«, fuhr er dann fort. »Vielleicht konnten Sie die Eskapaden Ihrer Frau nicht mehr ertragen? Sind Sie wütend geworden? Haben Sie versucht, Ihre Frau umzubringen?« Valeri redete sich in Rage. »Und warum haben Sie Ihr unschuldiges Kind getötet?«

Jetzt sprang Sebastian Bergmann von seinem Sessel auf. »Sie denken, ich habe auf meine Familie eingeschlagen? Sie sind ja wahnsinnig! Das lasse ich mir nicht gefallen! Das wird ein Nachspiel haben!«

Coco legte ihm ihre Hand auf den Arm. »Einen Moment. Mein Kollege hat sich da gerade etwas vergaloppiert«, sagte sie besänftigend und warf Valeri einen tadelnden Blick zu. »Nur eine Frage noch«, begann Coco erneut.

Bergmann starrte sie wütend an. »Was denn noch?«

Coco zog ein paar Fotos aus der Innentasche ihrer Jacke und hielt sie ihm hin. Sie zeigten die Gegenstände, die am Tatort gefunden worden waren: die Damenhandtasche, einen Plüschteddy, einen Plastikball und einen lilafarbenen Schmetterling aus Filz.

»Haben Sie diese Sachen schon mal gesehen?«

»Natürlich. Das ist die Handtasche meiner Frau. Ich habe sie ihr letztes Jahr zu Weihnachten geschenkt. Der Teddy und der Ball sind von unserem Kleinen.«

»Sind Sie sicher?«

»Bestimmt. Bei dem Teddy würde ich jetzt nicht meine Hand ins Feuer legen, der sieht ja aus wie viele andere Teddys auch. Aber von wem sollte er sonst sein? Und über so einen Ball ist Anca neulich erst gestolpert. Das weiß ich deshalb so genau, weil sie sich furchtbar darüber aufgeregt hat, dass er im Wohnzimmer rumlag, sie hat deshalb unsere Haushälterin ziemlich zusammengefaltet.«

»Und der Schmetterling?«, fragte Valeri.

»Keine Ahnung. Noch nie gesehen.«

»Könnte der Ihrer Frau gehören?«

»Kann ich mir nicht vorstellen. Viel zu kitschig. Und die Farbe Lila konnte sie nicht ausstehen.«

»Okay.« Valeri dachte nach. Ob der Mörder den Schmetterling verloren hatte? Oder hatte er ihn gar absichtlich am Tatort zurückgelassen? Dieser Spur würden sie nachgehen müssen.

»War es das?« Sebastian Bergmann war offensichtlich nicht gewillt, weitere Fragen zu beantworten. Als Valeri nickte, drehte er sich grußlos um und ging zurück in die Bar Américain.

»Wenn Sie das nächste Mal etwas zu bemängeln haben, behalten Sie es gefälligst erst mal für sich«, sagte Valeri ärgerlich zu Coco. »Ich habe keine Lust, mich vor potenziellen Tätern von Ihnen maßregeln zu lassen.«

»Tut mir leid, aber er war so wütend. Da habe ich es für richtig gehalten, ihn ein bisschen zu besänftigen. Ich dachte ...«

»Ach, Sie dachten?« Valeri drehte sich, ging Richtung Ausgang und murmelte im Weggehen: »Das sollten Sie besser mir überlassen!«

Coco blickte ihm kopfschüttelnd nach.

14

Am nächsten Morgen versuchte Coco, im Internet mehr über die Bergmanns, Mareike Weber und deren Beziehung zueinander herauszufinden. Anca Bergmann war in Rumänien aufgewachsen und hatte dort die ersten Jahre ihrer Kindheit verbracht. Als sie fünf war, siedelte die Familie nach Deutschland über. Später besuchte sie eine Schauspielschule, hatte die Ausbildung aber offenbar nicht abgeschlossen. Im Laufe der nächsten Jahre hatte Anca Bergmann ein paar kleine Rollen in Fernsehfilmen ergattert, etwas Bedeutendes war allerdings nicht darunter gewesen. Die Hochzeit mit Sebastian Bergmann fand in New York statt. Standesamtlich. Eine große Feier hatte es anscheinend nicht gegeben, zumindest waren keine Fotos davon zu finden.

Coco klickte sich durch die unterschiedlichsten Artikel, fand noch ein Interview mit Anca Bergmann, in dem sie sich über ihre erste Begegnung mit Sebastian Bergmann äußerte. Und darüber, wie begeistert Sebastian von ihren Aktfotos gewesen war, die ein paar Jahre zuvor in einem Männermagazin erschienen waren. Über die Eskapaden der Bergmanns wurde in keinem der Artikel auch nur ein Wort verloren.

»Ist doch merkwürdig, dass niemand etwas über die ein wenig ungewöhnliche Ehe der Bergmanns zu wissen scheint!«, sagte sie zu ihrer Assistentin Noëlle.

»Finden Sie? Diese sogenannten Promis sind doch eine eingeschworene Gemeinschaft. Da gehen keine brisanten Informationen nach außen, zumindest nicht, wenn es nicht ausdrücklich so gewollt ist. Das ist doch alles ein abgekartetes Spiel!«

»Mit der Presse?«

»Klar! Mit den großen Boulevardblättern gibt es Deals: Wenn der Promi sich dazu bereit erklärt, immer mal wieder ein exklusives Interview zu geben, dann drücken die Journalisten an anderer Stelle ein Auge zu und lassen eine indiskrete Geschichte lieber in der Schublade liegen, als sich zukünftige Interviews zu verbauen.«

»Meinen Sie wirklich?« Coco schüttelte den Kopf. »Wer entscheidet denn, was berichtet wird und was nicht?«

»Die sprechen sich ab. Das ist doch bekannt. Und viele der Geschichten sind glatt erfunden oder werden künstlich aufgebauscht. Es gab doch mal diesen Artikel über ein bekanntes Model, das plötzlich eine lesbische Beziehung mit einer Sängerin gehabt haben soll. Das war natürlich komplett gelogen! Aber das hat das Model für ein paar Wochen ins Gespräch gebracht, und die Magazine haben damit ihre Auflage erhöht, weil es ein richtiger Aufreger war. So machen die das!«

»Und woher wissen Sie das alles?«

»Eine gute Freundin von mir arbeitet für eines dieser Blätter. Ich liebe ihre Geschichten!« Noëlle lachte.

»Tja, und die Bergmanns führen nach außen hin eine Vorzeigeehe, dabei gehen sie auf Sexparties und haben Affären. Ist doch irgendwie traurig. Was sind das nur für Menschen, die hier leben!« Coco stand von ihrem Schreibtisch auf und setzte Wasser für einen Tee auf.

»Das kann ich Ihnen sagen. Hier gibt es genau sechs Kategorien: 1. Steuersparer, 2. Dreckige Russen, 3. Rich Kids, die das Vermögen ihrer Eltern ausgeben, 4. Parasiten, die versuchen, vom Geld der anderen was abzukommen, 5. Ehefrauen und Wannabes und, auch wenn es davon nicht mehr viele gibt, 6. Monegassen. That's it.«, sagte Noëlle.

»Und zu welcher Kategorie gehören wir?«

»Seien Sie mir nicht böse, aber ich schätze, zu Kategorie vier.« Coco lachte, griff zu einer Packung Yogi-Tee der Sorte Sweet Chili und befüllte einen Teebeutel damit. Nachdem sie das heiße Wasser darübergegossen hatte, erfüllte ein würzig-süßlicher Geruch das Büro. »Mögen Sie auch eine Tasse?«

»Nein, danke. Ich bin bekennender Kaffeejunkie! Das Problem ist einfach: Viele der Leute hier haben zu viel Geld. Ist doch klar: Wir Normalos haben Wünsche und Träume. Träume, die wir uns in den meisten Fällen nicht oder zumindest nicht sofort erfüllen können. Schauen Sie mich doch an. Verstehen Sie mich nicht falsch, ich liebe meinen Job hier bei der Sûreté. Aber ich bin Biologin. Und es wird immer mein Traum bleiben, etwas mit Tieren zu machen. Und das habe ich immer im Kopf. Es treibt mich an. Und jetzt schauen Sie sich diese schwerreichen Leute an! Die können sich alles kaufen! Natürlich gibt es auch Träume, die nichts mit Geld zu tun haben. Aber ich schätze, wenn wir eine Umfrage auf der Straße machen würden, wären die meisten Wünsche eben doch materieller Natur: ein tolles Haus, ein schickes Auto, teure Urlaube, Schmuck, Designerklamotten und all dieses Zeug. Die Menschen, die sich alles kaufen können, haben dafür keine Träume mehr. Wo soll da noch der Antrieb herkommen? Der besondere Kick?«

»Aber Bergmann hat doch seinen Beruf. Wenn der Job als Rennfahrer nicht kickt, dann weiß ich es auch nicht!«

»Ja, sicher, bei ihm mag das so sein. Aber was ist mit seiner Frau? Kategorie fünf. Sie kann sich mit seinem Geld alles kaufen. Gleichzeitig fehlt ihr aber eine Aufgabe, ein Ziel. Ich glaube, diese Leute verlieren einfach irgendwann den Überblick. Sie können zwischen echten und falschen Freunden nicht unterscheiden, sie wissen nicht mehr, ob die Menschen wirklich an ihnen interessiert sind oder doch nur an ihrem Geld und Ruhm. Sie müssen sich nicht entscheiden: dieses oder jenes Paar Schuhe? Völlig egal, sie nehmen einfach beide oder drei oder vier. Die verlieren einfach den Blick für das richtige Maß, es gibt keine Grenzen!«

Coco blies nachdenklich in ihren Tee. Hatte der Täter gemordet, weil er nicht mehr wusste, was richtig und was falsch war? Steckte vielleicht tatsächlich diese Deutsche dahinter?

Über Mareike Weber erfuhr Coco aus dem Internet, dass sie die Tochter eines vermögenden Mannheimer Unternehmers war, der ihr ein unbeschwertes Leben finanzierte, ohne dass sie etwas dafür tun musste.

Dann klickte sich Coco noch durch unterschiedliche deutschsprachige Artikel und freute sich darüber, mal wieder etwas in ihrer zweiten Muttersprache zu lesen. Sie war in Deutschland aufgewachsen und zur Schule gegangen und beherrschte die Sprache dank ihres deutschen Vaters daher perfekt. Seit ihr Vater gestorben war, waren ihre Besuche in Deutschland leider immer seltener geworden.

Noch einmal ging sie auf Mareike Webers Facebook-Account. Der jüngste Eintrag war ein geändertes Profilbild, das sie inmitten von ein paar anderen jungen Frauen auf einer Party zeigte. Mit *beauty*, *top* oder *sehr hübsch* hatten andere Facebook-Nutzer das Foto kommentiert. Zwei Tage zuvor, am Tag des Überfalls auf Anca Bergmann und ihren Sohn, hatte Mareike Weber ein Foto von der Rennstrecke gepostet. Außerdem hatte sie einen Artikel über Sebastian Bergmann, der als neuer Favorit gehandelt wurde, mit einem *like* versehen.

Coco suchte weiter. Offenbar schien Mareike Weber in unregelmäßigen Abständen Artikel für eine deutsche Internetseite zu schreiben. Coco überflog einen Eintrag in dem Onlinemagazin, für das Mareike Weber Insidertipps zu Nizza zusammengefasst hatte. Die Restaurants, Läden und Sehenswürdigkeiten, die sie als Geheimtipps verkaufte, standen in jedem billigen Reiseführer. Mareike Weber, *It-Girl*, stand unter dem Artikel.

Zuletzt versuchte Coco noch etwas über Gasola herauszufinden, das russische Unternehmen, das Bergmanns Rennstall finanzierte. Gasola war zunächst an einem anderen Team beteiligt gewesen, bevor der Konzern sechs

Jahre zuvor mit dem eigenen Team United gestartet war. Obwohl erst seit kurzer Zeit in der Königsklasse, war United schnell erfolgreich geworden. Schon im fünften Jahr holte das Team beide WM-Titel, den der Konstrukteurs-Weltmeisterschaft, bei der die Erfolge beider startenden Wagen eines Teams Berechnungsgrundlage waren, und den Fahrerweltmeistertitel, den Alexander Titow gewonnen hatte. Gasola war ein multinationales Erdgas-Förderunternehmen, das seinen Hauptsitz in Moskau hatte. Daneben zählten die Stromwirtschaft, der Medienbereich und das Bankwesen zu den Geschäftsfeldern des Konzerns. Coco stieß noch auf ein paar Einträge, in denen dem Unternehmen Korruption und mangelnde Transparenz vorgeworfen wurde, aber das brachte sie im Moment auch nicht so recht weiter.

Als ihr Handy piepte, schaltete sie den Computer aus. Eine SMS von Nicolai. »Lust auf Lunch? Ich hol Dich ab!«

Coco lächelte. Nicolai war noch nie ein Mann der vielen Worte gewesen. Sie hatte zum Frühstück kaum etwas gegessen und war daher tatsächlich hungrig. Und wenn sie ehrlich war, freute sie sich über die Aussicht, ihren guten alten Freund wiederzusehen.

15

Es war schon nach eins, als Kommissar Valeri sich auf sein Motorrad setzte, um die zuständige Richterin aufzusuchen und ihr Bericht über den bisherigen Stand der Ermittlungen im Fall Bergmann zu erstatten. Valeri war nicht gerade davon begeistert, dass Philine Dubois ihn persönlich zu sich bestellt hatte, da er nichts Elementares zu berichten hatte. Und das würde der Richterin nicht gefallen, so viel war ihm jetzt schon klar.

Bernie Ecclestones Team hatte ihm mittlerweile die Daten von der Ein- und Ausgangskontrolle zukommen lassen. Diesen zufolge war Sebastian Bergmann die gesamte Zeit im Fahrerlager gewesen oder hatte beim Training in seinem Wagen gesessen. Das bestätigten die Daten zweifelsfrei. Als Tatverdächtiger schied der Ehemann damit endgültig aus. Von der Spurensicherung gab es keine Neuigkeiten. Der bisher einzige Anhaltspunkt war das unstete Privatleben der Bergmanns. Doch Vermutungen reichten nicht aus, um einen Durchsuchungsbeschluss zu erwirken oder Telefongespräche abhören zu lassen.

Valeri schlängelte sich durch die verstopften Seitenstraßen der Stadt, vorbei an den vielen Touristen, den Formel-1-Fans und den Presseleuten. Als Polizist hatte er immerhin das Privileg, einige der gesperrten Straßen passieren zu dürfen.

Als er den Place d'Armes hinter sich gelassen hatte, wurde es schlagartig ruhiger, weil die Avenue de la Porte, die vom Kreisel aus hinauf auf den großen Felsen führte, auf dem sich der Justizpalast befand, nur von Fahrzeugen mit monegassischem Kennzeichen befahren werden durfte.

Besuchern war es lediglich gestattet, die felsige Halbinsel, die Monaco teilte und die von den Einheimischen nur *le rocher*, der Felsen, genannt wurde, zu Fuß zu betreten oder in dem Parkhaus unterhalb des Felsens zu parken, um dann mit einem der Lifte in den fast autofreien Stadtteil Monaco-Ville zu gelangen.

Dort oben in der Altstadt thronte der Fürstenpalast, in dem sich seit dem 13. Jahrhundert der Sitz der Grimaldis befand.

Valeri sauste zwischen den Pinien hindurch, welche die Straßen säumten, und legte dann einen kurzen Zwischenstopp vor der Chocolaterie de Monaco ein.

Immer wenn er hier oben zu tun hatte, nahm er sich ein paar der köstlichen Pralinen mit, die es hier in den unterschiedlichsten Variationen zu kaufen gab. Diesen konnte er einfach nicht widerstehen, auch wenn er wusste, dass die süßen Sünden seiner Figur nicht unbedingt zuträglich waren. Er griff zu einer Packung mit kandierten und von dunkler Schokolade überzogenen Orangenschalen, seiner absoluten Lieblingssorte. Und da er sich vorgenommen hatte, seine Frau am nächsten Tag zu überraschen und zum Lunch einzuladen, nahm er auch noch eine Box der Variation *Harmony* aus dem Regal, auch wenn er die Verpackung, eine Tiffany-blaue, über und über von glitzernden Partikeln gesprenkelten Schachtel viel zu kitschig fand. Aber er wollte sich bei Inés entschuldigen und wusste, wie sehr sie diese Pralinen liebte.

Nachdem er seine Einkäufe verstaut hatte, fuhr er weiter bis zum Justizpalast, der sich direkt neben der Hauptkirche von Monaco, der Kathedrale Notre-Dame-Immaculée, befand, und ließ sein Motorrad dort stehen.

Er schlenderte noch einen Moment durch die Gärten von St. Martin, die direkt auf der anderen Straßenseite begannen, um in Ruhe ein paar der köstlichen kandierten Orangenschalen zu genießen. Zufrieden blieb er stehen und blickte hinaus auf das Meer. Obwohl auch hier oben etliche Touristen herumschlichen, fand er in den verwinkelten Ecken der Gärten doch immer ein stilles Plätzchen, an dem er einen Moment verweilen konnte.

Von hier aus konnte er das Gefängnis von Monaco sehen, das in einer der exklusivsten Lagen in der Altstadt direkt über dem Meer lag. Valeri ging der Kommentar eines Kollegen durch den Kopf, und er musste lächeln. »Im Gefängnis von Monaco lebt es sich besser als anderswo in Freiheit.« Da war durchaus etwas dran. Denn dass die Zellen über einen atemberaubenden Meerblick verfügten, war nicht der einzige Vorteil dieser ganz besonderen *maison d'arrêt*. Berühmt war das Gefängnis auch für seine exquisite Küche, die nicht im Entferntesten etwas mit dem faden Einheitsbrei zu tun hatte, der den Insassen andernorts serviert wurde. Die Zellen verfügten über Klimaanlage, Kühlschrank und hochmoderne

Flachbildfernseher, und einmal wöchentlich sorgte ein Tai-Chi-Lehrer für die innere Balance der Gefangenen. Es verstand sich von selbst, dass in den Genuss dieses privilegierten Strafvollzugs nur Monegassen kamen. Andere Straftäter wurden ins Ausland abgeschoben, und manchmal fragte sich Valeri, ob nicht der eine oder andere arme Schlucker im Fürstentum auf Diebestour ging, nur um sich für eine Weile von den Strapazen des alltäglichen Überlebenskampfes zu erholen.

Lächelnd betrat er den Justizpalast, der vor über neunzig Jahren aus dem gleichen hellen Tuffstein gebaut worden war wie die Stadtmauer von Monaco. Touristen blieb der Eintritt verwehrt, eine Maßnahme, die Valeri durchaus zu schätzen wusste, war man doch sonst fast nirgendwo vor knipsenden Besuchern sicher. Er nickte den Beamten zu, die hinter dem schmalen Empfangstresen saßen, und klopfte am Vorzimmer der Richterin.

Philine Dubois' Sekretärin gab ihm zwei Wangenküsschen und winkte ihn durch. Ohne ein Wort der Begrüßung kam die Richterin gleich zur Sache. »Was haben Sie bisher in der Mordsache unternommen?«

Valeri zog die Packung mit den kandierten Orangen hervor und hielt sie Madame Dubois hin.

»Schokolade?« Die Richterin bedachte ihn mit einem abfälligen Blick. »Wollen Sie mir durch die Praline mitteilen, dass Sie immer noch keine Ergebnisse haben?«

»So würde ich das nicht ausdrücken, *Madame la juge*. Den Ehemann, laut Statistik die Nummer eins unter den Verdächtigen, wie Sie ja sicher wissen, konnten wir als Täter bereits definitiv ausschließen, und …«

»Sülzen Sie hier nicht rum! Ich will wissen, ob Sie etwas herausgefunden haben, was uns weiterbringt. Alles andere interessiert mich nicht!«

»Wir haben eine Tatverdächtige und sammeln gerade Beweise«, antwortete Valeri knapp und wies mit einem aufgesetzten Lächeln erneut auf die Box aus der Chocolaterie.

»Jetzt gehen Sie mir nicht auf die Nerven mit Ihren Schokostreifen. Sie wissen genau, dass ich wie immer Diät halte. Das ist doch nur ein mieser Versuch, mich abzulenken. Und niederträchtig noch dazu!«

»Bergmann hatte eine Affäre.«

»Da ist er hier nicht der Einzige«, entgegnete Philine Dubois ungerührt. »Na und?«

»Die Affäre hatte ein Motiv.«

»Und das wäre?«

»Bergmann wollte sich nicht von seiner Ehefrau trennen.«

»Surprise, surprise!« Philine bedachte ihn erneut mit einem spöttischen Lächeln.

»Eifersucht war schon immer ein starkes Motiv.«

»Und aus Eifersucht erschlägt diese Affäre eine Frau und ein Kind? Das glauben Sie doch wohl selbst nicht?«

»Man hat Menschen schon aus geringeren Anlässen morden sehen ...«

»Aber doch nicht hier! Wir befinden uns hier doch nicht in irgendeinem Randbezirk von Marseille!«

»Möglich wäre es trotzdem«, versuchte Valeri es erneut.

»Möglich reicht nicht, um jemanden festzunehmen.

Ich brauche Beweise. Oder zumindest einen anständigen Tatverdacht. Wo war die Verdächtige denn zum Tatzeitpunkt?«

»Sie hat kein Alibi. Will in der Stadt unterwegs gewesen sein.«

»Ihnen ist doch klar, dass der Fürst uns die Hölle heißmacht, wenn wir ihm nicht langsam einen Verdächtigen präsentieren?« Valeri seufzte. »Ja, natürlich. Auch Levèvre hat mir schon mehr als deutlich mitgeteilt, dass er Erfolge sehen will. Aber ich kann mir die Beweise leider nicht backen.«

»Sehen Sie zu, dass Sie Ihr Hirn in Wallung bringen! Also bitte: An die Arbeit!«

Valeri stand auf, nickte der Richterin noch einmal zu und ging zurück in das Vorzimmer. Die Sekretärin warf ihm einen mitfühlenden Blick zu.

»Schon gut«, murmelte er. »Wir sehen uns.« Gerade, als er das Zimmer verlassen wollte, klingelte sein Mobiltelefon. Der Kollege von der Kameraüberwachung.

»Valeri! Wir haben Neuigkeiten. Mareike Weber war in der fraglichen Zeit in der Nähe des Tatorts. Das belegen die Bilder ohne jeden Zweifel.«

»Na endlich!« Er bedankte sich und beendete das Gespräch, dann ging er zurück zum Büro der Richterin. Als er in der Tür erschien, blickte sie von ihren Akten auf.

»Sie haben Ihre Schokolade vergessen«, sagte sie und wies auf die Box, die immer noch auf ihrem Schreibtisch stand.

»Ach, die können Sie behalten. Was wir jetzt brauchen, ist ein Durchsuchungsbefehl!«

16

Coco verließ gut gelaunt das Gebäude der Sûreté publique und sah, dass Nicolai bereits vor der Tür auf sie wartete. Er hatte seinen cremeweißen Citroën 2CV, eine uralte Ente, direkt auf dem Zebrastreifen vor dem Polizeigebäude abgestellt und lehnte, die Arme lässig verschränkt, an der fragil wirkenden Karosserie.

»Mitten auf dem Zebrastreifen, und das vor den Augen der monegassischen Gesetzeshüter?«, begrüßte Coco ihn lachend.

»Ich dachte, bei einem Date mit einer Polizistin kann ich mir das erlauben«, erwiderte er und gab ihr einen Kuss auf die Wange.

Coco ging nicht weiter auf seinen Flirtversuch ein und wies auf den Wagen. »Ich hätte nicht gedacht, dass ausgerechnet du eine Ente fährst.«

»Ich finde diese alten Kisten witzig. Und für den Sommer sind sie perfekt, kein großes Tamtam, das Dach lässt sich ganz einfach aufrollen, und schon haben wir ein Cabrio! Meine Tochter liebt dieses Auto, und ich lache mich immer halb schlapp, wenn ich damit durch Monaco düse und alle sich fragen, was der Typ mit der alten Karre hier verloren hat. Wenn die wüssten!« Er grinste. »Statussymbole hab ich schon lange nicht mehr nötig!« Galant hielt er ihr die Tür auf, und Coco ließ sich lachend auf dem Beifahrersitz nieder.

»Find ich cool!«

Nicolai warf den Motor an, der ein knatterndes Geräusch von sich gab, und Coco streckte die Arme durch das Dach, um den warmen Fahrtwind zu spüren.

Auch wenn sie es sich nicht eingestehen wollte, fühlte sie sich ausgesprochen wohl in Nicolais Gegenwart und vergaß sogar für einen Moment die Recherchen zu ihrem aktuellen Fall.

Nicolai hatte ein Restaurant direkt am Strand ausgewählt, auf der Avenue Princesse Grace, die kurz hinter dem Hafenbecken des Port Hercule begann und am Wasser entlang in Richtung des Monte Carlo Country Clubs verlief. Das Restaurant hatte die Hausnummer 31 und nannte sich daher Avenue 31.

»Hier gibt es ein fantastisches Sushi-Lunch für wenig Geld. Was ja selten ist in Monaco!« Nicolai lachte. »Ich hoffe, du magst Sushi?«

»Na klar!«, entgegnete Coco, die schon seit Längerem auf eine gesunde und fettarme Ernährung achtete.

Den Wagen stellte Nicolai im Parkhaus Larvotto ab, das unterirdisch den gesamten gleichnamigen Strand entlang verlief, und sie gingen die letzten paar Meter zum Restaurant zu Fuß.

Dort nahmen sie an einem der Tische auf der überdachten Terrasse Platz. Neugierig spähte Coco durch die Scheiben ins Innere des Lokals, das es zu ihrer Zeit noch nicht gegeben hatte. Ihr gefiel die moderne Inneneinrichtung: einfache Holztische, mit hellem Leder bezogene Stühle und schlichte Raumteiler in japanischem Stil. Als der Kellner an den Tisch herantrat, bestellte Nicolai, ohne sie zu fragen, zweimal den Sushi-Lunch und dazu zwei Gläser Weißwein. Coco mochte ein derartiges Machogehabe eigentlich nicht, aber sie war nicht in der Stimmung für Diskussionen. Stattdessen genoss sie den leichten Wind, der über die Terrasse des Restaurants wehte, und den Blick über die Straße hinaus aufs Meer.

»Und? Wie ist es, wieder in Monaco zu sein?«, fragte Nicolai und prostete ihr zu. »Ich jedenfalls finde es schön, dich wieder hier zu haben!«

»Danke. Eigentlich bin ich auch ganz froh, hier gelandet zu sein. Ich meine, schau dich nur einmal um: Ist es nicht ein echtes Privileg, an einem Ort zu leben und zu arbeiten, an dem andere Urlaub machen?«

»Ja, da hast du recht. Es gibt hier jedenfalls kaum etwas, das mein Auge beleidigt.« Er lachte. »Aber sag mal, wieso bist du eigentlich alleine hierhergekommen? Was ist denn mit deinem Mann?«

»Müssen wir unbedingt darüber sprechen?«, fragte Coco ausweichend. Sie hatte nun wirklich keine Lust, in ihrer Vergangenheit zu graben.

»Mit mir könntest du schon reden! Ich habe dir mein Ehedrama ja auch anvertraut!«

Coco seufzte. Sie redete nicht gerne über ihre Gefühle und all das, was ihr schwer auf dem Herzen lag.

»Ach, weißt du, es hat einfach nicht funktioniert zwischen uns beiden. Wir haben von Anfang an nicht zusammengepasst. Aber wir waren noch so wahnsinnig jung, und ich stand stark unter dem Einfluss meines Vaters. Ich bin da förmlich reingeschlittert, wie man so sagt!«

»Ach ja, dein Vater. Wollte der nicht, dass du Richterin wirst?«

»Yep.« Coco nahm einen Schluck Wein. »Natürlich musste es ein angesehener, ehrbarer Beruf sein. Und nicht nur das: Auch der Mann an meiner Seite musste seinen Vorstellungen entsprechen. Ein Jurastudent war da genau der Richtige.« Coco schüttelte den Kopf. »Ich kann mich erinnern, dass ich damals mal einen Freund mit nach Hause gebracht habe, der Schriftsteller werden wollte. Er war kreativ, unkonventionell, wahnsinnig intelligent. Und äußerlich sogar ausgesprochen unauffällig, keine Piercings, keine Tattoos!« Coco lachte spöttisch auf. »Aber ein Schriftsteller war nicht gut genug für meines Vaters Tochter! Ihm gefiel ein Denker nicht. Er wollte einen Macher in einem klassischen Männerberuf!«

»Und darauf hast du Rücksicht genommen?«

»Es war ja nicht so, dass er mir den Umgang verboten hätte. Das hätte auch gar nicht funktioniert! Mein Vater hat das auf ganz subtile Art und Weise gemacht. Mir mit kleinen Spitzen und Bemerkungen einfach den Spaß genommen, das Unbeschwerte kaputtgemacht. Dann habe ich irgendwann André kennengelernt, den Jurastudenten aus gutem Hause. Er ist ja auch kein schlechter Mann, versteh mich nicht falsch. Ich könnte dir jetzt hundert Beispiele nennen, warum André ein guter Partner hätte sein können, nur eben nicht für mich! Mir fehlte … Ja, es fehlte eine gemeinsame Vision, eine Idee, ein starkes

Band, das uns hätte zusammenhalten können. Ach, ich kann es nicht richtig erklären.«

Coco dachte einen Moment lang über ihre gescheiterte Ehe nach. Ein gemeinsames Kind hätte dieses Band sein sollen, aber hätte das gereicht? Waren sie nicht zuvor schon gescheitert? Nach dem Ende ihrer Schwangerschaft hatte es keine gemeinsame Zukunft gegeben, nur einen großen Scherbenhaufen. Was blieb, waren die unausgesprochenen Vorwürfe ihres Mannes, die sie bis zum heutigen Tag belasteten.

Seufzend rieb sich Coco mit den Händen über das Gesicht. Ihr war ein wenig übel geworden. Nicolai sah sie besorgt an.

»Ist alles in Ordnung mit dir? Du bist ein bisschen blass um die Nase.« Er nahm ihr Weinglas hoch und hielt es ihr hin. »Hier, trink mal einen Schluck.«

Coco nickte und griff dankbar nach dem Glas. Es tat ihr nicht gut, über ihre Ehe zu reden, das zeigte sich hier aufs Neue. »Lass uns über etwas anderes sprechen«, sagte sie, als der Kellner zwei Schieferplatten brachte, auf denen mit Lachs und Thunfisch gefüllte Maki-Rollen, *Sashimi*, roh filetierter Fisch und hauchdünn geschnittene eingelegte Ingwerscheiben drapiert waren. Dazu servierte er ihnen eine Miso-Suppe.

»Das Sushi hier hat absolute Topqualität. Und das für neunzehn Euro inklusive Wein. Da kannst du nicht meckern!« Mit den hölzernen Stäbchen griff Nicolai geschickt nach einer der Maki-Rollen und schob sie sich in den Mund. »Ich war neulich in St. Trop, und da hast du ganz andere ...«

»Saint Tropez meinst du?«

»Was sonst?«, meinte Nicolai ganz erstaunt. »Da zahlst du für eine Seezunge mit ein bisschen Salat gleich mal fünfzig Euro. Das ist doch Wahnsinn!«

Coco nickte und probierte den filetierten Lachs, der so frisch war, dass er förmlich auf der Zunge zerging, und beobachtete Nicolai, der ihr immer besser gefiel. War sie jetzt völlig verrückt geworden? Nicolai war ein Playboy, und sie hatte absolut keine Lust, als eine weitere Kerbe in seinem Bettpfosten zu enden.

Bevor sie weiter über dieses brisante Thema nachdenken konnte, klingelte ihr Mobiltelefon. Entschuldigend zog sie das Smartphone aus ihrer Handtasche: Es war Noëlle mit der Nachricht, dass Mareike Weber von den Überwachungskameras in der Nähe des Hauses der Bergmanns erfasst worden war.

»Ist es denn sicher, dass sie auch am Tatort war?«, wollte Coco von Noëlle wissen.

»Nein, das nicht! Das Haus liegt ja auf der französischen Seite. Und direkt vor Ort gibt es keine Kameras. Aber sie ist definitiv in ihrem roten Golf nach Beausoleil gefahren, wir haben die Aufzeichnungen von dieser Strecke bis auf den letzten Kilometer, der auf der französischen Seite liegt.«

»Verstehe.«

»Wir haben einen Durchsuchungsbefehl für die Wohnung der Weber in Nizza. Wo sind Sie? Valeri ist schon unterwegs, um Sie abzuholen.«

»Im Avenue 31. Danke!« Coco legte auf und warf Nicolai einen entschuldigenden Blick zu. »Es tut mir wahnsinnig leid, aber ich muss zurück an die Arbeit. Wir müssen nach Nizza.«

»Warum das denn?«, fragte Nicolai überrascht.

»Eigentlich darf ich dir das gar nicht sagen, aber Sebastian Bergmann hatte tatsächlich eine Affäre mit dieser Mareike Weber, von der Cécilia erzählt hat. Sie war zur Tatzeit in der Nähe von Bergmanns Haus. Damit ist sie …« Coco zögerte einen Moment, »zumindest verdächtig.«

»Das klingt nicht so, als wärst du davon überzeugt.«

»Bin ich auch nicht. Ich glaube einfach nicht, dass eine Frau fähig ist, eine andere Frau und ein Kind zu erschlagen.«

»Da wäre ich mir nicht so sicher! Manche sind zu allem fähig! Meine Ex hat mal mit einem Laptop auf mich eingeschlagen! Eine echte Furie!«

»Vielleicht hatte sie ihre Gründe«, bemerkte Coco trocken.

»Quatsch! Die war einfach völlig durchgeknallt, völlig außer Kontrolle!«

»Aber du, du hast schon gerne die Kontrolle über alles?«

»Im Prinzip schon. Das ist jedenfalls besser, als wenn andere sie haben!« Nicolai lachte. »Aber jetzt iss doch noch schnell dein Sushi auf, du hast ja kaum etwas davon probiert!«

»Tut mir leid«, antwortete Coco, »aber ich muss wirklich los. Mein Kollege ist schon auf dem Weg hierher, und ich will ihn nicht warten lassen. Er ist sowieso nicht besonders gut auf mich zu sprechen, weiß der Himmel, warum.« Sie stand auf und umarmte Nicolai. »Ich mache es wieder gut, versprochen! Nächstes Mal lade ich dich zum Mittagessen ein!«

»Besser noch zum Abendessen!« Nicolai zwinkerte ihr zu. »Mit Kerzenlicht und allem, was dazu gehört!«

»Seit wann stehst du denn auf Romantik? Aber gut, Abendessen ist auch okay.«

17

Valeri wartete bereits mit laufendem Motor, als Coco die Eingangsstufen des Restaurants hinunterlief. Kaum hatte sie auf dem Beifahrersitz Platz genommen, schoss ihr Kollege auch schon mit quietschenden Reifen davon.

»Wir müssen uns beeilen! Das ist endlich mal eine vernünftige Spur!«

»Denken Sie, dass wir dort etwas finden werden?«

»Die Weber war am Tatort.«

»In der Nähe des Tatorts«, korrigierte ihn Coco. »Wo ist sie denn jetzt? In ihrer Wohnung?«

»Wahrscheinlich nicht. Wir haben sie bislang nicht erreichen können. Mir geht dieses kleine Filzding, der lila Schmetterling, nicht aus dem Kopf. Hat der Täter oder die Täterin den absichtlich liegen gelassen? Soll das etwa ein Zeichen sein? Oder hat der Täter es einfach verloren? Das würde bedeuten, dass wir es nicht mit einem Profi zu tun haben! Und überhaupt: Wer braucht solche Filzdinger und wozu?«

Nachdenklich blickte Coco aus dem Fenster. Sie hatten das kleine Fürstentum bereits hinter sich gelassen und befanden sich auf der *Corniche*, die Monaco und Nizza verband. Valeri hätte auch die Schnellstraße nach Nizza nehmen können, doch die Zeitersparnis wäre nur gering gewesen. Die schmale, serpentinenreiche *Corniche* galt zwar als gefährliche Strecke, wegen der vielen Haarnadelkurven und der steil abfallenden Felsen, doch der Blick von hier oben war atemberaubend.

»Nicht so schnell! Hier ist schon Grace Kelly ums Leben gekommen!«, meinte Coco etwas besorgt.

»Das war weiter oben, auf der Straße von La Turbie nach Monaco. Keine Angst, ich bin ein guter Autofahrer! Und ich liebe diese Straße! Die Strecke durch Beaulieu-sur-mer und Villefranche ist einfach jedes Mal wieder wunderschön. Ich bin sie wahrscheinlich schon tausendmal gefahren, aber ich kann mich an dem Blick einfach nicht sattsehen!« Valeri schaltete das Radio ein. Es liefen die Nachrichten.

»Ach, machen Sie doch mal lauter, bitte«, bat Coco. »Sicher berichten sie über die Formel 1.« Sie warf einen Blick auf die Uhr. Es war kurz nach drei. Das Qualifying, das in der Regel exakt um fünfzehn Uhr abgewinkt wurde, dürfte schon beendet worden sein.

»Sebastian Bergmann holt sich die wichtigste Pole der Saison in Monaco«, verkündete der Sprecher soeben. »Der United-Fahrer verwies seinen Teamkollegen und WM-Spitzenreiter Alexander Titow mit neunundfünfzig Tausendstelsekunden Vorsprung auf Platz zwei.«

»Bergmann ist tatsächlich der Beste, und das unter diesen Umständen!«, sagte Coco und schüttelte den Kopf. »Unfassbar!« Valeri nickte nur. Ein paar Minuten später erreichten sie die Stadtgrenze von Nizza.

Valeri freute sich immer darauf, in die Hafenstadt zu

kommen. Nizza war ganz anders als Monaco, nicht so clean und aufgeräumt. Er mochte das quirlige Leben auf den Straßen und das bunte Stadtbild. Insbesondere das Hafenviertel hatte es ihm angetan. In den verwinkelten Gassen kam es zwar gelegentlich zu Überfällen, aber die kleinen Bars, Restaurants und Läden hatten im Gegensatz zu Monaco ihren ganz eigenen Charme. Er dachte an die von Niki empfohlenen Seeigel und hoffte, dass er später Zeit finden würde, im *Café de Turin* vorbeizuschauen.

Auch wenn der Verkehr, wie üblich, chaotisch war, erreichten sie die Wohnung von Mareike Weber relativ schnell.

Ihr Appartement befand sich in einem schicken Altbau-Wohnkomplex in der Nähe der Promenade des Anglais, der Hafenpromenade, und des neuen Stadtparks, der sich durch das Herz der Stadt schlängelte. Vor der Tür des Wohnhauses stand bereits ein Wagen der französischen Polizei, die Kollegen waren also schon eingetroffen.

»Finanzielle Probleme scheint Frau Weber jedenfalls nicht zu haben«, sagte Valeri, während sie über die Marmorfliesen des Eingangsbereichs gingen. »Die Gegend hier ist eine der besten, nur zwei Minuten zu Fuß, und schon sind Sie auf der Promenade und am Meer.« Sie betraten den modernen Fahrstuhl, der sie fast geräuschlos in den vierten Stock brachte. Die Tür zu Mareike Webers Appartement, wo die Kollegen bereits mit ihrer Arbeit begonnen hatten, stand offen. Valeri nickte in die Runde und ging auf Vince Deneuve zu, der, wie so oft, seinen geliebten rotbraunen Lederblouson trug.

»Und? Haben wir schon etwas?«

»Wir haben ein Laptop, das müssen sich die Experten genauer anschauen. Einen weiteren Computer hat sie anscheinend nicht. Bislang nichts Besonderes. Aber wenn Sie mich fragen: Die Frau hat nicht mehr alle Latten am Zaun! Kommen Sie mal mit.« Valeri und Coco folgten Deneuve in den Wohnbereich, der aus einer offenen Küche, einem durch einen Raumteiler abgetrennten Essbereich und einer Couchecke bestand. An der Wand stand eine große Kommode, auf der etwa zwanzig goldgerahmte Fotos standen. Auf allen Aufnahmen war sie zusammen mit Sebastian Bergmann zu sehen. Coco nahm eines der Bilder in die Hand, das offensichtlich in Dubai aufgenommen worden war. Bergmann hatte den Arm um Mareike gelegt, im Hintergrund ragte das futuristische Gebäude des Burj-al-Arab-Hotels auf.

»Eigentlich sehen die beiden ganz glücklich zusammen aus. Ob Bergmann weiß, dass die Weber ihm hier einen Altar errichtet hat?«

Ohne zu antworten, ging Valeri ins benachbarte Schlafzimmer hinüber. »Oha, sehen Sie sich das an!«, rief er. »Hier hängen drei lebensgroße Porträts von Bergmann!« Ohne auf Valeri zu reagieren, sah Coco sich weiterhin im Wohnzimmer um.

»Und hier wird es erst richtig interessant!«, sagte Deneuve und deutete auf ein DIN-A4-Blatt, das Mareike Weber an den Rand eines großen Spiegels geheftet hatte, darauf aufgelistet fünf Zeilen: *Ich bin glücklich. Ich lebe mit Sebastian zusammen. Sebastian liebt mich. Ich bin schwanger. Anca ist tot.*

»Haben Sie eine Ahnung, was das soll? Voodoo-Zauber?« Auf einem kleinen Tisch neben der Couch lag ein aufgeschlagenes Buch. *Das Gesetz der Anziehung,* las Coco.

»Es sieht so aus, als würde Mareike Weber dem *law of attraction* folgen. Haben Sie schon mal davon gehört?«

»Nein. Was soll das sein?«, entgegnete Deneuve und schüttelte verständnislos den Kopf.

»Wenn ich mich recht erinnere, geht es darum, dass Gleiches von Gleichem angezogen wird. Warten Sie mal.« Coco blätterte in dem Buch. »Demnach hat jeder Mensch die Fähigkeit, zum Beispiel Schwäche in Stärke, Ohnmacht in Macht, Leiden in Seelenruhe zu verwandeln. Es geht anscheinend darum, dass jeder Gedanke, jedes Gefühl, ob positiv oder negativ, auch gleichartige Gedanken und Gefühle anzieht. Wenn wir uns etwas sehr wünschen, müssen wir sozusagen positive Gedanken an das Universum senden, damit diese Wünsche in Erfüllung gehen können«, erklärte Coco. »Denn wenn wir uns ständig darüber Gedanken machen, wie unglücklich wir sind, schickt uns das Universum noch mehr Unglück.«

»Und das ist Ihr Ernst?«, fragte Deneuve und musterte sie mit hochgezogenen Augenbrauen.

»Nicht unbedingt. Aber es gibt eine ganze Menge Leute, die daran glauben. Meines Wissens hat eine amerikanische Autorin das Ganze verbreitet. *The Secret: Was ich denke, glaube oder erwarte, das ist.* Und was dabei entscheidend ist …«, Coco wies auf das DIN-A4-Blatt, das am Spiegel hing, »Sie müssen das Ganze manifestieren, in Schriftform bringen, so wie die Weber es hier gemacht hat. Allerdings dürfen Sie nicht *Ich will, dass …*

sagen, sondern sollen sich so ausdrücken, als wäre das Gewünschte bereits eingetreten, weil das ja das Ziel ist.«

»Aha! Ach so!« Deneuve schien amüsiert. »Na, klar! Dann pinne ich mir demnächst an den Badezimmerspiegel: Ich bin mit Gisele Bündchen zusammen!«

»Von mir aus. Aber im Ernst: Ich denke, es geht um eine grundsätzlich positivere Einstellung zum Leben.« Coco zuckte mit den Schultern und drehte sich um, weil Valeri an sie herantrat.

»*Schlüssel zum Gesetz der Anziehung – so machen Sie Ihre Lebensträume wahr, The Law of Attraction: Das kosmische Gesetz hinter THE SECRET, The Law of Attraction: Geld – Reich mit dem Gesetz der Anziehung*«, zitierte er die Titel weiterer Bücher, die sich in einem Regal neben dem Spiegel befanden. »Die Einzigen, die hier reich werden, sind die, die den Quatsch hier verzapfen!«, knurrte er.

»Allerdings!« Deneuve schnaufte verächtlich durch die Nase, dann tippte er auf das Blatt am Spiegel. »Aber hier steht es ja schwarz auf weiß: *Anca Bergmann ist tot.* Da haben wir doch unser Motiv!«

»Aber reicht das?«, fragte Coco zweifelnd. »Hier wird doch nur der Glaube an die Wirksamkeit von Gedanken dokumentiert. Ähnlich wie bei einer Voodoo-Puppe: Man sticht Nadeln in ihren Körper und hofft darauf, dass die Person, die gemeint ist, tatsächlich durch die Kraft des Zaubers krank wird oder stirbt.«

»Vielleicht war dieses Ritual nur der Anfang. Und als die Macht der Gedanken nicht stark genug war, hat sie dem Universum etwas auf die Sprünge geholfen!« Valeri fuhr sich über den Bart.

»Vielleicht hat aber das eine gar nichts mit dem anderen zu tun«, entgegnete Coco nachdenklich.

»Das glauben Sie doch selber nicht!«, echauffierte sich Deneuve. »Schauen Sie sich doch mal um! Diese Frau ist besessen von dem Mann. Das ist krank!«

»Wir müssen sie vorläufig festnehmen, das ist richtig. Aber überzeugt bin ich von ihrer Schuld noch nicht.« Coco drehte sich um und ging noch einmal langsam durch die Wohnung. »Einen Hammer oder vielmehr einen Fäustel haben Sie nicht gefunden?«

»Sie meinen die Tatwaffe?« Deneuve schüttelte den Kopf. »Nein. Die Frau hat noch nicht mal einen Werkzeugkasten.«

»Im Keller vielleicht?«

»Nix. Ein paar alte Aktenordner, eine Skiausrüstung und ein paar Bilderrahmen. Das war's.«

»Das ist nicht viel. Ist Ihnen sonst noch etwas aufgefallen?«

»Wenn Sie meine Meinung hören wollen: Die Frau hat einen massiven Dachschaden. Wünsche an das Universum? Total plemplem!«

Coco nickte und trat noch einmal an das Bücherregal heran. Mareike Weber verfügte über eine Sammlung von esoterischen Ratgebern, Bücher über das Denken und Fühlen, Glück und Unglück, einige Kochbücher, die sich mit *Lebensmitteln für die Seele* befassten, außerdem einige Broschüren zum Thema *Leben mit Diabetes*.

»Ich habe genug gesehen«, sagte Valeri, »und außerdem habe ich einen Bärenhunger. Würden Sie wohl noch eine Kleinigkeit mit mir essen, bevor wir zurückfahren?«

Coco warf einen Blick auf ihre Armbanduhr. »Sehr gerne, da ich mein Mittagessen stehen lassen musste, könnte ich durchaus etwas vertragen.«

Valeri und Coco ließen Deneuve in der Wohnung zurück und machten sich zu Fuß auf den Weg zum Café de Turin. Das Restaurant lag auf der anderen Seite des neuen Stadtparks.

Unterwegs gingen sie noch in das große Kaufhaus Galeries Lafayette, um sich nach den Filzschmetterlingen zu erkundigen, von denen sie ein Exemplar am Tatort gefunden hatten. Im *Lafayette* gab es eine beachtliche Auswahl an Dekorationsmaterial aus Filz, darunter Vögel, Fische und diverse andere Tierarten, außerdem Engel, Sterne, Herzen, und das alles in den unterschiedlichsten Farben. Lilafarbene Schmetterlinge wie derjenige am Tatort waren jedoch nicht darunter. Nach den Angaben einer Verkäuferin gab es Filzwaren dieser Art allerdings in jedem beliebigen Kaufhaus und außerdem in etlichen Fachgeschäften für Kurz- oder Bastelwaren.

Ein Traum, dachte Coco, das würde eine Lauferei werden, wenn sie herausfinden wollten, wer vor Kurzem einen solchen Schmetterling gekauft hatte!

Wieder auf der Straße rief Valeri seinen Freund Stéphane, den monegassischen Tierarzt, an.

»Ach? Du bist hier in der Gegend? Ich wollte dich nämlich gerade fragen, was du von einem kleinen Imbiss im Café de Turin hältst. Sie haben wieder frische Seeigel auf der Karte.« Valeri hörte einen Moment lang schweigend zu. »Dann sehen wir uns also dort«, verabschiedete er sich dann und schob das Handy wieder in seine Tasche.

Als sie am Café de Turin ankamen, saß Stéphane bereits bei einer Flasche Rosé an einem der Tische, die dort auf dem Bürgersteig standen.

Das Restaurant lag an der Place Garibaldi, einem von Häusern aus dem 18. Jahrhundert gesäumten Platz. Seinen Charme bezog der Platz jedoch von den rundum laufenden Arkaden der prachtvollen Gebäude im Turiner Stil, deren Fassaden in kräftigen Gelb- und Rottönen gestrichen waren. In der Mitte des Platzes thronte auf einem etwas überdimensionierten Sockel aus weißem Marmor die Statue des in Nizza geborenen italienischen Freiheitskämpfers Giuseppe Garibaldi, nach dem der Platz gegen Ende des 19. Jahrhunderts benannt worden war. Coco schüttelte Stéphane kurz die Hand und wies auf die Flasche Wein.

»Ohne Rosé überleben die Franzosen den Sommer nicht, oder?«

»Nein! Rosé ist das Wasser der Côte d'Azur!« Stéphane lachte. »Schön, Sie endlich kennenzulernen!«

»Ganz meinerseits«, entgegnete Coco. Valeris Freund schien ein sympathischer Mann zu sein.

»Wie immer?«, mischte Valeri sich ein.

»Wie immer«, entgegnete Stéphane, winkte den Kellner heran und gab seine Bestellung auf. Schon zum zweiten Mal an diesem Tag entschied ein Mann darüber, was sie essen sollte. Aber diesen Gedanken behielt Coco für sich.

Wenige Minuten später brachte der Kellner eine gigantische, mit zerstoßenem Eis gefüllte Schale, auf der allerlei Meeresfrüchte drapiert waren: Austern in unterschiedlichen Größen, Riesengarnelen, Schnecken, *violets de roche*, Meeresscheiden, die durch ihr gelb-orangefarbenes Innenleben eher wie Früchte aussahen, und die von Valeri so sehnlichst erwarteten Seeigel. In der Mitte der Schale stand ein kleineres Glasschälchen, aus dem es mächtig dampfte.

»Flüssiger Stickstoff«, meinte Valeri. »Den kenne ich sonst nur als Alternative zur Leichenverbrennung!«

Coco verzog das Gesicht und sah ihren Kollegen fragend an.

»Damit kann man einen Leichnam bei etwa minus zweihundert Grad einfrieren und anschließend zu Pulver zermahlen. Ist aber noch nicht überall erlaubt.«

»Na dann, guten Appetit!«, sagte Stéphane mit einem süffisanten Lächeln.

»Was hat denn der Stickstoff hier neuerdings zu suchen?«, fragte Valeri missmutig.

»Ich würde sagen: *That's entertainment!*«, antwortete Stéphane. »Sieht doch gut aus, oder?« Valeri verdrehte die Augen, nahm die Schale etwas pikiert zwischen Daumen und Zeigefinger und winkte den Kellner heran. »Das können Sie wieder mitnehmen!«

Stéphane nahm sich unterdessen eine der Austern von der Platte, drückte eine halbe Zitrone darüber aus und ließ sie sich mit einem lautstarken Schlürfen schmecken.

»Ein Gedicht!«

»Ja, die Austern hier sind ganz passabel. Auch wenn sie keine aus Galizien haben, das sind nämlich die allerbesten! Na ja, die Franzosen und die Spanier haben sich ja bekanntlich nie sonderlich gut verstanden«, dozierte

Valeri. »Nun bin ich aber gespannt auf die Seeigel, von denen Niki so geschwärmt hat.«

»Ach, wann hast du ihn denn getroffen?«, fragte Stéphane.

»Ist noch nicht allzu lange her. Schließlich ist er bei unserem aktuellen Fall der zuständige Rechtsmediziner.« Valeri nahm sich einen der halbierten Seeigel aus der Schale und hielt ihn Coco vor die Nase. »Haben Sie die hier schon probiert?«

»Ehrlich gesagt, mag ich die Dinger nicht so«, antwortete Coco. »Hängt vermutlich damit zusammen, dass ich als Kind mal in einen reingetreten bin.«

»Na, da hätten Sie doch allen Grund, sich zu rächen, indem Sie einen Artgenossen des damaligen Übeltäters verspeisen«, erwiderte Valeri und löffelte mit halb geschlossenen Augen genießerisch die rötliche, leicht pastöse Substanz aus der ansonsten eher schwarzen glibberigen Masse.

Coco musste lachen. Eigentlich war sie kein Freund von Meeresfrüchten, besonders dann nicht, wenn sie noch am Leben waren. Aber sie wollte sich vor den beiden keine Blöße geben und probierte von dem Seeigel. Sie war überrascht, wie gut er schmeckte: nach Meer, ein wenig salzig, in der Konsistenz erinnerte er sie an Fischrogen.

»Na also, geht doch«, bemerkte Valeri. Dann kamen sie auf den Fall zu sprechen.

»Die Sache mit den Bergmanns ...« Stéphane nahm eine der kleinen Nadeln zur Hand, die ebenfalls in der Schale lagen, und fischte sich damit eine Schnecke aus dem Gehäuse. »Eine schlimme Geschichte. Tragisch. Allerdings ist das tatsächlich eine merkwürdige Familie.«

»Sie kennen die Bergmanns?«, fragte Coco überrascht.

»Ja, sicher. Sie haben ja einen Bichon. Anca Bergmann war mit ihm öfter mal bei mir in der Praxis. Eigentlich viel zu oft.«

»Wie meinen Sie das?«

»Ach, diese wohlhabenden Ehefrauen haben einfach nichts zu tun! Da wird dann das Hundchen umsorgt und verhätschelt: hier eine Impfung, da ein Vitaminpülverchen. Ich hatte den Eindruck, dass sie einfach unzufrieden mit ihrem Leben war. Zu Hause herumzusitzen, während ihr Mann rund um die Welt unterwegs ist, hat ihr wohl nicht gefallen. Ich glaube, sie hat sich das Leben an der Seite eines berühmten Rennfahrers ganz anders vorgestellt. Und ich denke, sie wollte lieber selbst Karriere machen.«

»Hat sie dir etwa ihr Herz ausgeschüttet?«, fragte Valeri.

»Ja, das Übliche: dass ihr Mann immer unterwegs sei, wenig Zeit für die Familie habe. Dass sie zurückstecken und den Babysitter für den Jungen und den Hund spielen müsse. Apropos: Wer kümmert sich denn jetzt um das Tier?«

»Das Tier ist tot.«

»Was?«, fragte Stéphane überrascht. »Wie das?«

»Der Täter hat nicht nur auf die Frau und das Kind eingeschlagen, sondern auch auf den Hund«, entgegnete Valeri. »Da fällt mir ein, wir haben mit Niki noch gar nicht über das tote Tier gesprochen!« Valeri nahm sein Mobiltelefon zur Hand und gab Nikis Nummer ein. »Niki? Henri hier. Sag mal, bist du mit dem Hund schon fertig?«

»Kannst du hellsehen?«, tönte Niki durch die Leitung. »Gerade eben bin ich mit ihm fertig geworden! Wie erwartet, wurde der Hund mit demselben Hammer erschlagen, mit dem auch die Frau und das Kind attackiert wurden. Das war keine Überraschung. Aber interessant ist, was ich im Maul des Tieres gefunden habe.« Niki machte eine bedeutungsvolle Pause.

»Nun spuck's schon aus!«, knurrte Valeri ungeduldig.

»Das Tier hatte sich offenbar an jemandem festgebissen. Vermutlich am Täter. Jedenfalls hatte der Hund Faserspuren im Maul. Ich schätze, dass er sein Frauchen verteidigen wollte, den Täter angegriffen und zugebissen hat.«

»Sag bloß, du hast auch eine DNA?«

»Nein, das leider nicht. Der Täter hat offensichtlich eine dicke Jacke getragen. Aber die Jacke hat es erwischt. Aus synthetischen Polymeren, rot und gewachst. Ist immerhin eine Spur, der ihr nachgehen könnt.«

»Du meinst doch nicht etwa eine stinknormale rote Polyesterjacke? Aber so eine tragen doch Tausende!«, entfuhr es Valeri.

»Mag sein. Aber wenn ihr den Kreis der Verdächtigen eingrenzen könnt, bringt euch das vielleicht weiter.«

»Da hast du recht, danke dir.« Valeri beendete das Gespräch und berichtete Coco und Stéphane, was Niki herausgefunden hatte. Dann nahm er einen kräftigen Schluck von seinem Rosé. »Wir kommen der Sache näher!« Valeri angelte sich eine der Riesengarnelen aus der

Schale, puhlte das Fleisch aus dem Panzer und tauchte es in die Knoblauchbutter, bevor er sich den Happen, wieder mit halb geschlossenen Augen, genüsslich in den Mund schob.

»Und sonst? Wie geht es Inés?«, wechselte Stéphane das Thema.

»Gut so weit. Hat viel zu tun mit ihrem neuen Roman.«

»Kann ich mir vorstellen. Ich hab sie vor ein paar Tagen in Nizza gesehen.«

»Ach? Wann denn?«

»Das muss am Montag gewesen sein. Aber sie war so ins Gespräch vertieft, da wollte ich sie nicht stören!«

Valeri biss sich auf die Lippen. Zu gerne hätte er nachgefragt, wer Inés' Gesprächspartner gewesen war, aber das erschien ihm unangemessen. Außerdem wollte er sich nicht als eifersüchtiger Ehemann outen. Aber in seinem Kopf rotierten die Gedanken in diesem Augenblick wahrscheinlich schneller als die Roulettekugeln im Casino von Monte Carlo.

18

Am Tag des Großen Preises von Monaco fuhr Coco früh-
morgens als Erstes zum Krankenhaus. Das Centre Hospitalier de Princesse Grace lag oberhalb des Friedhofs in
den Bergen und war von ihrer Wohnung aus mit dem Wagen innerhalb von wenigen Minuten zu erreichen.

Sie parkte das Dienstfahrzeug in der Tiefgarage und
fuhr mit dem Fahrstuhl auf die Eingangsebene des Krankenhauses. Während sich der Lift lautlos in Bewegung
setzte, fiel Cocos Blick auf ein elektronisches Auge, das
sich an der Decke des Fahrstuhls befand. Überall im Fürstentum gab es diese Kameras. Aus dem Material könnte
man ohne Weiteres eine Realityshow zusammenschnei-
den, dachte sie.

Am Empfang erkundigte Coco sich nach dem Zimmer,
in dem Anca Bergmann lag, und lief die Treppen in den
vierten Stock hinauf bis zur Intensivstation. Coco zeigte
dem Beamten, der vor dem Zimmer Wache hielt, ihren
Ausweis, dann betrat sie zusammen mit dem Stationsarzt
das Krankenzimmer.

Anca Bergmann lag reglos mit geschlossenen Augen
in ihrem Bett. Ihr Kopf war bandagiert, und ihr Brustkorb hob und senkte sich kaum wahrnehmbar. Für einen

kurzen Moment sah Coco sich selbst in einem Krankenbett liegen – Erinnerungsfetzen wie kleine, schmerz-
hafte Blitze. Aber sie konnte die düsteren Gedanken im
Moment nun überhaupt nicht brauchen und schob die
quälenden Bilder beiseite.

»Sie sieht aus, als würde sie schlafen.«

»In gewisser Weise tut sie das ja auch. Sie hat schwere
Schädelverletzungen erlitten. Man geht davon aus, dass
das Koma den Betreffenden hilft, sich besser zu regene-
rieren.«

»Und wann wird sie wieder aufwachen?«, fragte Coco.

»Schwer zu sagen. Es gibt Patienten, die wachen ganz
schnell wieder auf. Andere liegen monatelang im Koma
oder kommen auch nach Jahren nicht wieder zu Bewusstsein.«

»Eine schreckliche Vorstellung.«

»Immerhin: Sie lebt noch, noch gibt es Hoffnung. Für
den kleinen Jungen gab es keine mehr.«

Coco nickte. Ihr Blick ruhte nachdenklich auf Anca
Bergmann. Wer hat dir das angetan, Anca? Was könntest
du uns erzählen?, dachte sie, dann wandte sie sich wieder
an den Arzt: »Glauben Sie, dass sie sich an den Überfall
erinnern kann, wenn sie wieder aufwacht?«

»Schwer zu sagen. Es gibt Erlebnisse, die so traumati-
sierend sind, dass sich die Patienten nie wieder daran erinnern können. Dazu kommt, dass wir zum jetzigen Zeitpunkt nicht wissen, wie schwer das Gehirn geschädigt
wurde«, fügte er hinzu. »Solche Verletzungen können
ähnliche Auswirkungen haben wie ein Schlaganfall, dann
müssen sämtliche Körperfunktionen wieder neu erlernt

und trainiert werden. Und das kann Monate oder sogar Jahre dauern.«

»Sie hat keinen Schmuck getragen, oder?«, wollte Coco wissen.

»Warten Sie mal … Doch. Eine Kette, wenn ich mich recht erinnere.« Der Arzt ging zu dem kleinen Nachtschrank neben dem Bett und öffnete die Schublade. »Sehen Sie?« Er zeigte ihr eine dünne Goldkette, an der ein großer Brillantanhänger in Herzform hing. »Warum fragen Sie?«

»Weil sie anscheinend immer Schmuck getragen hat!« Coco zeigte auf Anca Bergmanns linkes Handgelenk und den Ringfinger. Die Stellen, an denen sich offenbar eine Uhr und ein Ring befunden hatten, waren hell, der Rest der Haut sonnengebräunt.

»Als sie hier eingeliefert wurde, hat sie weder eine Uhr noch Ringe getragen.«

»Vielleicht hat der Täter den Schmuck mitgenommen. Es könnte tatsächlich ein Raubüberfall gewesen sein. Oder der Täter will, dass wir genau das annehmen!« Aber warum hatte der Täter dann die Kette nicht mitgenommen? Das ergab alles keinen Sinn. Wollte der Täter sie in die Irre führen?

Coco bedankte sich bei dem Stationsarzt und war froh, das Krankenhaus verlassen zu können. Sie atmete noch einmal tief ein und aus und beschleunigte ihren Schritt, denn Valeri wartete bereits in der Sûreté publique auf sie.

Sie hatten Mareike Weber zur Vernehmung einbestellt, und Coco war gespannt, was die Frau zu sagen hatte. Die

Kamerabilder waren eindeutig: Mareike Weber war am Tag des Überfalls mit ihrem roten Golf GTI um elf Uhr fünfzehn auf der Straße Richtung Beausoleil unterwegs gewesen. Außerdem konnten die Computerspezialisten aufgrund der Daten auf Mareike Webers Laptop nachweisen, dass Mareike Weber im Netz nach der Adresse der Bergmanns gesucht und Fotos von deren Anwesen heruntergeladen hatte. Auch hatte sie so gut wie alle Artikel über Sebastian Bergmann angeklickt und Hunderte von Fotos von ihm gespeichert. Zusätzlich hatte die Spurensicherung in ihrer Wohnung ein Tagebuch sichergestellt, aus dem Mareike Webers Hass auf Anca Bergmann deutlich hervorging. Mareike Weber war offensichtlich besessen von Sebastian Bergmann, eine Obsession, die im Laufe der Zeit immer stärker geworden war.

Coco eilte hinaus auf den Vorplatz, von dem aus der Fahrstuhl sie zurück ins Parkhaus bringen sollte. Ihr Blick schweifte über den Friedhof unterhalb des Krankenhauses, und sie dachte an ihr eigenes Kind, das sie verloren hatte. *Ich würde dich gern mal wieder besuchen*, dachte sie und wurde von einer Welle des Schmerzes überrollt. Tränen schossen ihr in die Augen. Ob sie wohl jemals über den Verlust hinwegkommen würde? Die Gedanken an ihre Vergangenheit taten weh – und sie kamen ohne jede Vorwarnung. Ihr kam eine TV-Serie in den Sinn, die sie kürzlich gesehen hatte. Darin waren die Figuren in der Lage gewesen, ihre Emotionen auszuschalten. Sie wünschte sich, dies auch zu können. Keine Stimmungsschwankungen, keine Schmerzen, kein Unwohlsein mehr.

Als Coco in der Sûreté ankam, hatte sie sich wieder gefangen. Sie sah auf die Uhr. Zeit für die Wahrheit.

Vor dem Verhörraum stand Valeri und beobachtete durch den Einwegspiegel Mareike Weber, die bereits an einem kleinen Tisch saß.

»Sie haben noch nicht angefangen?«, fragte Coco und trat neben ihn.

»Nein.«

»Sie hätten nicht auf mich warten müssen.«

»Hab ich nicht«, entgegnete Valeri. »Ich lasse unsere Kunden gerne erst einmal eine Weile dort sitzen. Damit sie ein bisschen nervös werden. Sich fragen, warum niemand kommt. Die meisten sind nach einer knappen Stunde weich und leichter zum Reden zu bringen.« Valeri warf einen Blick auf seine Armbanduhr. »Sie schmort jetzt schon seit etwa vierzig Minuten da drin. Ich schätze, das reicht.«

Coco folgte Valeri, der zu Mareike Weber hinübergegangen war, und blieb neben der Tür stehen. Valeri setzte sich zu Mareike Weber an den Tisch.

»Wie schön, dass Sie es einrichten konnten!«, sagte sie schnippisch.

»Frau Weber, ich mache es kurz. Sie stehen unter Mordverdacht! Die Bilder einer Überwachungskamera zeigen, dass Sie am Donnerstag um elf Uhr fünfzehn in Ihrem roten Golf GTI unterwegs nach Beausoleil waren, wo die Bergmanns wohnen.« Er legte einige Fotos auf den Tisch, die sie nur mit einem kurzen Blick bedachte.

»Und?«

»Sie waren am Tatort. Und Sie haben ein Motiv.«

»War ich nicht. Ich war in der Nähe. Na und? Ich lebe schließlich hier. Ich kann überall sein!«

»Sie waren also nicht am Tatort?«

»Richtig.«

»Wissen Sie, wo die Bergmanns wohnen?«

»Nein.«

Valeri stand auf.

»Das ist gelogen«, mischte sich Coco in die Befragung ein.

»Sie haben die Bergmanns im Internet gegoogelt, Sie haben Fotos von der Familie und deren Haus heruntergeladen und Anca Bergmann per E-Mail bedroht. Ich zitiere: ›Lass Sebastian gehen! Gib ihn frei! Du bist wie eine Python, die ihm keine Luft zum atmen lässt!‹ Also erzählen Sie uns keine Märchen! Wir haben außerdem Ihr Tagebuch gelesen. Sie haben Anca Bergmann gehasst! Sie wollten sie und ihren Sohn umbringen!« Mareike Weber lachte bitter auf. »Ja, ich hasse Sebastians Frau! Weil sie eine selten dumme Nuss ist! Sie hat Sebastian das Leben zur Hölle gemacht. Und mir auch. Ich habe ihr den Tod gewünscht! Aber ich habe sie nicht umgebracht! Das schwöre ich!«

»Was haben Sie denn in der Nähe des Hauses der Bergmanns gewollt?«

»Ich bin aus anderen Gründen dort gewesen.«

»Zum Spazierengehen vielleicht?«

»Genauso war es.«

»Also, Frau Weber, fangen wir nochmal von vorne an: Sie sind, wie Sie uns bereits gesagt haben, extra zum Formel-1-Rennen hierhergekommen, und ausgerechnet an diesem Wochenende gehen Sie spazieren, anstatt sich das freie Training vor dem Großen Preis anzuschauen? Klingt nicht gerade plausibel. Was also hatten Sie in der Nähe von Bergmanns Haus zu suchen?«

Mareike Weber schwieg.

Dann klopfte es an der Tür, und einer der Kollegen steckte seinen Kopf herein. »Ich hab was für euch!«

Valeri nickte Coco zu und verließ den Raum. Schweigend betrachtete Coco Mareike Weber, die mehrere Minuten lang überhaupt keine Reaktion zeigte, sondern beharrlich auf die Tischplatte starrte. Dann beugte sie sich plötzlich vor und sah Coco direkt in die Augen.

»Was glotzen Sie so?«

»Ich hoffe nur, endlich eine vernünftige Antwort zu bekommen!«, entgegnete Coco knapp.

»So bestimmt nicht!«

»Wie denn dann?«

»Ich weiß nicht, was ich hier soll! Ich war das nicht! Das schwöre ich! Und jetzt lassen Sie mich in Ruhe! Oder haben Sie Beweise?« Mareike Weber sah Coco provozierend an.

Coco antwortete nicht.

Wenige Minuten später kehrte Valeri zurück.

»So, Frau Weber, Ende der Vorstellung! Wir haben Anca Bergmanns Handy überprüft. Und was meinen Sie, was wir darauf gefunden haben?« Mareike Weber schwieg.

»Dann will ich es Ihnen sagen: Anca Bergmann hat Ihnen eine SMS geschickt. Soll ich Sie Ihnen vorlesen? ›Ich muss mit Ihnen über Sebastian reden. Bitte kommen Sie um zwölf Uhr. Und seien Sie pünktlich. Anca.‹«

Mareike Weber hob den Kopf. Ihr Blick flackerte. »Ich … Ja, das stimmt. Ich habe diese SMS bekommen.«

»Und dann sind Sie zum Haus der Bergmanns gefahren. Es kam zu einem Streit, und …«

»Nein, so war es nicht!«

»Hat Anca Bergmann Ihnen häufiger Nachrichten per SMS geschickt?«, fragte Coco.

»Nein, das war das erste Mal.«

»Und was taten Sie dann? Hatten Sie vor, mit Anca Bergmann zu reden?«

»Eigentlich nicht. Aber dann habe ich gedacht, vielleicht wird sie endlich vernünftig und sieht ein, dass Sebastian zu mir gehört. Ich dachte, sie würde ihn endlich freigeben. Ich hab das Auto am Anfang ihrer Straße abgestellt und bin den restlichen Weg zu ihrem Haus zu Fuß gegangen. Ich wollte sie noch ein bisschen warten lassen, weil ich mich nicht gern wie ein kleines Kind behandeln lasse. Und dann hat die dämliche Kuh die Tür nicht aufgemacht!«

»Wann genau haben Sie dort geklingelt?«

»Das dürfte so gegen halb eins gewesen sein.«

»Und, weiter? Was ist dann passiert?«

»Ich habe geklingelt. Aber niemand hat geöffnet. Die Bergmann war ganz offensichtlich nicht mehr zu Hause.«

»Wieso dachten sie, es wäre niemand zu Hause?«

»Weil ihr Köter nicht gebellt hat, wie er es sonst immer tut, wenn man sich dem Haus auch nur nähert!« Erschrocken darüber, was sie soeben ausgeplaudert hatte, hob Mareike Weber die Hand an ihren Mund. Doch sie hatte sich schnell wieder im Griff. »Ich war wütend. Ich hatte für dieses Gespräch extra das Formel-1-Gelände verlassen, und dann ist diese Frau nicht da! Ich fühlte mich ziemlich verarscht!«

»Und was haben Sie dann gemacht?«

»Was soll ich schon gemacht haben? Nichts. Ich bin wieder gegangen, hab mich ins Auto gesetzt und bin nach Monaco zurückgefahren.«

»Na schön. Entschuldigen Sie uns für einen Moment. Wir sind gleich wieder zurück.« Valeri nickte Coco zu, und sie verließen den Raum. Nebenan, auf der anderen Seite der Glasscheibe, trafen sie auf einen Kollegen, der Mareike Weber beobachtete, die regungslos auf ihrem Stuhl saß. Offensichtlich hatte er das ganze Gespräch mitverfolgt.

»Yanis, gut, dass du gleich gekommen bist!« Valeri klopfte dem Mann auf die Schulter und wandte sich dann an Coco. »Coco, das ist Yanis Martin, der Psychologe hier im Haus. Ich hatte ihn gebeten, die Befragung mitzuverfolgen.«

Coco schüttelte Yanis Martin kurz die Hand. »Schön, Sie kennenzulernen. Ich bin Coco Dupont!«

»Ah, die neue Kollegin aus Toulouse. Welcome on board.«

»Was hältst du von ihr?«, unterbrach ihn Valeri mit einem Blick durch den Einwegspiegel.

»Nun, nach einer so kurzen Beobachtung kann ich eine Person natürlich nur grob einschätzen. Sie verhält sich sehr ablehnend, unfreundlich, ist immer auf Konfrontation aus. Das könnte ein Schutzmechanismus sein, aber auch der Versuch, etwas zu vertuschen. Sie hat gelogen, das wissen wir. Aber das kann verschiedene Gründe haben: Unsicherheit, Angst. Ihre Grundstimmung ist starken Schwankungen unterworfen: Es gibt Momente, da wirkt sie sehr hart und präsent, dann plötzlich wieder wie weggetreten, und in der nächsten Minute ist sie wieder voll da.«

»Denken Sie denn, dass sie zu einem Mord fähig wäre?«, fragte Coco den Psychologen.

»Jeder von uns kann im Prinzip einen Mord begehen. Es braucht nur ein paar Dinge, die zusammenkommen. Zumindest aus dem Affekt heraus ist jeder Mensch imstande, einen anderen zu töten. Aber wenn wir der Statistik glauben, ist es nicht besonders wahrscheinlich, dass sie es war, ganz einfach, weil Frauen viel seltener töten und grundsätzlich weniger gewalttätig als Männer sind. Und: Frauen brauchen immer einen ganz besonderen Grund, um zu töten. Der Hass muss sehr groß sein! Das sagt aber nichts über diesen konkreten Fall aus, denn Ausnahmen bestätigen nun mal die Regel. Es gab immer wieder Fälle, in denen Frauen die Täterinnen waren, nur eben nicht so oft. Aber der wesentliche Unterschied ist: Frauen gehen ganz anders vor als Männer! Sie planen in der Regel sehr sorgfältig und bereiten ihre Taten von langer Hand vor. Bei männlichen Tätern geschieht ein Mord häufig aus dem Affekt heraus, ausgelöst durch einen Streit, und dann attackiert der Mann seinen Gegner sofort! Männer wollen ihre Feinde vernichten, aus welchem Grund auch immer. Bei Frauen ist es eher so, dass sie sich von etwas oder jemandem befreien wollen. Und weil sie dem Gegner physisch in der Regel unterlegen sind, wenden sie eher heimtückische Methoden an, Gift zum Beispiel.«

»Aber Sie schließen nicht ganz aus, dass auch eine Frau unmittelbar gewalttätig sein kann?«, fragte Coco.

»Nein, ausschließen kann ich das natürlich nicht. Es wäre nur einfach nicht typisch für eine Frau, direkt auf jemanden einzuschlagen. Und dann auch noch mit einem solchen Tatwerkzeug.«

»Dann danke ich dir für deine Einschätzung«, sagte Valeri. Yanis nickte ihnen noch kurz zu, bevor er ging. Valeri schaute wieder durch die Scheibe nach nebenan, wo Noëlle Mareike Weber gerade bat, ihre Aussage zu unterschreiben. Mareike Weber warf auch Noëlle einen ziemlich unangenehmen Blick zu, bevor sie mit ihrer linken Hand den Stift nahm und ihren Namen unter das Dokument setzte.

»Merde!«, entfuhr es da Valeri. »Wieso habe ich das denn übersehen?« Dann stürzte er aus dem Raum.

19

Valeri war auf sein Motorrad gesprungen und preschte nun erneut zur Leichenhalle am Friedhof von Monaco. Er musste Niki noch einmal zum Tathergang befragen. Vermutlich konnte er danach Mareike Weber als Täterin ausschließen.

»Zwei Besuche innerhalb von vierundzwanzig Stunden?«, begrüßte Niki ihn lachend.

Valeri ignorierte seinen Kommentar und kam direkt zur Sache. »Ich glaube, ich habe etwas Wichtiges übersehen. Kannst du mir sagen, ob der Täter Links- oder Rechtshänder ist?«

»Mein lieber Mann«, erwiderte Niki und hob wie ein Oberlehrer den Zeigefinger in die Luft. »Eines kann ich dir versichern: Wenn es sich um einen Linkshänder gehandelt hätte, dann wüsstest du das bereits. Denn das würde den Täterkreis erheblich einschränken. Aber wenn du dir lieber selbst ein Bild vom möglichen Tathergang machen möchtest, dann gehe ich gern die Details mir dir durch.«

Valeri folgte Niki in eines der Büros, die von dem langen Gang am Ende der Eingangshalle abgingen. Dort breitete Niki ein paar Fotos auf einem kleinen Tisch aus.

»Ich gehe davon aus, dass der Angriff hier zwischen der Sofaecke und dem Esstisch stattgefunden hat.« Niki tippte auf das erste Foto. »Ungefähr hier muss die Frau gelegen haben, das haben mir zumindest die Sanitäter und auch die Haushälterin bestätigt. Außerdem haben wir Blutspuren an dem Sofa gefunden, die vermuten lassen, dass Anca Bergmann versucht hat, sich mit der rechten Hand dort festzuhalten, bevor sie zusammengebrochen ist. Genau hier. Die größte Menge Blut haben wir, bis auf einen mittelmäßigen Spritzer, der an mehreren Stellen von den Sanitätern verwischt wurde, auf dem Fußboden an dieser Stelle gefunden. Daraus lässt sich schließen, dass die Frau dort zu Boden gegangen ist. Sie muss von dem Angriff ziemlich überrascht worden sein, so dass sie keine Gelegenheit hatte, sich dagegen zu wehren. Wir haben natürlich Abstriche von ihren Fingernägeln gemacht, aber keine Haut- oder andere Partikel gefunden, die auf eine Gegenwehr schließen lassen. Der erste Schlag war also so stark, dass er sie sofort außer Gefecht gesetzt hat! Und: Anca Bergmann wurde auf dem Rücken liegend gefunden, daher gehe ich davon aus, dass der Täter von vorne zugeschlagen hat. Kommen wir jetzt zu ihrer Verletzung: Davon gibt es natürlich keine Fotos, die am Tatort gemacht wurden, weil Anca Bergmann ja sofort ins Krankenhaus gebracht wurde. Aber in solchen Fällen empfehlen wir den Angehörigen immer, eine Geschädigtenuntersuchung machen zu lassen, einfach um die Verletzungen zu dokumentieren und im Falle einer Verurteilung des Täters genaue Aussagen darüber machen zu können, ob es sich um einen Mordversuch oder

Totschlag handelt, oder um Schmerzensgeld zu erwirken und so weiter.«

»Ich kenne das Prozedere, Niki«, unterbrach Valeri ihn ungeduldig.

»Ja, entschuldige. Was ich damit sagen wollte: Sebastian Bergmann hat uns die Erlaubnis gegeben, ihre Verletzungen anzuschauen, und er hat den behandelnden Arzt von seiner Schweigepflicht entbunden. Ich habe mir also Anca Bergmann angeschaut und mit dem Arzt gesprochen. Hab ich dir das nicht schon erzählt? Na ja, dann eben noch einmal: Frau Bergmanns Verletzung befindet sich an der linken Seite oberhalb der Schläfe. Daher gehe ich ziemlich sicher davon aus, dass der Täter Rechtshänder ist. Und ich gehe, wie schon gesagt, davon aus, dass die beiden sich gegenüberstanden. Denn hätte er sie hinterrücks überfallen, wäre die Wunde eher am Hinterkopf. Und sie hatte keine Chance mehr, wegzulaufen. Denn wenn sie versucht hätte, vor ihrem Angreifer zu flüchten, hätten wir das bei dem starken Blutverlust anhand der Spuren sehen können.«

Valeri nickte. »Okay. Das habe ich verstanden. Und was ist mit dem Kind?«

»Dem kleinen Jungen hat der Täter mit der Längsseite des Fäustels die Schädeldecke eingedrückt. Wie schon gesagt, mit so einem Fäustel kann man ziemlich viel kaputt machen.«

»Aber warum bloß hat der Täter überhaupt auf das Kind eingeschlagen? Von einem Kind geht doch in aller Regel keine Bedrohung oder Gefahr aus.«

»Da kann ich nur mutmaßen: Anca Bergmann und

ihr Peiniger haben gestritten, sicher sind sie laut geworden. Das wird den Jungen aufgeschreckt haben. Oder er ist einfach zufällig dazugekommen. Und mit fünf Jahren war er alt genug, um jemanden wiederzuerkennen. Da ist der Täter in Panik geraten und hat zugeschlagen. Kollateralschaden, wie man so schön sagt.« Niki lächelte bitter.

»Warum war er dann bei Anca Bergmann so leichtsinnig? Sie hat überlebt, könnte also den Täter identifizieren, allerdings nur, wenn sie wieder aufwacht.«

»Der Täter muss davon ausgegangen sein, dass er die Frau getötet hat, weil sie vermutlich sofort das Bewusstsein verloren hat.«

»Okay. Gibt es noch weitere Anzeichen dafür, dass der Täter Rechtshänder war?«

»Die blauen Flecken am rechten Oberarm des Jungen lassen darauf schließen, dass er den Kleinen mit der linken Hand ziemlich grob festgehalten und mit der rechten auf ihn eingeschlagen hat. Noch mal zusammengefasst: Alles, was ich also sagen kann, ist, dass einiges dafürspricht, dass es sich beim Täter um einen Rechtshänder handelt. Ich schätze aber, vor Gericht würdest du damit nicht durchkommen. Die meisten Menschen sind sowieso Rechtshänder. Der Anteil der Linkshänder bezogen auf die Gesamtbevölkerung liegt bei maximal zehn bis fünfzehn Prozent.«

»Unsere Verdächtige gehört jedenfalls dazu. Zumindest hat sie mit der linken Hand das Vernehmungsprotokoll unterschrieben.«

»Dann scheidet sie aller Wahrscheinlichkeit nach als Täterin aus.«

»Bist du sicher?«

»Sagt mir zumindest meine Erfahrung. Der Täter hat mit der rechten Hand zugeschlagen.«

»Wäre es nicht möglich, dass ein Linkshänder mit der Rechten zuschlägt, um nicht verdächtigt zu werden, um von sich abzulenken?«

»Theoretisch ja, praktisch nein. Wenn überhaupt, dann nur bei einem genau geplanten Mord. Aber sag mal, wie ist denn deine Verdächtige gebaut?«

»Dünn. Fast schon dürr. Eine von diesen typischen Model-Hungerhaken ...«

»Dann hat sie höchstwahrscheinlich nicht genug Kraft in ihrem linken Arm! Und die Schläge wären auch nicht so präzise geführt worden. Ich würde mich an deiner Stelle nach einem anderen Verdächtigen umsehen!«

»Na, danke für den Tipp!«

»Apropos: Habt ihr die Wohnung der Frau schon durchsucht?«

»Ja.«

»Blutspuren an Kleidungsstücken?«

»Nein.« Valeri seufzte resigniert.

»Das wundert mich nicht! Der Täter wird Kleidung, die ihn belasten kann, längst entsorgt haben. Aber dennoch: Auf den Kleidungsstücken, die der Täter getragen hat, müssten sich Blutspuren befinden – kleine Spritzer in der Größe von einem bis vier Millimetern.«

»Verstehe. Ich danke dir.«

Valeri verließ das *athanée* und ging zurück zu seinem Motorrad, das er vor dem Haupttor des Friedhofs abgestellt hatte.

Da er allein unterwegs war, machte er noch einen Abstecher zum Grab seines Bruders Hector. Er gehörte nicht zu den Menschen, die mit ihren verstorbenen Angehörigen redeten. Aber er hielt einen Moment inne, um an seinen toten Bruder zu denken. Es heißt ja immer, die Zeit heilt alle Wunden, dachte Valeri, aber er hatte nicht den Eindruck, dass das stimmte.

Hector war vor über dreißig Jahren gestorben, trotzdem spukte er noch immer fast jeden Tag durch seine Gedanken. Gewisse Verbindungen blieben offenbar für immer bestehen. Auch über den Tod hinaus. Wehmütig dachte Valeri an die gemeinsam verbrachte Jugendzeit zurück. Sie hatten viel Spaß gehabt, waren als *Duo infernale* durch die Straßen von Nizza gezogen, hatten das Leben genossen, gefeiert, getanzt, mit den Mädchen über Gott und die Welt diskutiert, nächtelang. Plötzlich hatte das Schicksal zugeschlagen. Die Berge rund um Monaco waren schon vielen zum Verhängnis geworden. Ihm hatten sie seinen Bruder genommen. Und er hatte sich bis zu diesem Tag nicht ganz von diesem Schicksalsschlag erholt.

Er blieb noch ein paar Minuten stehen und sah an den vielen Kreuzen und Grabsteinen vorbei auf das tiefblaue Meer hinaus. Was für ein wunderschöner Ort, und dennoch würde er sich hier niemals wohlfühlen. Plötzlich überfiel ihn ein tiefes Gefühl von Verlust und Leere. Vor vielen Jahren hatte er seinen Bruder verloren, nun vermisste er auch noch Frédéric, seinen langjährigen Freund und Partner bei der Sûreté. Wehmütig dachte er an die Abende zurück, an denen er eines der vielen Gerichte aus seinem Notizbuch zubereitet und Frédéric ihm unterdessen begeistert die Vorzüge einer von ihm entdeckten Weinsorte geschildert hatte. Einer dieser Abende war ihm besonders im Gedächtnis geblieben. Er hatte nur schnell eine schlichte Pasta mit Öl, Knoblauch und Seeigelfleisch gezaubert, die er, Inés, Frédéric und dessen spanische Frau Paloma direkt aus der Pfanne gegessen hatten. Danach hatte Paloma einen Joint herumgereicht, und sie hatten sich beim Diskutieren über den sündhaft teuren Rotwein kaputtgelacht. Es war ein wunderbarer unbeschwerter Abend gewesen.

Und jetzt lag Frédéric im Krankenhaus. Immer noch. Valeri war es nach wie vor ein Rätsel, wie ein so erfahrener Skifahrer wie Frédéric so schwer stürzen konnte, dass er nun schon seit mehreren Monaten im Koma lag. Und obwohl er seine neue Kollegin gar nicht so übel fand, so würde sie ihm Frédéric doch nie ersetzen können. Niemals.

Er überlegte, ob er Frédéric im Krankenhaus einen kurzen Besuch abstatten sollte, doch er hatte sich fest vorgenommen, Inés von ihrem Yogakurs abzuholen und sie zum Mittagessen auszuführen. Ein Blick auf die Uhr zeigte ihm, dass die Zeit für beides nicht reichen würde.

So kehrte er zu seinem Motorrad zurück, schwang sich auf den Sattel und erreichte nach einer knappen Viertelstunde die Thermes Marins, den Sportclub am Hafen. Er betrat den Eingangsbereich des Clubs und warf dabei einen Blick auf die Uhr: perfekt. Er nickte der Dame am Empfang kurz zu und setzte sich auf einen der Sessel im Foyer.

»Sind Sie auf der Suche nach Ihrer Frau, oder warten Sie auf jemand anderen?«, rief die Rezeptionistin zu ihm herüber.

»Natürlich auf meine Frau«, antwortete er lachend.

»Oh, tut mir leid, aber Inés war heute noch gar nicht hier!«

»Ach, tatsächlich? Dann habe ich mich wohl geirrt! Sie kennen das sicher: Wir Männer hören ja nie richtig zu!«, versuchte er zu scherzen.

Die Dame nickte verständnisvoll. »So wird es sein!«

Valeri stand auf, verließ den Club leicht irritiert und kehrte zur Sûreté zurück. Dort informierte er die diensthabenden Kollegen darüber, dass sie Mareike Weber gehen lassen mussten, holte eine seiner Gitarren aus seinem Büro und stieg unten im Hof in eines der Dienstfahrzeuge, um Frédéric doch noch einen Besuch im Krankenhaus abzustatten.

20

Anca Bergmann lag immer noch regungslos in ihrem Krankenbett. Die Neuropsychologen waren sich nicht einig, ob es sich bei einem Koma um einen nur passiven Zustand oder doch um eine aktive Schutzreaktion des Körpers handelte, bei der sich der betroffene Patient nach einer Hirnschädigung einfach nur auf eine sehr tiefe Bewusstseinsebene zurückgezogen hatte.

Die große Uhr an der Wand des Krankenzimmers zeigte genau zwölf Uhr an. Doch ob Sommer oder Winter, Freitag, Samstag oder Sonntag, ob die Stadt erwachte oder einschlief, ob Besucher auf das Formel-1-Gelände drängten, um das Rennen live zu erleben oder vor ihren Flachbildschirmen verharrten, all das spielte für Anca Bergmann keine Rolle mehr. Hier im Centre Hospitalier Princesse Grace schien die Zeit wie eingefroren.

Anca Bergmann hatte nicht reagiert, als die diensthabende Krankenschwester früh am Morgen die Gardinen aufgezogen und sie mit einem freundlichen *bonjour* begrüßt hatte, auch nicht, als eine andere ein wenig später die Infusionsbeutel ausgewechselt hatte.

Auch als sich die Tür des Krankenzimmers erneut öffnete und eine Gestalt im weißen Kittel geräuschlos hereinhuschte, regte sich Anca Bergmann nicht. Einen Moment lang war es völlig still in dem kleinen Zimmer.

Es war nicht besonders schwierig gewesen, herauszufinden, in welchem Zimmer Anca Bergmann lag. Allerdings war nicht damit zu rechnen gewesen, dass ein Beamter der Sûreté publique vor ihrer Tür zur Wache abgestellt worden war. Der Uniformierte hatte auf seinem Stuhl gesessen und in der neuesten Ausgabe des *Monaco Matin* geblättert, war dann auf dem Gang mit dem bunt gesprenkelten PVC-Boden auf und ab gegangen, hatte versucht, mit einer der jüngeren Schwestern zu flirten, und war irgendwann endlich in der Herrentoilette verschwunden, die sich am Ende des langen Flurs befand. So hatte niemand bemerkt, wie in diesem kurzen Moment jemand in Anca Bergmanns Krankenzimmer eindrang, der dort absolut nichts zu suchen hatte.

Einen Moment nur zögerte die weiß gekleidete Gestalt. Dann trat sie an das Krankenbett und strich Anca Bergmann über die Wange.

»Jetzt dauert es nicht mehr lange, gute Reise, adieu!«, flüsterte die Person und zog lächelnd eine Kanüle aus der Tasche des weißen Kittels.

Nur eine knappe Minute, nachdem sie das Zimmer betreten hatte, huschte die weiße Gestalt auf leisen Sohlen wieder davon.

21

Auch wenn Valeri seinen Freund Frédéric schon unzählige Male im Krankenhaus besucht hatte, fiel es ihm immer wieder schwer, den Anblick seines ehemaligen Part-
ners zu ertragen, der so blass und still in seinem Bett lag.
Wie die meisten Menschen hasste Valeri Krankenhäuser.
Die Traurigkeit und Hoffnungslosigkeit, die diese Häuser umgab, schienen ihm zum Greifen nah zu sein. Fré-
dérics Körper war durch mehrere Schläuche mit einem
Beatmungsgerät verbunden, das leise, absurd klingende
Geräusche von sich gab und dafür sorgte, dass sich sein
Brustkorb in regelmäßigen Abständen hob und wieder
senkte. Valeri betrachtete ihn einen Moment. Frédéric
sah friedlich aus, so als ob er jeden Moment aufwachen
und mit ihm sprechen könnte. Oder musizieren, so wie
sie es früher so oft getan hatten.

Ob sein bester Freund spürte, dass er bei ihm war?
Nachdem Valeri ein Interview mit dem früheren For-
mel-1-Weltmeister Niki Lauda gelesen hatte, in dem dieser glaubhaft versicherte, sämtliche Gespräche an seinem
Krankenbett verstanden zu haben, hatte er damit begonnen, Frédéric Geschichten zu erzählen und ihm Lieder auf
der Gitarre vorzuspielen, in der Hoffnung, sein Freund

möge doch wieder aufwachen. Denn wenn es ein Mittel gab, ihn zu begeistern und aus dem Tiefschlaf zu holen, dann war das die Musik, daran glaubte Valeri ganz fest.

Er nahm also seine Duesenberg-Gitarre aus dem Koffer, die er an einen Miniverstärker anschloss, und begann leise *Sultans of swing* von den *Dire Straits* zu spielen. *You get a shiver in the dark, it's raining in the park, but meantime: South of the river, you stop and you hold everything. A band is blowin'Dixie, double-four time. You feel alright when you hear that music play ...* Seit Urzeiten waren sie beide große Fans der *Dire Straits* gewesen. Valeri erinnerte sich an einen Satz, den Mark Knopfler, der Begründer der Band, einmal in einem Interview gesagt hatte: Sein größter Erfolg sei es, dass er immer noch mit einer Zeitung und einer Tasse Kaffee in einem Café sitzen könne, ohne angestarrt zu werden. War eben kein Robert Redford, der Mann. Dessen letztes Konzert in der Gegend hatte er gemeinsam mit Frédéric besucht. Vor ein paar Jahren erst hatte Mark Knopfler beim Monte-Carlo-Sporting-Summer-Festival gespielt, einem Event, das hochkarätige Künstler ins Fürstentum gebracht hatte. Nach dem legendären Konzert waren sie im Casino von Monte Carlo gelandet und hatten dort in ihrer Euphorie ihr letztes Bargeld verjubelt.

Gerade als er die nächste Strophe anstimmen wollte, klingelte sein Mobiltelefon. Seufzend legte er die Gitarre zur Seite. »Warum habe ich das Ding nicht ausgeschaltet?« Er warf einen Blick auf das Display: Noëlle. »Das könnte wichtig sein, Frédéric. Tut mir leid. Du kennst das ja.«

»Schlechte Nachrichten, Chef. Anca Bergmann ist tot.«

»Was ist los? Ist was passiert?«

»Kann ich noch nicht sagen. Offenbar hat es Komplikationen gegeben. Und da ihr Zustand sowieso schon kritisch war, hat sie nicht überlebt. Die Telefonnummer des behandelnden Arztes ist ...«

»Ich bin sowieso gerade im Krankenhaus!«, unterbrach Valeri sie. »Ich rede sofort mit ihm!« Er drückte seinem Freund die reglose Hand und sagte: »Ich komme wieder, versprochen. Kannst du bis dahin auf meine Gitarre aufpassen? Ciao, Frédéric!« Wenige Minuten später erklärte ihm ein gewisser Doktor Depardieu was passiert war.

»Der Zustand der Patientin war zwar ernst, aber stabil. Doch dann hat er sich schlagartig verschlechtert!«

»Aus welchem Grund?«, wollte Valeri wissen.

»Es kam zu einem plötzlichen Atem- und Herzstillstand. Trotz sofort eingeleiteter Wiederbelebungsmaßnahmen haben wir sie nicht retten können. Die Patientin war durch die schweren Vorverletzungen zu sehr geschwächt.«

»Ein plötzlicher Atem- und Herzstillstand? Kommt das häufig vor?«

»Das kann man so nicht sagen. Ich versuche es mal mit einfachen Worten zu erklären: In der Regel bleibt ein Herz nicht einfach so stehen. Das hat immer einen Grund. In unserem Fall war die Ursache ein Absinken des Blutzuckerspiegels. Die fehlende Glucose bewirkte eine Unterversorgung des Gehirns, der hypoglykämische

Schock führte zu zentralen Atem- und Kreislaufstörungen und somit zum Tod. Wenn ein Mensch bei Bewusstsein ist, wird so ein Schock schnell erkannt, weil zunächst eine Bewusstlosigkeit eintritt. Aber in diesem Fall lag die Patientin ja im Koma.«

»Aber wieso ist der Blutzucker abgesunken?«

»Das können wir erst nach einer ausführlichen Blutuntersuchung sagen. Ich weiß nur eines: Diese plötzliche Verschlechterung ist recht ungewöhnlich. Wie gesagt: Sie war stabil. Aber Komplikationen kann es natürlich immer geben. Sie müssen die Untersuchungsergebnisse aus der Rechtsmedizin abwarten.«

»Eine letzte Frage, Doktor: Wissen Sie, wo der Beamte ist, der vor Anca Bergmanns Zimmer Wache gehalten hat? Sitzt er noch dort?«

»Den haben wir in die Cafeteria geschickt, er wirkte etwas geschockt.«

Valeri bedankte sich bei dem Arzt und machte sich auf den Weg ins Erdgeschoss. Ein natürlicher Tod? Oder hatte hier jemand nachgeholfen?

In der Cafeteria sah er den Beamten, der zu Anca Bergmanns Bewachung abgestellt worden war, vor einem leeren Kaffeebecher sitzen.

»Guten Tag! Henri Valeri von der Sûreté. Sagen Sie, gab es irgendwelche besonderen Vorkommnisse während Ihrer Wache?«

Der Mann zuckte nur mit den Schultern. »Ich habe wie immer vor der Tür gesessen. Plötzlich kamen jede Menge Ärzte und Schwestern angelaufen. Anscheinend haben die medizinischen Geräte Alarm geschlagen.«

»Ist Ihnen zuvor irgendetwas aufgefallen? Hatte Anca Bergmann Besuch?«

»Nein, heute noch nicht. Gestern war ihr Mann kurz da.«

»Haben Sie jemanden bemerkt, der hier nichts zu suchen hat?«

»Leute, die hier nicht hergehören?« Der Mann schnaufte kurz auf. »Wie soll ich die erkennen? Wissen Sie, was in so einem Krankenhaus los ist? Den ganzen Tag lang rennen hier Leute herum, Ärzte, Schwestern, Besucher, was weiß ich!«

»Und es war niemand bei ihr im Zimmer?«

»Außer den Ärzten und Schwestern? Nein.«

»Und Sie haben die ganze Zeit vor der Tür gesessen?«

»Na ja, einmal musste ich kurz auf die Toilette ...«

»Und dann war keiner ...«

»Was sollte ich denn machen? Ich war doch allein! Ich saß da seit sechs Uhr in der Früh. Ich war ja auch höchstens eine Minute lang weg, danach habe ich einen Blick ins Zimmer geworfen, und dort sah alles aus wie immer!«

»Und kurz danach gab es den Alarm?«

»Ja.« Der Beamte nickte nachdenklich. »Kaum hatte ich mich wieder auf den Stuhl vor der Tür gesetzt, da kamen auch schon die Ärzte angerannt. Vielleicht drei Minuten später. Vielleicht waren es auch fünf oder sieben.«

Valeri bedankte sich bei dem Beamten und verließ mit einem unguten Gefühl das Krankenhaus.

22

Krisensitzung im Kommissariat. Valeri, Coco und Noëlle hatten sich im Besprechungsraum versammelt. Der Polizeipräsident forderte eine Pressemitteilung mit ersten Ermittlungsergebnissen. Das Problem war nur, dass sie keine hatten. Valeri stand vor einem Flipchart, auf dem die Personen, die mit dem Fall Bergmann in Verbindung gebracht wurden, aufgelistet waren: Anca Bergmann und ihr Sohn, die Haushälterin, Sebastian Bergmann und sein Manager Rainer Hartwig, sein Teamkollege Alexander Titow und dessen Manager Miran Nikitin, die Sponsoren aus Russland, Mareike Weber.

»Wir stehen wieder ganz am Anfang! Da Frau Bergmann heute Mittag gestorben ist, fällt sie als Zeugin endgültig aus. Der Täter hat ganze Arbeit geleistet und sein Werk vollendet!« Valeri seufzte.

»Ist es denn sicher, dass Anca Bergmann ermordet wurde?«, fragte Coco.

»Niki muss das noch bestätigen, aber es sieht danach aus. Der Mörder musste fürchten, dass Anca Bergmann aus dem Koma erwacht und ihn identifizieren kann. Also hat er noch mal zugeschlagen. Und wenn die Piranhas von der Presse erst merken, dass wir hier auf der Stelle treten und keinen Täter präsentieren können, haben wir ein richtiges Problem! Bisher haben wir leider auf ganzer Linie versagt!« Valeri fuhr sich nervös über den Bart.

Cocos Gedanken rotierten. Ihr Blick wanderte unruhig durch den Raum und blieb an einem kleinen Fernseher hängen, wo gerade ohne Ton die Siegerehrung des Formel-1-Rennens über den Bildschirm flimmerte. Sebastian Bergmann hatte tatsächlich den Großen Preis von Monaco gewonnen. Gerade in diesem Moment ließ er seinen Wagen auf der Piste vor der Fürstenloge stehen, wo traditionellerweise der Sieger des Formel-1-Rennens geehrt wurde. Er lief, den Helm noch auf dem Kopf, an den Zuschauern hinter der Bande vorbei und ließ sich bejubeln. Erst danach nahm er den Helm ab, zog sich die Schutzmaske vom Gesicht, setzte sich ein Käppi auf und schritt die Stufen zur Loge hinauf, in der ihn Fürst Albert bereits mit dem Siegerpokal erwartete. Sebastian Bergmann nahm diesen entgegen, riss die Arme in die Höhe, hob den Pokal gen Himmel und genoss den Applaus seiner Fans und die anschließenden Wangenküsse von Fürstin Charlène.

»Er hat es tatsächlich geschafft!«, sagte Coco und wies auf die Fernsehbilder. »Freud und Leid liegen oft nah beieinander! Er weiß noch nichts vom Tod seiner Frau, oder?«

»Das Krankenhaus muss ihn informieren. Er wird es in den nächsten Minuten erfahren«, entgegnete Valeri.

»Das ist grausam! Ich kann mir das nicht ansehen!«, entfuhr es Noëlle. Sie stand auf und schaltete den Apparat aus. »Wir müssen den Mörder finden!«

»Konzentrieren wir uns«, sagte Valeri. »Und fassen zusammen: Die Frau, die ein Motiv hat, Mareike Weber, fällt als Täterin aus, denn sie ist Linkshänderin und der Täter mit an Sicherheit grenzender Wahrscheinlichkeit rechtshändig. Sebastian Bergmann hat ein wasserdichtes Alibi, er saß zur Tatzeit in seinem Rennwagen. Innerhalb seines Teams hat niemand …« Das Klingeln seines Mobiltelefons unterbrach seinen Vortrag. »Das ist Niki! Endlich! Ja? Ich höre!«

»Anca Bergmann ist umgebracht worden«, sagte Niki ohne Umschweife.

»Merde alors!«, entfuhr es Valeri.

»Du sagst es! Das bedeutet unter anderem, dass deine Leute nicht aufgepasst haben! Verdammt, Henri, wie konnte das passieren?«

»Ein menschliches Bedürfnis. Der Beamte, der Wache hielt, war für eine Minute auf der Toilette!«

»Eine Minute zu lange.« Valeri antwortete nicht. »Anca Bergmanns Blutzuckerspiegel war so niedrig, dass ihr Gehirn keine Nährstoffe mehr bekommen und versagt hat, um es einfach auszudrücken.«

»Das weiß ich schon.«

»Aber du kennst die Ursache nicht: Insulin!«

»Was? Wieso?«

»Fremdeinwirkung! Spuren einer Injektion. Wirkt extrem schnell! Und: Insulin kriegst du nur auf Rezept!«

»Weiß ich. Danke. Melde mich.«

»Noch was. Ich habe die DNA der Familie Bergmann abgeglichen: Sebastian Bergmann ist nicht der Vater des toten Jungen!«

»Das ist allerdings …«

»Jep. Also, du weißt Bescheid. Melde dich, wenn du noch etwas brauchst!«

Valeri steckte sein Handy in die Tasche und berichtete Coco und Noëlle, was er soeben erfahren hatte. »Okay. Alles auf Anfang. Wir haben jetzt zwei Mordopfer: Anca Bergmann und ihren Sohn, wobei der nicht der Sohn von Sebastian Bergmann ist. Weiß Bergmann überhaupt, dass er nicht der Vater des Jungen ist? Ich fürchte, wir müssen das familiäre Umfeld der Bergmanns genauer unter die Lupe nehmen.« Valeri wandte sich an Coco. »Wie hieß noch mal diese deutsche Nachbarin der Bergmanns?«

Eine knappe Viertelstunde später erreichten sie das Haus von Gräfin von Ebenhausen, der früheren Freundin von Cocos Eltern. Das Grundstück lag nur wenige Meter vom Haus der Bergmanns entfernt und war von einer hohen Mauer aus Naturstein umgeben. Das alte Gemäuer hatte etliche, etwa faustgroße Löcher, die möglicherweise der Entwässerung dienten. Coco erinnerte sich, dass sie als Kinder damals oft Zettel mit »geheimen Botschaften« in den Mauernischen versteckt hatten. Coco hatte dieses Haus mit all seinen verwinkelten Räumen, dem riesigen Garten und der hölzernen Eisenbahn über alles geliebt. Damals waren die Anhänger noch nicht mit Blumen bepflanzt gewesen, und es hatte ihnen einen Heidenspaß gemacht, alles Mögliche damit im Kreis herumzutransportieren: Kieselsteine, Blätter und manchmal auch die Schokobonbons von ihrem Vater.

Sie blieb vor dem schmiedeeisernen Tor stehen, das einen Spalt offen stand, und warf einen Blick in den Garten. Nur ein paar Meter entfernt entdeckte sie eine kleine, alte Frau, die in einem der Blumenbeete kniete und damit beschäftigt war, Unkraut zu jäten.

»Marlene?«, rief Coco in der vagen Hoffnung, dass es sich bei der Dame im Beet tatsächlich um die Gräfin handelte. Die kleine Frau erhob sich sofort relativ behände und drehte sich um. Sie trug ein schulterfreies, mit Pailletten besetztes Cocktailkleid in einem Erdbeerton, dazu Gartenhandschuhe, kurze Gummistiefel und einen Strohhut. Was für ein skurriler Anblick! Während Valeri die Gräfin sprachlos musterte, lief Coco freudestrahlend auf sie zu.

»Du bist es tatsächlich! Ich bin's, Coco, erkennst du mich noch?«

»Coco!« Die Gräfin stemmte ihre Hände in die Hüften und betrachtete sie einen Moment lang. »Natürlich erkenne ich dich!« Sie kam Coco entgegen und umarmte sie herzlich. »Wie geht es dir, mein Kind? Wir haben uns ja ewig nicht gesehen! Wie schlägt sich deine Mutter nach dem Tod deines Vaters?«

»Gut. Mittlerweile geht es ihr wieder gut. Und dir?«

»Alles wie immer!« Die Gräfin lachte. »Was machst du hier? Du kommst doch sicher nicht ohne Grund!«

»Da hast du recht! Darf ich dir meinen Kollegen vorstellen: Das ist Henri Valeri, er arbeitet wie ich auch bei der Sûreté publique.«

»Du arbeitest bei der Sûreté?«

»Ja, ich bin seit dieser Woche bei der Kripo in Monaco.«

»Na so was!« Die Gräfin schälte ihre rechte Hand aus dem Gartenhandschuh und streckte sie Valeri entgegen, der sie immer noch skeptisch musterte. »Nun schauen Sie doch nicht so!«

»Entschuldigen Sie, ich habe noch nie eine Dame in Gesellschaftskleidung Unkraut jäten sehen!«

»Ich trage die alten Kleider bei der Gartenarbeit auf! Die sind doch noch gut und viel zu schade, um sie wegzuwerfen! Aber auf dem monegassischen Parkett hat sie schon jeder gesehen.« Sie lachte. »Und hier im Garten gibt es immer etwas zu tun! Le ›Giersch‹, c'est une véritable catastrophe!«

»Was ist eine Katastrophe?«, fragte Valeri irritiert.

»Der Giersch. Leider weiß ich immer noch nicht, wie ihr Franzosen dazu sagt, aber das Unkraut kennt wahrlich keine Grenzen!« Sie bückte sich, riss ein Büschel aus und zeigte es ihm. »Hier, sehen Sie! Das ist der Übeltäter! Ohne dass Sie es merken, ist er plötzlich da, breitet sich in Ihrem Leben aus und lässt Sie nicht mehr in Ruhe!«

»Ich hab mir sagen lassen, dass sich Giersch ganz wunderbar vernaschen lässt!«, warf Coco ein. »Als Salat!«

»Giersch kommt mir nicht in meine Küche!«

»Der Grund unseres Hierseins ist …«, unterbrach sie Valeri. »Sie haben ja sicher von der Tragödie nebenan bei den Bergmanns gehört?«

»Ja, richtig. Entsetzlich! Ich habe davon in der Zeitung gelesen, als ich gestern von meiner Reise zurückkam!«

»Das heißt, Sie sind vergangenen Donnerstag um die Mittagszeit gar nicht hier gewesen?«

»Sehr richtig, Herr Kommissar!«

»Verstehe. Kennen Sie die Familie Bergmann gut?«

»Wer kennt sich hier schon gut? Man trifft sich hier und da auf ein Glas Champagner oder läuft sich in Cannes und Saint Tropez über den Weg. Sebastian Bergmann ist ja sowieso selten zu Hause. Seit er Formel-1-Rennen fährt, ist er bestimmt acht Monate im Jahr irgendwo auf diesem Planeten unterwegs und lässt seine Frau mit dem Kind allein.«

»War das ein Problem zwischen den beiden?«

»Nein, das glaube ich nun wiederum nicht. Anca kann sich sehr gut alleine amüsieren!«, entgegnete die Gräfin.

»Können Sie sich vorstellen, wer Anca Bergmann umgebracht haben könnte?«

»Umgebracht? Wieso? Ist sie denn tot? Ich dachte, sie liegt im Krankenhaus!«

»Richtig. Entschuldige, das konntest du nicht wissen!«, mischte Coco sich ein. »Sie ist heute gestorben.«

»Wie schrecklich! Das ist ja furchtbar! Und ihr verdächtigt Sebastian? Wundern würde mich das nicht!«

»Darüber dürfen wir Ihnen keine Auskunft geben«, antwortete Valeri knapp. »Aber wie haben Sie das denn gemeint?«

»Bei den beiden wurde es manchmal recht laut! Sie haben häufig gestritten. Sebastian kann ganz schön aggressiv werden! Erst kürzlich wurde er aus dem Casino verwiesen, weil er dort auf einen anderen Mann losgegangen ist und partout keine Ruhe geben wollte!«

»Wissen Sie, worum es bei dem Streit ging und wer der andere Mann war?«

»Nein, so genau habe ich das dann doch nicht verfolgt! Ich war dort mit meiner Damenrunde unterwegs. Aber vielleicht können sich die Angestellten an den Streit erinnern.«

»Wir werden das überprüfen. Vielen Dank für die Informationen.« Valeri schüttelte der Gräfin die Hand und wandte sich zum Gehen.

Die Gräfin drückte Coco noch einmal fest an sich und verpasste ihr zwei Wangenküsse. »Ma chère, es war so schön, dich wiederzusehen! Komm doch mal auf ein Gläschen Champagner vorbei, wenn du Zeit hast!«, sagte sie zum Abschied.

»Gerne!«, entgegnete Coco, winkte ihr noch einmal zu und hastete Valeri hinterher.

23

Als Valeri und Coco das Casino von Monte Carlo erreichten, hatte dort bereits wieder das Schaufahren der Privatkarossen begonnen. Obwohl die Formel-1-Strecke gerade erst für den regulären Verkehr geöffnet worden war, drängten sich die teuren Wagen schon wieder Stoßstange an Stoßstange durch den berühmten Kreisel, um den sich das Hôtel de Paris, die Spielbank und das Café de Paris gruppierten. Am Fuß der großen geschwungenen Treppe, die zum Eingang des Casinos hinaufführte, parkten bereits mehrere Wagen, darunter so exotische Exemplare wie ein silberner Porsche 918 Spyder, ein weißer Maybach Landaulet und ein roter Aston Martin One-77. Genau wie vor allen besseren Restaurants, Bars und Nachtclubs konnten die Besitzer auch hier ihre Autos zum sogenannten *valet parking* den Parkwächtern überlassen und sich für ein Trinkgeld zwischen fünf und zwanzig Euro die lästige Parkplatzsuche ersparen.

Valeri ließ sein Motorrad, nachdem er sich bei einem der Parkwächter ausgewiesen hatte, direkt am Fuße der Treppe stehen. Coco folgte ihm durch die pompöse Säulenhalle, die in warmes Licht getaucht war und deren Marmorfußboden matt glänzte. Von hier aus ging es, nachdem man zehn Euro Eintritt bezahlt und per Ausweis sein Mindestalter von achtzehn Jahren nachgewiesen hatte, in den vorderen Bereich des Casinos, in dem sich die Spielautomaten befanden. Coco musste daran denken, wie ihr Vater sie kurz nach ihrem achtzehnten Geburtstag in das Casino ausgeführt hatte. Schon damals hatte sie sich an den hohen Wänden, der stuckverkleideten Decke mit den üppigen Blattgoldverzierungen und an den gigantischen Kronleuchtern aus funkelndem Kristallglas kaum sattsehen können. In dieser wunderschönen, von Eleganz geprägten Halle wirkten die schwarzen Gehäuse der Spielautomaten wie aufgebockte Särge, und mit ihrer grellen, hektisch blinkenden Illuminierung verbreiteten sie in der stilvollen Umgebung den billigen Charme eines Rummelplatzes.

»Der reinste Frevel!«, entfuhr es Coco. »Der Architekt würde sich im Grabe umdrehen!«

»Allerdings! Und das zu Recht!« Valeri ging schnellen Schrittes über den von goldenen Ranken durchwirkten Teppichboden in den nächsten Saal, in dem die Roulettetische standen, um die sich schon etliche Spieler versammelt hatten. Gedämpftes Stimmengemurmel und das Klacken der Jetons auf den *tableaux* erfüllten den Raum, dazwischen war das gedämpfte Rollen der Kugel auf dem Rouletterad und das Klicken zu hören, wenn diese zum Stillstand gekommen war. Fasziniert betrachtete Coco das bunt gemischte Publikum: Zwischen aufgetakelten Touristengruppen befanden sich auch einige Einzelgänger, die sofort als solche zu erkennen waren. Sie wirkten äußerst angespannt und ließen die Einsatzfelder und den Roulettekessel keine Sekunde lang aus den Augen. Ein älterer Herr hatte soeben Jetons für eintausend Euro gekauft und fast alles auf ein einziges Spiel gesetzt. Verrückt! Neben ihm stand eine ältere Dame im schwarzen Cocktailkleid, die aufmerksam eine Tabelle mit Zahlenreihen studierte, nach der sie offenbar ihre Einsätze tätigte. Roulette war doch mehr als nur das einfache Setzen auf *Rouge* oder *Noir*, auf *Impair* oder *Pair*. Es gab auch kompliziertere, sogenannte Mehrfachchancen, bei denen auf benachbarte Zahlen, Reihen oder Kolonnen gesetzt wurde, wodurch sich dann unterschiedliche Gewinnquoten ergaben.

»Sehen Sie mal!«, flüsterte Valeri ihr zu. »Da drüben sitzt Deneuve. Hier verjubelt er also sein mageres Polizistensalär!«

»Oder er verdoppelt es!«, entgegnete Coco. »Lassen Sie uns mal rübergehen!« Sie ging zielstrebig auf den Kollegen von der französischen Polizei zu und tippte ihm auf die Schulter. »Na, gerade eine Glückssträhne?«

»Wie man's nimmt«, entgegnete Deneuve nach einer kurzen Schrecksekunde. »Und Sie? Was führt Sie an diesen wunderschönen Ort?«

»Leider sind wir rein dienstlich hier. Wir haben den Tipp bekommen, dass Sebastian Bergmann hier mit jemandem einen ziemlich heftigen Streit gehabt haben soll«, brachte Valeri Deneuve auf den neuesten Stand der Ermittlungen. »Daher müssen wir mit den Angestellten reden.«

Deneuve nickte. »Das dürfte kein Problem sein. Am besten reden Sie mit einem der Croupiers. Die sind ja immer mitten im Geschehen. Die Jungs haben alle halbe Stunde Pause, und ich kenne genau den Richtigen: Pierre!« Er nickte einem der Croupiers an seinem Tisch zu, der in diesem Moment mit einer ziemlich lässigen Handbewegung zwei Jetons im großen Bogen auf die andere Seite des Tisches warf, um sie dann mit seinem *rateau*, dem Schieber, exakt auf das richtige Feld zu befördern. »Pierre, hättest du vielleicht mal 'ne Minute für meine beiden Kollegen hier?«

Pierre erhob die Hand. »Un moment, s'il vous plaît! Faites vos jeux! In zehn Minuten habe ich Pause!«

»Gut«, antwortete Deneuve. »Gedulden wir uns also einen Moment.« Dann reichte er Coco einen Jeton. »Versuchen Sie so lange Ihr Glück, Frau Kollegin!«

»Danke, aber ich regle das schon selbst!« Coco zog einen Zehneuroschein aus ihrem Portemonnaie, reichte ihn dem Croupier und nahm den entsprechenden Jeton entgegen.

»Carré au zéro à trois«, sagte sie und legte den Jeton auf das Spielfeld, den der Croupier auf die Außenlinie des Nullfeldes schob. Damit setzte Coco auf die Null, Eins, Zwei und Drei. Auch die anderen Spieler platzierten ihre Jetons, bis der Croupier mit einem *Rien ne va plus* das Rouletterad in Gang setzte. Coco beobachtete die Kugel und hielt einen Moment lang den Atem an. Als die Kugel auf der Zwei liegen blieb, warf sie Deneuve einen triumphierenden Blick zu.

»Respekt! Achtfacher Einsatz!« Deneuve lachte. »Sie haben Glück!«

»Und das, obwohl ich noch nicht einmal den Huf des

Pferdes berührt habe!« Coco lachte ebenfalls, nahm die gewonnenen acht Jetons entgegen und trat dann einen Schritt vom Roulettetisch zurück.

»So, das war's! Sonst heißt es, wie gewonnen, so zerronnen!« Valeri nickte beeindruckt. »Sieht so aus, als verstünden Sie etwas vom Glücksspiel!«

»Sagen wir mal so: Ich kenne die Regeln, was ich meinem Vater zu verdanken habe. Er hat immer großen Wert darauf gelegt, dass ich mich auf jedem Parkett halbwegs sicher bewegen kann, oder besser, ihn nicht blamiere. Wie sagte er immer so schön: ›Mut zur Lücke, ja! Aber der Part zwischen den Lücken, der muss sitzen! Du musst nicht alle Opern kennen, aber mindestens eine, und zwar eine möglichst außergewöhnliche, mit der du beeindrucken kannst.‹ Und so habe ich mir über die Jahre ein gefährliches Halbwissen angeeignet!« Coco schmunzelte. »Und mit Glück kann man ja sowieso beeindrucken!«

»Bei Deneuve hat es jedenfalls funktioniert!«

»Habe ich da eben meinen Namen gehört?« Deneuve trat mit dem Croupier zu ihnen. »Darf ich vorstellen? Pierre, Coco Dupont und Henri Valeri von der Sûreté.«

Pierre schüttelte Coco und Valeri die Hand. »Wie kann ich Ihnen helfen?«

»Wir würden gerne etwas über einen ganz bestimmten Gast erfahren«, sagte Valeri.

»Wenn er regelmäßig hier ist, kann ich Ihnen ganz bestimmt etwas über ihn sagen!« Pierre rückte seine Fliege gerade.

»Sind Sie denn jeden Tag hier?«, fragte Coco.

»Immer. Ganz oder gar nicht! Anders geht es nicht. Wir sind wie Vampire, jede Nacht unterwegs! Wir haben nur wenige Freunde, und die Frauen laufen uns bei diesen Arbeitszeiten ziemlich schnell wieder davon! Ich weiß auch nicht, wieso ich das hier eigentlich mache!«

»Kennen Sie denn viele der Gäste?«

»Klar! Ich kenne sie besser als mich selbst. Die meisten kommen regelmäßig, fast täglich, immer in der Hoffnung auf den großen Gewinn. Hier sehen Sie, wie Menschen zu Spielern werden, Sie sehen ihren Verfall, manche würden Sie gerne retten, aber das können Sie nicht! Ich kenne sie in- und auswendig, ich weiß, was sie als Nächstes tun, auf welche Zahl sie setzen werden, ich rieche ihren Angstschweiß, und ich fiebere mit ihnen mit.«

»Kommen Sie mit den Gästen auch ins Gespräch?«

»Kommt ganz drauf an. Manchmal, wenn es ruhig ist. Einer unserer Stammgäste ist eine Pfarrerswitwe, sie ist zwar gerne unter Menschen, will aber nicht angesprochen werden. Manche hier sind gerne in Gesellschaft, aber trotzdem allein.«

»Wie ist es mit Sebastian Bergmann? Haben Sie mit ihm schon mal gesprochen?«, wollte Valeri wissen.

»Selbstverständlich. Aber er ist keiner von den typischen Spielern. Bergmann kommt nur manchmal zum Spaß hierher. Hat immer ein Limit, wenn auch ein hohes. Aber da geht er nie drüber. Nie! Das Geld, das er gesetzt hat, ist ihm egal. Er betrachtet es eher als Aufwandsentschädigung, quasi als Eintritt zu einer guten Party. Er will sich hier unterhalten lassen, Spaß haben. Mehr nicht.«

»Er soll hier einen heftigen Streit gehabt haben!«

»Das bleibt nicht aus an einem Ort wie diesem. Wissen Sie, die meisten Kunden sind sehr angespannt, gestresst, es geht um alles oder nichts! Sie wollen und müssen gewinnen. Wenn dann einer wie Bergmann daherkommt, der das weniger verbissen sieht, dann kann es schon mal zu Spannungen kommen.«

»Es heißt, er sei hier kürzlich fast rausgeflogen!«, hakte Valeri nach.

»Von wegen fast! An diesem Abend mussten wir ihn tatsächlich vor die Tür setzen.« Pierre rückte seine Brille zurecht und strich sich über das Revers seines Smokings. »Wenn er nicht so häufig hier wäre, hätte er jetzt Hausverbot«, raunte er.

»Worum ging es denn bei dem Streit?«

»Die Einzelheiten kenne ich nicht. Aber der Name seiner Frau ist ziemlich häufig gefallen. Da sind eben auch einfach zwei Kampfhähne aneinandergeraten. Und der Schweizer lässt sich ja auch nichts sagen. Der strotzt vor Selbstbewusstsein – und glaubt, alle müssten nach seiner Pfeife tanzen!«

»Schweizer? Was für ein Schweizer?«

»Nicht ein Schweizer, *der* Schweizer. So heißt er, dabei ist er ein Deutscher. Vielleicht haben Sie ja schon mal etwas in der Zeitung über ihn gelesen. Seine Scheidung von dieser amerikanischen Sängerin rauschte ausführlich durch alle Blätter!«

»Meinen Sie etwa Nicolai Schweizer?«, fragte Coco verblüfft. Konnte es sich hier um ihren Jugendfreund handeln?

»Richtig, so heißt er. Die beiden haben heftig gestritten, dann ist Bergmann auf Schweizer los und hat ihn am Kragen gepackt. Aber unsere Sicherheitsleute sind schnell, haben Bergmann gleich geschnappt und vor die Tür gesetzt!«

»Und dieser Schweizer?«

»Ist hiergeblieben, soweit ich weiß. Ich habe das nur am Rande verfolgt, ich musste dann wieder an meinen Tisch!«

»Vielen Dank. Das wäre vorläufig alles!« Valeri und Coco verabschiedeten sich sowohl von Pierre als auch von Deneuve und gingen wieder zum Ausgang.

»Sie kennen den Mann?«, fragte Valeri. Coco nickte. Bevor Valeri nachfragen konnte, klingelte sein Telefon: Inés. Schnell hob er ab.

»Hallo, meine Königin!«

»Wo bist du?«, tönte es aus dem Hörer.

»Noch unterwegs, tut mir leid. Du kommst bestimmt schon um vor Hunger ...« Valeri hielt einen Moment inne. Dann fuhr er fort: »Du bist vermutlich müde, nach deinem Yogakurs, oder?«

»Was?«, rief seine Frau. »Ach so, ja, war ziemlich anstrengend heute. Unsere Trainerin quält uns in letzter Zeit ziemlich. Deshalb habe ich jetzt auch langsam Appetit. Ich habe Artischocken vom Markt besorgt. Und halb getrocknete Tomaten, frische Pasta ...« Valeri hörte kaum noch zu. In seinem Kopf spielte er Gedankentennis. Warum hatte Inés ihn angelogen? Sie war nicht in ihrem Yogakurs gewesen! Das wusste er definitiv. Wo und vor allem mit wem war sie mittags unterwegs gewesen?

»Hast du mir zugehört? Henri?« Seine Frau klang ungeduldig.

»Sorry, ich war gerade abgelenkt. Hör zu: Wir sind jetzt
hier fertig. Ich komme gleich nach Hause.« Er beendete
das Gespräch und starrte einen Moment ratlos vor sich
hin.

»Alles in Ordnung?«

»Ja ... Ja, meine Frau. Hören Sie, wir kümmern uns
morgen um diesen Deutschen. Soll ich sie irgendwo ab-
setzen?«

»Danke, ich laufe gerne ein Stück zu Fuß!«, erwiderte
Coco. Valeri stülpte sich seinen Helm auf den Kopf und
knatterte mit seinem Motorrad davon.

24

Coco blieb einen Moment unschlüssig vor dem Casino stehen, dann beschloss sie, Nicolai einen Besuch abzustatten. Offensichtlich kannte er die Bergmanns doch näher, als es bisher den Anschein gehabt hatte. Dem Bericht von Pierre nach zu urteilen klang es fast so, als hätten die beiden Männer sich um Anca Bergmann gestritten. Sie erinnerte sich an das Gespräch, das Nicolai und sie geführt hatten, als sie am Donnerstag vom Heliport zu ihrem Appartement gegangen waren: »Ich habe ein paar von denen gevögelt«, hatte er über die Ehefrauen der Formel-1-Fahrer gesagt. War Anca Bergmann eine dieser Frauen? Hatte Nicolai eine Affäre mit ihr gehabt? Und wenn ja, warum hatte er ihr das verschwiegen?

Nicolais Wohnung lag nicht weit entfernt, daher machte Coco sich zu Fuß auf den Weg. Sie ging langsam über den Vorplatz des Casinos, an den schicken Boutiquen und am Café de Paris vorbei, um dann hinter dem Hôtel Metropol mit seinem integrierten Shoppingcenter rechts abzubiegen. Luxury Overkill. Sie schmunzelte. Obwohl Monaco so winzig war, unterschieden sich die einzelnen Stadtteile doch deutlich voneinander: In Monaco-Ville, das oben auf dem Felsen thronte, lagen die Behörden und diverse Läden, in denen Touristen gleichermaßen nutzlose wie hässliche Souvenirs erwerben konnten. La Condamine, der Stadtteil am Hafen, in dem Coco nun lebte, hatte mit seinen unauffälligen Straßen und Häusern eher den Charme eines französischen Dorfes. In Monte Carlo dagegen hatte jedes einzelne Haus einen Namen und natürlich einen Concierge, der rund um die Uhr darüber wachte, wer ein und aus ging.

Unbewusst beschleunigte Coco ihren Schritt. Sie ärgerte sich. Nicolai war doch ein Freund, warum hatte er ihr verschwiegen, dass er die Bergmanns näher kannte?

»Coco Dupont. Ich möchte bitte zu Nicolai Schweizer«, sagte sie dem Concierge etwas außer Atem.

Der junge Mann blickte sie freundlich an. »Monsieur Schweizer erwartet Sie?«

»Nein«, erwiderte Coco knapp.

Der Concierge griff nach dem Telefon und kündigte ihren Besuch an.

»Monsieur Schweizer wohnt in der vierten Etage.«

Coco nickte, stieg in den Fahrstuhl und lief, oben angekommen, auf Nicolai zu, der sie schon im Türrahmen erwartete.

»Coco! Das ist aber …«

»Du hast mich angelogen!«, unterbrach sie ihn. »Meinst du nicht, es wäre angemessen gewesen, mir zu sagen, dass du mal was mit Anca Bergmann gehabt hast?«

»Na, Hauptsache du fällst nicht mit der Tür ins Haus!« Nicolai schüttelte den Kopf, ließ sich aber nicht aus der Ruhe bringen. »Willst du nicht erst mal reinkommen, bevor du mit Anschuldigungen um dich wirfst?«

»Von mir aus«, grummelte Coco, folgte ihm durch den schmalen Flur ins Wohnzimmer und blieb dann vor dem Tresen der offenen Designerküche stehen.

»Ich war gerade dabei, mir etwas zu essen zu machen. Möchtest du auch etwas?«

»Nein, danke. Du bist mir eine Erklärung schuldig!«

»Du meinst, nur weil du eine alte Freundin bist, muss ich dir jetzt alle Frauen aufzählen, mit denen ich geschlafen habe? Da wären wir morgen früh noch nicht fertig! Mal abgesehen davon: Ich wüsste nicht, was dich das angeht!«

Nicolai wies mit der Hand auf einen der Barhocker, die vor dem Küchentresen standen: »Setz dich!«

Dann drehte er sich um, öffnete den Kühlschrank und nahm eine Karaffe mit frisch gepresstem Orangensaft heraus. »Möchtest du?«

»Verdammt noch mal!« Coco schlug mit der flachen Hand auf den Tresen. »Ich ermittle in einem Mordfall! Und du hast mit dem Opfer geschlafen!«

»Coco! Jetzt komm mal wieder runter! Das ist schon ein paar Jahre her! Was bist du denn so wütend?«

Coco antwortete nicht. Wenn sie ehrlich war, wusste sie es selber nicht. Natürlich war Nicolai ihr keine Rechenschaft schuldig, genauso wenig war er verpflichtet, auf ihre Fragen zu antworten. Im Gegenteil: Sie wäre eigentlich verpflichtet gewesen, ihn über seine Rechte aufzuklären, jedenfalls dann, wenn sie ihn offiziell befragen wollte. Es ärgerte sie einfach maßlos, dass Nicolai ihr nichts von dieser Geschichte erzählt hatte, ja mehr noch: Es hatte sie verletzt.

»Tut mir leid«, sagte sie daher etwas ruhiger. »Ich verstehe es nur nicht.«

»Ich habe einfach nicht gedacht, dass es von Bedeutung wäre!«

»Mensch, Nico!« Coco wurde wieder lauter. »Du wusstest ganz genau, wie wichtig dieser Fall für mich ist! Da ist alles von Bedeutung!«

»Hör zu, Coco: Ich kann und will da nicht reingezogen werden.«

»Was heißt das?«

»Das heißt, dass ich genug Ärger am Hals habe!«

»Geht es ein bisschen genauer?«

»Coco, ich will nicht darüber reden.«

»Ich kann dich auch vorladen lassen!«

»Verdammt, Coco! Hör bloß auf mit dieser Polizistennummer! Ich gehöre ja wohl kaum zu den Verdächtigen! Als die Sache passiert ist, habe ich dich gerade vom Flughafen abgeholt, wie du dich vielleicht erinnerst. Das heißt, du bist mein Alibi! Also komm mir nicht so!«

»Ist ja gut! Aber ich muss herausfinden, was da passiert ist! Da ist alles wichtig, jede Verbindung, jede Kleinigkeit! Also rede mit mir! Warum hattest du im Casino Streit mit Sebastian Bergmann? Wusste er, dass du ein Verhältnis mit seiner Frau hattest?«

»Nein. Doch. Also … Ich meine, es ist mir ein Rätsel, wieso er davon wusste! Anca und ich hatten eine Affäre, ja. Aber das ist Jahre her! Und er kann damals nichts davon mitbekommen haben. Anca ist eine routinierte Fremdgängerin! Sie hatte geheime E-Mail-Adressen, und mich hatte sie unter einem anderen Namen in ihrem

Telefon gespeichert. Später hat sie sich sogar ein zweites Handy zugelegt, von dem Sebastian nichts wusste. Sie hat da nichts dem Zufall überlassen!«

»Und was wollte Bergmann von dir, was hat er dir vorgeworfen?«

»Er stand im Casino plötzlich vor mir. ›Ist der Junge von dir?‹, hat er mich angebrüllt. Ich habe erst überhaupt nicht kapiert, was er meint! Bis er dann damit rausgerückt ist, dass der gemeinsame Sohn nicht seiner ist. Weiß der Himmel, wie er das herausbekommen hat! Und vor allem, wie er darauf kommt, dass das Kind von mir sein könnte! So ein Schwachsinn! Ich benutze Kondome. Immer! Und die platzen nicht! Bin ja nicht völlig behämmert! Ich lasse mir doch keine Kinder anhängen!«

»Und dann ist er auf dich losgegangen?«

»Und wie! Und glaub mir, das war das Letzte, was ich gebrauchen konnte! Über mich wird wegen des Sorgerechtsstreits mit meiner Exfrau sowieso viel zu viel geschrieben! Ständig schleichen diese Idioten von der Presse mir nach! Seit über zwei Jahren geht das vor Gericht schon hin und her: Meine Ex versucht, mir Chanel wegzunehmen, ich gehe dagegen an. Dabei ist meine Kleine hier viel besser aufgehoben. Sieh dich doch um: Monaco ist einer der sichersten Orte der Welt, hier ist alles sauber und ordentlich, die Schulen sind fantastisch, sie wächst zweisprachig auf. Und bei ihrer Mutter? Meine Güte, die Frau ist Musikerin, ständig nur unterwegs, von Konzert zu Konzert. Sie will ein Kind auf Tour großziehen? Jetzt mal ehrlich: Das ist doch Wahnsinn!«

»Ich verstehe dich.«

»Und dann bricht dieser Bergmann da in aller Öffentlichkeit einen Streit vom Zaun! Vor all den Leuten! Das hat mir gerade noch gefehlt: Dass die Presse glaubt, ich hätte noch ein Kind, von einer anderen Frau. Das würde meiner Ex gut passen: Mich als Playboy hinzustellen, als schlechtes Vorbild für meine Tochter! Glaub mir, ich war heilfroh, dass die Securityleute den Bergmann so schnell an die Luft gesetzt haben!«

»Was denkst du, woher Sebastian Bergmann von eurer kleinen Romanze wusste?«

»Keine Ahnung! Ich habe die Frau schließlich schon ewig nicht mehr gesehen. Vielleicht hat Sebastian ja doch etwas geahnt von ihren Affären? Vielleicht hat er ja einen Vaterschaftstest machen lassen? Ich hab keine Ahnung. Und wie er auf mich kommt? Ich habe wirklich keinen blassen Schimmer. Bist du jetzt zufrieden?«

Coco nickte und starrte auf eine Schale mit Süßigkeiten, die auf dem Küchentresen stand. Nicolai nahm eines der ovalen, in Folie verpackten Bonbons heraus und warf es ihr zu. Cocos Reaktion war schnell genug, um das Bonbon zu fangen und wieder auf den Tisch zu legen.

»Danke, kein Appetit.« Sie schwiegen einen Moment. Nicolai musterte sie. »Du bist dünn geworden.«

»Ich war ja auch lange genug dick«, antwortete Coco und schob das Bonbon von sich weg.

»Dick. Du warst nie dick.« Nicolai schüttelte den Kopf.

»Jetzt klingst du wie mein Vater: ›Du bist nicht dick. Ein paar Kilos mehr auf den Rippen betonen die Weiblichkeit und sind ein Zeichen von Wohlstand‹«, zitierte sie ihren Erzeuger. Dann griff sie wieder nach dem Schokobonbon und hielt es Nicolai unter die Nase. »Weißt du, wer diese Bonbons erfunden hat? Mein Vater.«

»Das gibt's ja nicht! Dein Vater hat diese Schokobonbons erfunden?«

»Ja. Und jede Woche wurde ein Riesenkarton davon bei uns zu Hause abgeliefert. Und wie er sich daran ergötzt hat!« Coco hielt das Bonbon hoch. »Er hat immer gesagt: ›Wisst Ihr, warum ihr den Bonbons nicht widerstehen könnt? Schaut euch einfach diese Form an: Ein perfektes Ei! Das kann man nicht verbessern! Das Ei ist ein Zeichen für Fruchtbarkeit, steht für Leben und Gesundheit. Ein Sinnbild des Werdens und der Schöpfung. Aus dem Nougatkeim heraus entfaltet sich die Vielfalt des Kosmos!‹ Der hatte sie wirklich nicht mehr alle!« Coco warf das Bonbon zurück in die Schale. »Bin ich eine schlechte Tochter, wenn ich das sage?«

»Ach was! Man kann sich seine Verwandten eben nicht aussuchen«, antwortete Nicolai knapp. »Ich habe auch nicht mehr viel Kontakt zu meinem Vater.«

Coco lächelte. Sie merkte, dass es ihr guttat, mit Nico über die alten Zeiten zu reden. Aber deshalb war sie nicht hier.

»Wir haben nur ein Telefon bei Anca Bergmann gefunden. Meinst du, dass sie dieses zweite Handy noch hatte?«

Nicolai zuckte mit den Schultern.

»Wir werden es finden, wenn es noch existiert.« Coco stand auf. »Ich muss los. Und morgen früh raus. Tut mir leid, dass ich dich so angeblafft habe.«

Nicolai sah sie lange an. »Schon gut.«

»Warst du tatsächlich mit allen Fahrerfrauen auf der Matratze oder hast du da ein wenig übertrieben?«

»Quatsch! Eifersüchtig?«

»Wohl kaum!« Coco dreht sich um und ging lachend zur Tür hinaus. »Schönen Abend!«

25

Früh am nächsten Morgen eilte Coco sofort in Valeris Büro. Mit einem energischen Klopfen am Türrahmen zog sie seine Aufmerksamkeit auf sich, die bis dahin der Lektüre des *Monaco Matin* gegolten hatte.

»Einen schönen guten Morgen, Frau Kollegin«, brummelte Valeri und nahm einen großen Schluck aus seiner Kaffeetasse.

»Es gibt Neuigkeiten!«, platzte Coco heraus. »Wir müssen die persönlichen Sachen von Anca Bergmann noch mal durchsuchen! Ich weiß, dass sie ein zweites Handy hatte! Das müssen wir finden! Diese Frau hatte offenbar zahlreiche amouröse Abenteuer. Jedenfalls hat sie sich häufig mit anderen Männern getroffen. Und für diese Kontakte hatte sie ein extra Telefon, das müssen wir uns anschauen. Vielleicht hatte einer ihrer Liebhaber ein Motiv, sie umzubringen!«

Valeri sah sie fragend an. »Wovon reden Sie? Und woher haben Sie diese Informationen?«

»Ich habe mit Nicolai Schweizer gesprochen.«

Valeri warf einen Blick auf seine Armbanduhr. »Und wann?«

»Gestern Abend noch, als Sie schon weg waren.«

»Schon wieder ein Alleingang? Das gefällt mir ganz und gar nicht!« Ärgerlich starrte er sie an.

»Er ist ein Freund.«

»Noch schlimmer!« Valeri faltete seine Zeitung zusammen. »Sie befragen einen Freund? Dann sind Sie möglicherweise befangen!«

»Ich bin nicht befangen! Und ich habe ihn ja gar nicht befragt. Es war ein Gespräch unter Freunden. Außerdem ist er nicht verdächtig!«

»Ach, und das wissen Sie genau?«

»Ja! Er hat mich zum Tatzeitpunkt vom Flughafen abgeholt. Ich bin praktisch sein Alibi! Reicht das?«

Valeri schwieg einen Moment. Coco wusste, dass sie ihn wieder verärgert hatte.

»Ich habe das ernst gemeint! Keine Alleingänge! Wir sind ein Team, und ich muss mich auf Sie verlassen können!« Valeri griff nach seiner Jacke, die über der Stuhllehne hing, und ging an ihr vorbei zur Tür. »Gehen wir!«

Coco folgte ihm nach draußen. Würde Nicos Hinweis sie endlich weiterbringen?

Eine gute Viertelstunde später erreichten sie das Haus der Bergmanns. Valeri drückte den Klingelknopf, und kurz darauf öffnete Sebastian Bergmann die Tür. Er war blass, unrasiert, hatte tiefe Schatten unter den Augen und sah sie aus traurigen Augen an. Ohne ein Wort der Begrüßung ließ er sie eintreten. Sie folgten ihm in die offene Küche, wo auf dem langen Holztisch etliche benutzte Gläser, Wasserflaschen und eine halb geleerte Weinflasche standen. Bergmann wirkte wie ein gebrochener Mann, ohne jegliche Energie, müde, verzweifelt, resigniert.

»Setzen Sie sich doch.« Seufzend ließ er sich auf einem der Stühle nieder, stützte seinen Kopf in die Hände und starrte abwesend auf die polierte Tischplatte.

»Mein Leben ist aus den Fugen geraten, alles ist kaputt!«, sagte Bergmann schließlich. »Was soll ich denn jetzt bloß machen? Ich kann doch nicht in diesem Haus bleiben! Sie haben doch hier auf dem Fußboden gelegen. Genau hier!« Er wies auf den Boden zwischen den beiden Sofas. »Ich kann hier nicht mehr leben! Das ist doch nicht zu ertragen! Ich muss das Haus verkaufen!« Verzweifelt starrte er auf die Stelle, an der die große Blutlache gewesen war.

Coco folgte seinem Blick. Alle Spuren des tragischen Unglücks, das sich hier vor wenigen Tagen ereignet hatte, waren beseitigt worden, die Tatortreiniger hatten ganze Arbeit geleistet.

Sebastian Bergmann blickte hinaus in den Garten. »Noch vor ein paar Tagen war alles gut, ich hatte ein Zuhause, eine Familie, Frau und Kind. Jetzt liegt alles in Trümmern, alles ist kaputt. Plötzlich muss ich eine Beerdigung organisieren, mich um die Verwandtschaft kümmern, ihnen etwas erklären, was ich doch selbst kaum glauben kann …«

»Herr Bergmann, was geschehen ist, tut uns sehr leid. Wir wissen, wie schwer das für Sie sein muss. Aber um herauszufinden, wer Ihnen das angetan hat, müssten wir noch einmal die Sachen Ihrer Frau durchsuchen.«

Sebastian Bergmann antwortete nicht. Er nickte nur resigniert.

»Gehen Sie nur, Sie kennen ja den Weg.«

Valeri stand auf, nickte Coco kurz zu und ging zur Haustür, um die Kollegen von der Spurensicherung hereinzubitten, die draußen gewartet hatten. Coco blickte Valeri nach, überlegte, ob sie ihm folgen sollte, entschied sich dann aber, in der Nähe von Sebastian Bergmann zu bleiben.

»Ich möchte Ihnen noch ein paar Fragen stellen, Herr Bergmann«, begann Coco vorsichtig. »Wissen Sie, ob Ihre Frau noch ein zweites Mobiltelefon besaß?«

»Nein.« Bergmann sah an Coco vorbei. »Nein! Und das ist mir auch völlig egal!«

»Herr Bergmann, wir wissen von Ihrem Streit mit Nicolai Schweizer im Casino. Es ging offensichtlich um Ihre Frau und Ihren Sohn. Glauben Sie, dass Nicolai Schweizer der Vater des Jungen ist?«

»Weiß ich nicht! Das spielt doch jetzt auch keine Rolle mehr! Eins weiß ich jedenfalls: Dass ich nicht sein Vater bin! Das hat mir meine Frau so gesagt!«

»Bei welcher Gelegenheit haben Sie denn davon erfahren?«, fragte Coco.

»Durch einen ziemlich unschönen Streit vor ein paar Monaten. Wir haben sowieso zu viel gestritten! Anca war unzufrieden. Mit unserem Leben und vor allem mit mir. Immer wieder hat sie mir Vorwürfe gemacht, mich kritisiert. Sie hat mir vorgeworfen, dass ich zu wenig zu Hause bin, mich nicht um sie und den Kleinen kümmere. Es war immer wieder das Gleiche! Aber ich konnte doch daran nichts ändern! Sie hat mich doch so kennengelernt: Das Reisen, das Unterwegssein, das gehört doch zu meinem Beruf! Das ist doch mein Leben! Ich habe wirklich versucht, sie glücklich zu machen. Aber sie hat einfach nicht aufgehört, sich zu beklagen! Immer wieder die gleiche Leier, die gleichen Vorwürfe, wie eine Schallplatte, die einen Sprung hat! Ich konnte das einfach nicht mehr hören! Und dann kam es zu diesem wirklich schlimmen Streit. Ich habe geschrien, sie hat geweint. Und irgendwann hat sie mir an den Kopf geworfen, dass ihr Junge nicht meiner ist! Sie wollte mich verletzen und provozieren, und das ist ihr sehr gut gelungen! Aber glauben Sie mir: Ich habe den Jungen trotzdem geliebt. Klar, ich war schockiert, verletzt, das hat mir ganz schön den Boden unter den Füßen weggezogen. Aber der Junge, er … er war doch immer noch wie mein eigenes Fleisch und Blut! Daran hat sich doch nichts geändert! Und jetzt sind sie beide tot. Liegen im Kühlhaus und werden bald unter der Erde sein! Warum war Anca nur so unzufrieden? Wir hatten es doch gut, alle haben uns beneidet um unser schönes Leben! Wir hätten doch glücklich sein können! Jetzt habe ich gar nichts mehr, meine Familie ist tot, und ich bin ganz allein. Wer hat das nur getan? Wer? Und warum?« Sebastian Bergmann schwieg und starrte wieder vor sich hin.

»Warum sind Sie mit Ihrer Frau zusammengeblieben?«, fragte Coco nach einer Weile leise.

Bergmann sah auf. Sein Blick flackerte. »Glauben Sie mir, das habe ich mich mehr als einmal gefragt. Ich schätze, ich habe sie geliebt. So einfach ist das. Obwohl sie … ich … Ja, ich wusste, dass sie sich mit anderen Männern traf, besonders gefreut hat mich das natürlich nicht, aber ich habe das so hingenommen. Sie hat mir immer vorgeworfen, ich hätte sie in diese Affären hineingetrieben, sie vernachlässigt, sie wäre einsam gewesen. Was sollte ich dazu sagen? Ich weiß ja, dass ich acht Monate im Jahr unterwegs bin. Dann hat sie mir noch an den Kopf geworfen, ich würde sie hier sitzen lassen und dann noch nicht mal anständig Karriere machen! Sie hätte mich nie geheiratet, wenn sie gewusst hätte, dass ich nur ein drittklassiger Rennfahrer sei. Ich hätte keinen Ehrgeiz und wäre schwach! Ich wäre kein Siegertyp, und so hätte sie noch nicht einmal etwas davon, dass ich so viel unterwegs sei. Dass sie nicht verstehen könne, wie ich überhaupt in der Formel 1 gelandet sei, bei so wenig Biss und Ellenbogen. Ich solle mir ein Beispiel an Alexander Titow nehmen, meinem Teamkollegen. Aber großer Gott, was sollte ich denn machen?! Ich bin eben nicht Titow! Um Weltmeister zu werden, reicht Talent alleine nicht aus! Sie müssen schon ein Arschloch sein, jede Gelegenheit nutzen, um ihre Konkurrenten auszuschalten. Aber so bin ich nicht! Und trotzdem habe ich Erfolg! Warum hat ihr das denn nicht gereicht?« Bergmann hielt inne.

Valeri und die Kollegen von der Spurensicherung waren zurück ins Erdgeschoss gekommen. Er nickte Coco kurz zu, offenbar hatten sie etwas gefunden. Coco erhob sich langsam.

»Herr Bergmann, die Kollegen sind fertig, und wir müssen wieder gehen. Kommen Sie allein zurecht?«

Bergmann nickte. »Geht schon.«

»Gibt es jemanden, der sich um Sie kümmert, Ihnen zur Seite steht?«

»Mein Manager ist für mich da. Und später, wenn

Anca und der Junge … Nach der Beerdigung … Was danach kommt, weiß ich noch nicht.« Sebastian Bergmann schwieg, starrte wieder auf die Tischplatte.

»Wir informieren Sie sofort, wenn wir etwas herausgefunden haben. Bleiben Sie sitzen, wir finden alleine hinaus!« Coco folgte Valeri und den Kollegen nach draußen.

»Haben Sie das Telefon?«, wollte Coco wissen.

»Ja. Wir haben das Handy gefunden. Es ist allerdings ausgeschaltet. Die Kollegen nehmen es sich sofort vor. Wir fahren ebenfalls zurück ins Präsidium!«

26

Valeri ging nervös im Konferenzraum auf und ab, während sie auf das Ergebnis der Untersuchung des zweiten Handys von Anca Bergmann warteten. Endlich betrat einer der zuständigen Kollegen den Raum und legte das Telefon auf den Tisch.

»Den Code haben wir knacken können, aber Anca Bergmann hat sämtliche SMS gelöscht. Aber jetzt kommt's: Da sind ein paar Fotos drauf, von zwei Männern! Seht euch das mal an!«

Coco griff zu dem Mobiltelefon. »Lassen Sie uns mal sehen! Was für Männer denn?«

»Nun, offensichtlich homosexuell! Jedenfalls küssen sie sich!« Der Kollege nickte ihnen zu und wandte sich zum Gehen.

»Danke.« Valeri ging zu Coco hinüber, die gerade die Fotos aufgerufen hatte. Tatsächlich waren zwei Männer zu sehen, einer jung, einer etwas älter, die sich innig küssten.

»Ist das nicht …«, begann Coco. »Das ist doch Alexander Titow, der Russe aus Sebastian Bergmanns Team!«

»Parbleu!«, rief Valeri. »Und das sieht mir nicht nach einem Bruderkuss aus! Wer ist der andere?«

»Keine Ahnung. Fragen wir Titow!« Valeri nickte nachdenklich. »Wann und wo hat Anca Bergmann die Männer fotografiert? Und warum? Was wollte sie mit diesen Bildern?«

»Wohl kaum ins Fotoalbum kleben!«, antwortete Coco.

»Sicher nicht. Denken Sie, Anca Bergmann hat Alexander Titow erpresst? Homosexuelle Sportler sind ja nicht besonders gerne gesehen.«

»Aber reicht das für eine Erpressung?«

»Ich kenne mich in der Formel-1 nicht so gut aus, aber das ist doch ein knallharter Männersport! Und ich kenne keinen einzigen Rennfahrer, der sich je als homosexuell geoutet hat!«

»Stimmt! Wie bei den Fußballspielern!«, warf Noëlle ein. »Richtig.« Coco stand auf. »Da hat doch gerade dieser deutsche Exfußballer eine Debatte angestoßen, haben Sie das nicht gelesen?« Valeri und Noëlle sahen sie mit großen Augen an. »Der hat kürzlich zugegeben, dass er schwul ist, aber erst, nachdem seine Zeit als aktiver Fußballer vorbei war. Und trotzdem hat das in meinem zweiten Heimatland riesige Wellen geschlagen! Angeblich soll es sogar Agenturen geben, die darauf spezialisiert sind, homosexuellen Fußballspielern Freundinnen und sogar Ehefrauen zu vermitteln, damit sie dann in der Öffentlichkeit glaubhaft als heterosexuelle Paare auftreten können. Die Fußballer zahlen viel Geld, die Frauen sind finanziell abgesichert oder kurbeln ihre Karriere dadurch an, dass sie an der Seite eines berühmten Sportlers ebenfalls im Rampenlicht stehen!«

»Was für ein Affentanz!« Valeri schüttelte den Kopf.

»Ist aber wohl Realität! Und da kursieren die wildesten Gerüchte, welcher Kicker mit wem zusammen ist! Und es sind nicht nur die Fußballspieler, um die sich diese Gerüchte ranken. Ein bekannter Boxer soll ebenfalls homosexuell sein, sogar einem ehemaligen deutschen Rennfahrer sagt man das nach. Aber offiziell würde das natürlich niemand laut aussprechen«, sagte Coco.

»Allerhand! Denken Sie wirklich, dass das stimmt?«, fragte Valeri.

»Rechnen Sie doch mal nach!«, warf Noëlle ein. »Wie viele Menschen sind homosexuell orientiert? Bestimmt ein bis zwei Prozent der gesamten Bevölkerung. Und es wäre nun wirklich ein zu großer Zufall, wenn es ausgerechnet unter den Sportlern keine Homosexuellen gäbe.«

Valeri stand auf. »Wir müssen mit Alexander Titow reden! Noëlle, finden Sie heraus, ob der noch in seinem Hotel ist. Und er soll auf keinen Fall abreisen.«

Eine knappe Stunde später war klar: Alexander Titow war noch im Fairmont Monte Carlo, wo er in den vergangenen Tagen gewohnt hatte. Valeri und Coco gingen schnellen Schrittes durch die moderne große Eingangshalle mit den dunklen Säulen und den cremeweißen Ledersitzelementen hinauf auf die Dachterrasse, wo der Rennfahrer gerade ein spätes Frühstück einnahm. Nachdem sie sich vorgestellt und ausgewiesen hatten, forderte Alexander Titow sie auf, an seinem Tisch Platz zu nehmen. Die schmale Terrasse mit den kleinen Holztischen bot einen wunderschönen Blick auf die Küste von Roquebrune-Cap-Martin und ein paar Schiffe, die dort vor

Anker lagen. Alexander Titow war der einzige Gast. Er trug einen hellgrauen Kapuzensweater mit dem obligatorischen Krokodil auf der Brust, dazu eine Jogginghose und Sneakers. Seine leicht gelockten dunklen Haare waren noch feucht, offenbar hatte er gerade erst geduscht. Auf den ersten Blick, fand Coco, ähnelte er ein wenig dem jungen Jacky Ickx.

»Entschuldigen Sie, aber ich bin gerade erst aufgestanden. Die Partys in der Amber Lounge nach dem Großen Preis dauern meist bis zum Morgengrauen, wie Sie sicher wissen«, sagte er und lächelte. »Aber nach so einem Rennwochenende wollen auch wir Fahrer mal ein wenig abschalten und feiern. Und in Monaco geht das besonders gut!«

»Kein Problem«, sagte Coco. »Wir ermitteln im Mordfall Bergmann und haben einige Fragen.« Sie zog die Fotos hervor, die Anca Bergmann auf ihrem Handy gespeichert hatte, und legte sie vor Titow auf den Tisch. Der blickte zunächst etwas verwundert auf die Bilder. Doch als er erkannte, um wen es sich bei den abgebildeten Personen handelte, wurde er blass.

»Wo haben Sie die her?«, brachte er dann hervor und fuhr sich mit beiden Händen durch das feuchte Haar. Dann fiel sein Blick wieder auf die Bilder. »O Gott! Das ist … Wenn das rauskommt, war's das für mich! Wo haben Sie die Fotos her?«

»Diese Bilder waren auf dem Mobiltelefon von Anca Bergmann«, erklärte Valeri.

»Was? Hat sie uns beobachtet? Warum? Wo? Und warum hat sie diese Fotos gemacht?«

»Herr Titow, wir müssen Sie das fragen: Haben Sie eine sexuelle Beziehung zu diesem Mann? Wie ist sein Name?«

Alexander Titow strich sich erneut die Haare aus dem Gesicht. Er stöhnte.

»Wenn das rauskommt, ist meine Karriere als Rennfahrer beendet!« Er rutschte auf seinem Stuhl hin und her und blickte sich unruhig um, man sah ihm an, dass er am liebsten aufgesprungen und weggelaufen wäre.

»Bitte beantworten Sie meine Frage«, sagte Valeri mit Nachdruck.

»Das ist mein Physiotherapeut, Jegor. Jegor Gussew. Wir sind schon länger ein Paar. Aber niemand, wirklich niemand wusste davon! Das ist absolut topsecret! Ich ... Ich kann mir das nicht erklären. Das ist ... Wieso hat Anca ... Was wollte sie mit den Fotos?« Er war aufgesprungen und atmete schwer. »Verdammt! Ich habe Jegor immer gesagt, dass wir noch vorsichtiger sein müssen!«

»Bitte beruhigen Sie sich!« Coco wies auf seinen Stuhl. »Setzen Sie sich wieder hin!« Alexander Titow blieb noch einen Moment stehen, schaute aufs Meer hinaus, dann nahm er wieder Platz.

»Wäre es denn wirklich so schlimm, wenn jemand von Ihrer Beziehung zu Jegor Gussew wüsste?«, fragte Coco ganz ruhig.

»Schlimm? Soll das ein Witz sein? Hören Sie: Niemand darf davon erfahren! Diese Bilder dürfen niemals an die Öffentlichkeit gelangen! Das wäre mein Ruin! Das meine ich ernst! Verdammt, was soll ich jetzt machen?«, fragte er dann verzweifelt.

»Meinen Sie nicht, dass Sie etwas übertreiben?«, fragte Valeri trocken. »Wir befinden uns im 21. Jahrhundert.«

»Hier vielleicht. Aber zu Hause, in meiner Heimat? Da könnte ich mich nicht mehr blicken lassen! In Russland wird schon der Austausch noch so kleiner Zärtlichkeiten geahndet! Und wissen Sie, wie viele Schwulenhasser es dort gibt? Oft kommt es zu Übergriffen auf mutmaßliche Homosexuelle. Haben Sie denn davon noch nichts gehört? Die Schwulenhasser sind durch die Straßen gezogen, haben ihre Opfer drangsaliert, ihnen die Köpfe rasiert und ihnen die Regenbogenfahne auf die Kopfhaut gepinselt, haben ihnen die Pässe abgenommen und *Homo* hineingeschmiert. Haben Sie die Aufnahmen nicht gesehen, die diese Wahnsinnigen ins Netz gestellt haben? Und das ist noch nicht alles! Wissen Sie, wie man uns in Russland nennt?« Valeri schüttelte den Kopf.

»Pedik. Sie nennen uns Pediks, das ist die Abkürzung von Päderast. Sie stellen uns mit Kinderschändern auf eine Stufe! Ich meine, wir sind doch nicht krank! *Die* sind krank! Sie können sich ganz sicher nicht vorstellen, wie das ist, nicht leben zu können, wie man wirklich will, sich immer verstecken zu müssen, ständig zu schauspielern?« Alexander Titow hielt inne, alle drei schwiegen einen Moment.

»Herr Titow, haben Sie diese Bilder vorher schon einmal gesehen?«, fragte Valeri.

»Nein!«

»Und Sie wussten nichts davon, dass Anca Bergmann über die Beziehung zu Ihrem Therapeuten informiert war?«

»Nein, ich höre davon heute zum ersten Mal. Das schwöre ich Ihnen!«

»Wo sind diese Fotos aufgenommen worden?«

»Anca muss uns gefolgt sein, uns aufgelauert haben! Verdammt! Warum haben wir nicht besser aufgepasst?« Titow nahm erneut eines der Fotos in die Hand. »Das könnte das Hotel in Barcelona sein, auf dem Flur vor meinem Zimmer. Ich habe dort aber niemanden bemerkt. Was hat Anca mit den Fotos gewollt?«

»Möglicherweise wollte Anca Bergmann Sie erpressen?«

»Aber warum denn? Die Bergmanns haben doch selbst Geld genug!«

»Hat Anca Bergmann Sie erpresst?«

Alexander Titow schüttelte den Kopf. »Nein! Ich versichere Ihnen, ich sehe diese Bilder zum ersten Mal! Das habe ich doch vorhin schon gesagt!«

Valeri nickte, nahm die Bilder und ließ sie in seiner Jackentasche verschwinden. »Sie sind am Donnerstag im freien Training gefahren?«

»Ja, natürlich! Das können Sie doch ganz leicht nachprüfen!« Valeri nickte erneut. Damit schied wohl auch Titow als Täter aus. Er hatte vermutlich, genauso wie Sebastian Bergmann, ein wasserdichtes Alibi.

»Wer wusste von Ihrer Liaison? Außer Anca?«

»Niemand, das sagte ich doch.« Er hielt einen Moment inne, zögerte. »Miran hat es vielleicht geahnt.«

»Miran?«

»Mein Manager. Miran Nikitin. Er kümmert sich um alles, was in meinem Business wichtig ist.«

»Wie kommen Sie darauf, dass er vielleicht etwas von Ihrer Beziehung geahnt haben könnte?«, fragte Coco nach.

»Er hat mir ständig damit in den Ohren gelegen, wie wichtig es wäre, mich nur aufs Fahren zu konzentrieren, das Privatleben stünde erst an zweiter Stelle. Dass ich erst mal Karriere machen und erst danach an eine Beziehung denken solle …«

»Aber er hat Sie nicht direkt auf Ihre sexuelle Orientierung angesprochen?«

»Nein. Das geht ihn ja auch nichts an. Meine Beziehung zu Jegor hat sich über einen längeren Zeitraum entwickelt. Wenn man ständig zusammen ist, lernt man sich immer näher kennen, entwickelt Gefühle und …«

»Wo ist Ihr Physiotherapeut denn jetzt?«, unterbrach Valeri.

»Er war an diesem Wochenende gar nicht hier. Er hat Urlaub und wollte nach Russland, zu seiner Familie.«

»Wissen Sie sicher, dass er dort ist?«

»Ja. Aber was heißt schon sicher? Ich spioniere ihm ja nicht nach. Wieso fragen Sie das?«

»Weil eine Frau und ein Kind ermordet worden sind. Und diese Frau hat Fotos von Ihnen beiden gemacht. Vielleicht wollte ja Ihr Partner verhindern, dass diese Bilder an die Öffentlichkeit gelangen?«

»Und bringt deshalb zwei Menschen um? Das glauben Sie doch wohl selbst nicht!«

Valeri erhob sich von seinem Stuhl. »Und wo ist Ihr Manager? Wir müssen mit ihm sprechen!«

»Seine Mutter lebt drüben in Italien, er wollte die we-

nigen Tage bis zum nächsten Rennen noch bei ihr verbringen.«

»Aus dem Rennen wird möglicherweise nichts. Denn
Sie müssen sich bis zur Klärung des Falles zu unserer Ver-
fügung halten. Und wir brauchen die Adresse Ihres Ma-
nagers.«

27

Nachdem Valeri und Coco sich von Titow verabschiedet hatten, blieben sie vor dem Hotel noch einen Moment stehen. Valeri zückte sein Telefon und informierte Noëlle über die neuesten Entwicklungen.

»Wir müssen wissen, wo sich ein gewisser Jegor Gussew aufhält. Und überprüfen Sie das Alibi von Alexander Titow. Und kümmern Sie sich gleich noch darum, wo sein Manager, Miran Nikitin, sich zum Tatzeitpunkt aufgehalten hat. Ich will genau wissen, wo die eben genannten Personen waren, und zwar zum Zeitpunkt des Überfalls im Haus der Bergmanns und am Sonntagmittag, als der Täter im Krankenhaus ein zweites Mal zugeschlagen hat. Beschaffen Sie die Daten aus dem Fahrerlager, Fernsehbilder, was immer Sie finden können! Wir dürfen nichts übersehen!«

»Mache ich sofort. Ich rufe Sie an!«

»Gut, wir schnappen uns jetzt diesen Manager!«

Valeri und Coco schwangen sich wieder auf das Motorrad und schossen in Richtung Italien davon. Das Haus, das Miran Nikitins Mutter gehörte, war nur etwa dreizehn Kilometer von Monaco entfernt, so dass sie nach einer knappen halben Stunde dort ankamen. Es lag direkt hinter der Grenze, auf einem kleinen Grundstück am Meer. Ungeduldig hämmerte Valeri an die breite Holztür, bis Nikitin die Tür öffnete und sie überrascht ansah.

»Was wollen Sie? Ich habe nicht besonders viel Zeit«, sagte er, bat sie aber dennoch hinein. Valeri und Coco folgten ihm in ein großzügiges Wohnzimmer, das durch eine massige Schrankwand aus dunklem Holz und einen braun gefliesten Boden etwas düster wirkte.

»Herr Nikitin«, begann Valeri, »ich mache es kurz: Was wissen Sie über das Privatleben Ihres Schützlings?«

»Alexander meinen Sie?«

»Wen sonst?«

»Ich arbeite seit Jahren mit ihm, ich habe ihn aufgebaut.«

»Und weiter?«

»Ich hatte damals eine Kartbahn in Russland. Alexander hat bei mir angefangen zu fahren und seine Leidenschaft für den Rennsport entdeckt. Ich habe den Jungen trainiert und groß gemacht!«, sagte Miran Nikitin stolz. »Er kommt aus ziemlich kleinen Verhältnissen. Aber ich habe sofort erkannt, was in ihm steckt! Ich habe ihn gefördert, aufgebaut, über Wasser gehalten, habe ihn aus meiner eigenen Tasche finanziert. Er ist mein Produkt, wenn Sie so wollen!«

»Wie genau sieht Ihre Zusammenarbeit aus?« fragte Coco.

»Ich leite das Unternehmen Titow. Ich handle seine Gagen aus, kümmere mich um Sponsoren, vertreibe Fanartikel, ich kümmere mich einfach um alles!«

»Darf ich fragen, um wie viel Geld es dabei geht?«

»Nein. Aber in der Formel 1 geht es immer um sehr viel Geld.«

»Heißt das, dass Sie ein Problem hätten, wenn Sie Titow nicht mehr vermarkten würden?«

»Was wollen Sie damit sagen? Von einem Problem würde ich nicht sprechen. Aber schade wär's«, tat Nikitin die Frage ab. »Ich verdiene gut an Titow, sicher. Aber ich bin Manager, ich kann jeden verkaufen. Ich würde schnell einen Ersatz für ihn finden. Aber was soll das alles?«

»Ich würde gerne auf meine ursprüngliche Frage zurückkommen«, sagte Valeri. »Was wissen Sie über Alexander Titows Privatleben?«

»Ein Formel-1-Fahrer hat wenig Zeit für sein Privatleben. Er konzentriert sich auf seinen Sport, auf seine Karriere!«

»Die meisten der Fahrer haben Ehefrauen, Freundinnen …«

»Natürlich gehen die Jungs hier und da mit einer Frau in die Kiste. Sie müssen ja nur mit dem Finger schnippen, schon stehen die Mädels vor ihrem Bett. Aber für etwas Ernstes hat Alexander weder Zeit noch Interesse!«

»Ist es nicht so, dass er keine Frau hat, weil er an Männern interessiert ist?«

»So ein Blödsinn! Nein! Wie kommen Sie denn darauf?«

Valeri zog die Fotos aus der Tasche und legte sie vor Nikitin auf den Tisch. Der warf nur einen kurzen Blick darauf.

»Was ist das? Wo haben Sie diese Aufnahmen her?«

»Anca Bergmann hat die Fotos gemacht. Sie könnte

Alexander oder Sie erpresst haben. Das wäre schon ein Motiv für einen Mord, oder was meinen Sie?«

Miran Nikitin stand auf und steckte die Hände in seine Hosentaschen. »Ich habe keine Lust, mir solche Anschuldigungen anzuhören. Sie sind ja verrückt! Wie kommen Sie dazu, mir so etwas vorzuwerfen? Bitte gehen Sie jetzt!«

»Haben Sie diese Bilder schon mal gesehen?«

»Noch nie. Ich sehe sie jetzt zum ersten Mal!«

»Und Sie haben nicht mit Anca Bergmann darüber gesprochen?«

»Nein!«

»Und Sie wissen auch nicht, dass Alexander Titow homosexuell ist?«

»Nein! Alexander ist nicht schwul. Wenn das so wäre, wüsste ich davon!«

»Herr Nikitin, wo waren Sie am Donnerstag zwischen zwölf und vierzehn Uhr und am Sonntag zwischen dreizehn und vierzehn Uhr?«, fragte Coco.

»Wo bin ich wohl gewesen? Im Fahrerlager natürlich! Zu der Zeit fand das freie Training statt. Ich saß in unserem Container und habe Alexander zugesehen. Das können Sie ruhig überprüfen. Und am Sonntag, das kann ich Ihnen auch genau sagen: Ich habe dem deutschen Formel-1-Reporter Kai Ebel ein Interview gegeben! Das weiß ich deshalb so genau, weil ich um Punkt dreizehn Uhr fünfzehn oben bei Red Bull sein musste. Das Interview wurde live gesendet!«

»Wir werden auch das überprüfen!«, entgegnete Valeri knapp und stand auf.

»Tun Sie das. Wenn Sie jetzt bitte gehen würden! Ich habe noch zu tun.« Coco stand ebenfalls auf und reichte Miran Nikitin die Hand, der diese ein wenig zu kräftig drückte, aber Coco ließ sich nichts anmerken.

»Auf Wiedersehen, Herr Nikitin«, sagte sie freundlich. Dann verließen Valeri und sie das Haus und blieben vor dem Motorrad stehen.

»Der lügt! Das sagt mir mein Instinkt!«, knurrte Valeri.

»Den Eindruck habe ich auch. Ich kann mir nicht vorstellen, dass er nichts von Titows Homosexualität gewusst hat!«

»Wir müssen sein Alibi überprüfen. Lassen Sie uns sehen, ob Noëlle etwas herausgefunden hat!« Valeri nahm auf dem Motorrad Platz und wippte ungeduldig mit dem Fuß auf und ab, während sich Coco den Helm überzog und ebenfalls auf das Motorrad stieg. Sobald Coco saß, ließ Valeri den Motor aufheulen und sauste los.

Zurück im Präsidium eilten Valeri und Coco sofort zu Noëlle ins Büro.

»Ich habe sämtliche Daten!«, kam Noëlle gleich auf den Punkt. »Alexander Titow saß am Donnerstag in seinem Auto – zur Tatzeit ist er im freien Training gefahren. Und Sonntag lief bekanntlich der Große Preis von Monaco. Titow hat ein wasserdichtes Alibi: Das belegen allein schon die Kamerabilder. Sein Manager hat das Fahrerlager am Donnerstag um elf Uhr sechsundzwanzig betreten, eine knappe Stunde später hat er es um zwölf Uhr neunzehn wieder verlassen, um es dann um dreizehn Uhr eins wieder zu betreten. Ein weiteres Mal hat er das Drehkreuz um vierzehn Uhr fünfzehn passiert und ist um vierzehn Uhr neunundfünfzig wieder zurückgekommen. Um sechzehn Uhr siebenunddreißig hat er das Fahrerlager verlassen und ist an dem Tag auch nicht mehr zurückgekommen, das belegen die Daten aus dem Eingangsbereich. Das bedeutet: Er kann nicht am Tatort gewesen sein. Zwischen zwölf Uhr neunzehn und dreizehn Uhr eins rüber nach Beausoleil zu fahren, einen Mord zu begehen und wieder zurückzukommen, das ist nicht zu schaffen. Nicht mal mit einem Helikopter! Am Sonntag ist er um zehn Uhr zwölf ins Fahrerlager gegangen, hat es um dreizehn Uhr fünf wieder verlassen und im Anschluss daran dem deutschen Sender RTL ein längeres Fernsehinterview gegeben. Das belegen die Livebilder einwandfrei. Der Physiotherapeut von Alexander Titow ist in Russland bei seiner Familie. Auch das haben wir überprüft.«

»Merde!«, fluchte Valeri. »Wir kommen hier nicht weiter! Was ist mit den Überwachungskameras in der Nähe des Tatorts? Ist Nikitin nicht dort auf irgendwelchen Bildern zu sehen?«

»Nein!« Noëlle zuckte mit den Schultern.

Coco ging im Büro auf und ab. »Miran Nikitin hat ein Motiv! Wenn diese Bilder an die Öffentlichkeit gelangt wären, dann wäre Alexander Titows Karriere beendet! Nikitin hätte sehr viel Geld verloren, wenn Titow seinen Job hätte aufgeben müssen!«

»Aber er hat ein Alibi«, warf Noëlle ein.

»Hat er möglicherweise jemanden engagiert, der Anca Bergmann aus dem Weg räumen sollte?«

»Ich weiß nicht!«, sagte Valeri. »Wir müssen irgendetwas übersehen haben!« Er warf einen Blick auf seine Uhr. »Es ist schon nach achtzehn Uhr. Ich muss nachdenken, den Kopf freikriegen. Wir sind ganz nah dran. Aber es fehlt irgendein kleines Puzzleteilchen!« Er nickte Coco und Noëlle zu und verließ mit einem knappen »Bis morgen« das Büro.

28

Coco hatte ebenfalls das Bedürfnis nachzudenken, und so spazierte sie, anstatt direkt nach Hause zu gehen, noch eine Weile durch den Hafen. Dort waren Arbeiter rund um die Uhr damit beschäftigt, das Gelände wieder von den portablen Formel-1-Tribünen zu räumen. Alle paar Meter waren Stahlelemente und zusammengeroll-te Drahtzäune am Straßenrand des Stadtkurses aufgesta-pelt. Coco lächelte einen der vielen Männer in Warnwes-te und Helm freundlich an. Dieser nickte ihr dankbar zu, offenbar froh, dass überhaupt jemand davon Notiz nahm, wie hart hier gearbeitet wurde. Coco blieb am Rand des öffentlichen Schwimmbades stehen, das bereits wieder geöffnet hatte und in dessen großem Pool sich jetzt, am frühen Abend, noch ein paar Schwimmer unter den letz-ten Strahlen der milden Maisonne vergnügten.

In Gedanken listete Coco sämtliche Informationen zum Fall Bergmann noch einmal auf. Was hatten sie über-sehen? Wo war das fehlende Puzzleteilchen, von dem Va-leri gesprochen hatte? Konzentriert durchdachte sie je-den Tag, jede Information, jedes Gespräch.

»Natürlich! Das ist es!«, sagte sie plötzlich laut und blieb abrupt stehen. Da war es, ihr Puzzleteilchen! Sie hatten tatsächlich etwas übersehen, etwas, das ihnen zuvor nicht wichtig erschienen war!

Schnellen Schrittes ging Coco zum Hôtel de Paris, das nur wenige Gehminuten entfernt war. Unterwegs versuchte sie, Valeri anzurufen, erreichte jedoch nur seine Mailbox.

»Rufen Sie mich schnell zurück, mir ist da etwas aufgefallen, ich habe einen Verdacht!«, sprach sie ihm auf die Box.

Wenige Minuten später betrat sie die noble Herberge. Nachdem sie sich an der Rezeption erkundigt hatte, in welchem Zimmer Mareike Weber wohnte, klopfte sie, als sie auf dem betreffenden Flur angekommen war, ungeduldig an deren Zimmertür.

»Ja? Was gibt es denn?« Coco hörte Mareike Webers Stimme, noch bevor die Tür geöffnet wurde. Als Mareike sah, wen sie vor sich hatte, wurde sie blass. »Was wollen Sie?«

Coco antwortete nicht, sondern marschierte an ihr vorbei in das Hotelzimmer hinein. Auf dem Bett lag ein geöffneter Koffer. Offenbar war Mareike Weber gerade dabei, ihre Sachen zu packen.

»Sie reisen ab?«

»Natürlich! Das Rennen ist vorbei. Und ich lebe in Nizza, das wissen Sie doch!«

»Frau Weber, wo waren Sie gestern nach unserem Gespräch in der Sûreté?« Mareike Weber antwortete nicht. Coco fuhr fort: »Ich vermute, Sie waren im Krankenhaus bei Anca Bergmann!«

»Was? Nein, nein! War ich nicht!«

»O doch! Das waren Sie! Ich denke, Sie haben Anca Bergmann mit einer Dosis Insulin ins Jenseits befördert. Sie haben sich Zutritt zu ihrem Krankenzimmer verschafft, ihr eine Spritze verpasst und sich wieder davongemacht!«

»Wie haben Sie ... Das ist gelogen! Nein! Wieso hätte ich das tun sollen?«

»Frau Weber, wir haben Sie, was den Überfall auf die Bergmanns am Donnerstag angeht, als Täterin ausgeschlossen, weil Sie Linkshänderin sind, der Täter aber vermutlich Rechtshänder war. Sie wussten also, dass wir Sie nicht mehr im Visier hatten. Pech für Sie, dass nur der kleine Junge starb und Anca Bergmann am Leben blieb, also beschlossen Sie, etwas nachzuhelfen. Es sollte so aussehen, als hätte der Täter noch einmal zugeschlagen und sein Werk vollendet!«

»Reine Fantasie! Dafür gibt es keine Beweise!«

»O doch! Die gibt es!« Coco hielt einen Moment inne, wusste sie doch, dass sie sich auf dünnem Eis bewegte und lediglich einer Vermutung nachging. »Frau Weber, Sie sind zuckerkrank! Ich war in Ihrer Wohnung in Nizza und habe Ihre Diabetesratgeber dort in Ihrem Bücherregal stehen sehen. Sie sind Diabetikerin! Ist es nicht so?« Ohne Mareike Webers Reaktion abzuwarten, blickte sich Coco im Hotelzimmer um. Wenn sie jetzt falschlag, würde sie sich ziemlich blamieren. Doch sie setzte alles auf eine Karte: Zielstrebig ging sie auf die Kommode zu, auf der Mareike Webers Handtasche lag, schnappte sich diese und griff hinein. Mareike Weber, zu überrascht, um sie davon abzuhalten, sah ihr nur fassungslos zu. Coco wühlte hektisch in der Handtasche, dann endlich fand sie, was sie gesucht hatte: eine Insulinspritze. Sie wusste, dass insulinpflichtige Diabetiker immer eine Dosis bei sich hatten, um ihren Blutzuckerspiegel unter Kontrolle zu halten.

»Sehen Sie! Ich habe es doch gewusst! Mit einer solchen Insulininjektion haben Sie Anca Bergmann umgebracht!« Coco schwieg einen Moment und beobachtete Mareike Weber, die sie immer noch stumm anstarrte. »Sie denken, Sie haben es für Sebastian getan, oder?«

Mareike Weber starrte weiter ins Leere, dann sank sie auf den Rand des breiten Bettes. »Sie war doch schon fast tot! Ich habe ihr und Sebastian doch einen Gefallen getan! Sie wäre sicher zum Pflegefall geworden, wenn sie überhaupt überlebt hätte! Eine Last für Sebastian! Er muss doch Rennen fahren! Und er hat sie doch auch gar nicht mehr geliebt! Er hat doch mich geliebt! Ich wollte ihm doch nur helfen! Alles hätte gut werden können! Ich wollte doch nur glücklich sein!« Mareike Weber schwieg, ihr Blick wanderte durch den Raum, ohne etwas zu erfassen.

Coco nickte. »Frau Weber, ich nehme Sie fest wegen des Verdachts, Anca Bergmann ermordet zu haben.« Mareike Weber rührte sich nicht. »Meine Kollegen werden gleich hier sein, um Sie mitzunehmen! Ich würde Ihnen raten, Ihren Anwalt zu verständigen.«

Wenige Minuten später traf der Streifenwagen ein, und gemeinsam fuhren sie zum Präsidium, wo sich die Kollegen um Mareike Weber kümmerten. Coco versuchte unterdessen erneut, Valeri zu erreichen, doch der ging immer noch nicht an sein Telefon. Sie überlegte fieberhaft. Nicht noch einmal wollte sie dafür verantwortlich sein, dass ein Kindsmörder seiner gerechten Strafe entging. Es war schlimm genug gewesen, in Toulouse gescheitert zu sein, zu wissen, dass ein Serienkiller dort immer noch frei herumlief.

Sie hinterließ Valeri eine weitere Nachricht, holte die Dienstwaffe aus ihrem Büro und machte sich allein auf den Weg zum Haus von Miran Nikitin. Er musste etwas mit dem Mord am Sohn der Bergmanns zu tun haben! Sie wusste zwar nicht, wie er es geschafft hatte, ungesehen an den Tatort zu gelangen, aber sie würde es herausfinden!

Voller Wut schlug sie auf das Lenkrad. Warum hatten sie nicht schon vorher daran gedacht, dass die beiden Morde möglicherweise auf das Konto von zwei unterschiedlichen Tätern gingen?

Vermutlich hatte Miran Nikitin Anca Bergmann krankenhausreif geschlagen und den Jungen umgebracht, um zu verhindern, dass sie Alexander Titows Homosexualität an die Öffentlichkeit brachte. Der kleine Junge war einfach zur falschen Zeit am falschen Ort gewesen. Nikitin hatte bei Weitem das stichhaltigste Motiv, und sie mussten ihn schnappen!

Im Hof unten setzte sie sich in ein Dienstfahrzeug und raste schon wenige Minuten später damit in hohem Tempo über die Küstenstraße Richtung Italien zum Haus von Miran Nikitin und dessen Mutter.

Sie hoffte, dass Nikitin sich nicht schon nach Russland abgesetzt hatte.

An der Hauptstraße kurz vor dem Grundstück stoppte sie und ließ den Wagen dort stehen. In der Dämmerung sah sie einen Wagen, der direkt vor der Haustür der Nikitins stand.

Das Grundstück lag direkt am Meer, war somit sowohl über das Wasser als auch von der Straße aus zu erreichen. Coco hatte ihre Dienstwaffe aus dem Handschuhfach genommen und sie samt Holster an ihrem Hosenbund befestigt. Am Tor angekommen blieb sie einen Moment stehen, um die Lage zu sondieren. Sie warf einen Blick auf das Display ihres Telefons. Valeri hatte sich immer noch nicht gemeldet. Wieder blickte sie zum Haus hinüber. Dort war niemand zu sehen.

Coco wusste, dass es gefährlich war, alleine hier zu sein, doch sie wollte diesen Mann, der kaltblütig ein Kind getötet hatte, nicht entkommen lassen. Zu sehr lastete ihr Versagen in Toulouse auf ihrem Gewissen. Sie versuchte, Noëlle zu erreichen, doch der Anschluss ihrer Assistentin war besetzt. Entschlossen steckte sie ihr Telefon wieder ein, schließlich hatte sie Valeri bereits eine Nachricht hinterlassen, das musste reichen.

Leise schlich sie an das Haus heran, das von einem großen, dicht bewachsenen Garten umgeben war. Nach wie vor war niemand vor dem Haus zu sehen. Jetzt erkannte Coco, dass der Kofferraum des Geländewagens, der in der Einfahrt parkte, offen stand. Ihr Blick fiel auf die ebenfalls offen stehende Haustür, davor entdeckte sie zwei Koffer und eine Tasche. Richtig geraten: Miran Nikitin wollte abreisen.

Coco trat an den Wagen heran und warf einen Blick in

das Innere. Leise öffnete sie die Seitentür. Auf dem Beifahrersitz lagen eine rote Jacke und eine Herrentasche.
Coco griff nach der Tasche, doch bevor sie hineinsehen
konnte, bekam sie einen heftigen Schlag auf den Hinterkopf.

29

Valeri befand sich auf dem Heimweg. Vom Stadtteil La Condamine, in dem die Sûreté publique lag, fuhr er am Fußballstadion Stade Louis II vorbei, durch das Tunnelsystem in Richtung Cap-d'Ail und Plage Marquet. Er hatte beschlossen, sein Motorrad im Hafen von Cap-d'Ail stehen zu lassen und das letzte Stück des Heimwegs zu Fuß zurückzulegen. Von dem kleinen Hafen aus führte ein Spazierweg direkt an der Küste entlang. Von dort aus konnte man einen Blick auf die zahlreichen Villen im Stil der Belle Époque werfen, die von den Superreichen bewohnt wurden.

Auf dem schmalen Weg kamen ihm zahlreiche Jogger und Spaziergänger entgegen, einige grüßten mit einem freundlichen *bonsoir*. Doch Valeri war mit seinen Gedanken weit weg, so dass er den Gruß mehrere Male gar nicht bemerkte und auch nicht erwiderte. Er registrierte kaum die Schönheit der Natur, das kristallklare Wasser, die riesigen Felsen, die am Rande des Weges aus dem Meer ragten. Es war ruhig, nur das leise Rauschen der Wellen und das Gezwitscher von ein paar Vögeln waren zu hören.

Kurz nachdem er einen in den Felsen geschlagenen Hohlweg durchquert hatte, erreichte er seinen Lieblingsplatz: eine alte Steintreppe, die linker Hand hinab zum Wasser führte. Er setzte sich einen Moment lang, wie immer auf die dreizehnte Stufe, seine Glückszahl, und blickte aufs Meer. Er genoss die letzten Sonnenstrahlen, die Luft war frisch, voller Sauerstoff, Energie, die er dringend benötigte. Er wünschte, Frédéric könnte sich zu ihm setzen. Er vermisste seinen Partner, einfach einen guten Freund, der ihm riet, was nun zu tun sei.

Wieder dachte er an den Überfall auf Anca Bergmann und ihren Sohn. Mareike Weber schied als Täterin aus, Sebastian Bergmann konnte es ebenfalls nicht gewesen sein. Der hatte zum Tatzeitpunkt in seinem Rennwagen gesessen. Die Einzigen, die ein Motiv hatten, waren Alexander Titow und sein Manager Miran Nikitin. Doch auch diese beiden hatten ein Alibi. Wo lag der Denkfehler? Und wer war der Mörder?

Valeris Blick fiel auf die Felsen am Rande der Küste. In einiger Entfernung sah er einen Mann im Wasser schnorcheln. In regelmäßigen Abständen verschwand dieser unter der Wasseroberfläche, um eine knappe Minute später wieder luftschnappend den Kopf aus dem Wasser zu strecken. Ob er nach Seeigeln tauchte? Eigentlich war die Saison dafür schon längst vorbei.

Valeri stand auf, stieg die Treppe wieder hinauf und setzte seinen Weg fort. Nach einer weiteren Viertelstunde war er auf der Höhe seines Hauses angekommen, erklomm die steil ansteigende Straße nach oben, bis er wenig später die Hauptstraße von Cap-d'Ail erreichte. Zu Hause angekommen öffnete er die Tür und rief in den Flur hinein: »Inés! Bist du da?« Doch er bekam keine

Antwort. Seine Frau war schon wieder nicht zu Hause, und wieder wusste er nicht, wo sie war. Er hatte gehofft, mit ihr gemeinsam zu Abend zu essen und dann über seinen Fall zu sprechen, in der Hoffnung, dass Inés etwas auffallen würde, was er selbst übersehen hatte.

Enttäuscht hängte er seine Jacke an der Garderobe auf und ging hinauf in die erste Etage, um zu sehen, ob Inés nicht vielleicht doch in ihrem Büro saß und ihn nur nicht hatte rufen hören. Er klopfte an ihrer Tür und öffnete sie, doch das Arbeitszimmer seiner Frau war leer. Gerade, als er sich umdrehen und den Raum wieder verlassen wollte, fiel sein Blick auf ihren Schreibtisch. Valeri traute seinen Augen nicht: Mitten in dem Durcheinander aus Büchern, Manuskripten, Notizen und mehreren leeren Weingläsern stand ein Pappkarton, darin lilafarbene Filzschmetterlinge! Valeri trat näher an den Schreibtisch heran und nahm einen der Schmetterlinge aus dem Karton. Er sah genauso aus wie derjenige, den sie am Tatort gefunden hatten. Was, zum Teufel, hatte das zu bedeuten? Wozu hatte Inés diese Schmetterlinge? Ratlos blieb er ein paar Minuten stehen, dann griff er nach seinem Telefon. Das Display zeigte zwei Anrufe in Abwesenheit an. Coco Dupont. Er würde sie später anrufen. Jetzt musste er erst einmal herausfinden, was es mit diesen Filzschmetterlingen auf sich hatte! Hastig wählte er die Nummer seiner Frau. Nach einigen Klingelzeichen meldete sich ihre Mailbox. Verdammt!

»Inés, ich bin's! Ruf bitte sofort zurück. Es ist sehr dringend!«, hinterließ er eine knappe Nachricht.

Einen der Filzschmetterlinge steckte er ein, dann lief

er zurück ins Erdgeschoss. Ratlos blieb er mitten im Wohnzimmer stehen. Er konnte sich keinen Reim darauf machen, welche Verbindung zwischen seiner Frau und dem Tatort bestehen sollte. Und doch hatte dort einer dieser Schmetterlinge gelegen. Erneut versuchte er, Inés zu erreichen. Doch sie nahm nicht ab und rief auch nicht zurück.

Ihm war klar, dass es nicht in Ordnung war, seiner Frau nachzuspionieren, dennoch griff er zu seinem Laptop, mit dessen Hilfe er Inés' Telefon konfiguriert hatte. Da sich ihre gesamten Daten auf seinem Computer befanden und er auch die Passwörter vergeben hatte, war er nun in der Lage, sich in ihr Netzwerk einzuloggen und ihr Mobiltelefon zu orten. Schnell tippte er die nötigen Informationen ein und starrte dann gebannt auf den Bildschirm. Nur wenige Sekunden später erschien eine Karte: Inés' Telefon und damit auch seine Frau befanden sich in Roquebrune-Cap-Martin. Und zwar, genauer gesagt, im Restaurant Le Pirate. Valeri runzelte die Stirn. Dort waren sie vor Urzeiten das letzte Mal gewesen. Was, zur Hölle, tat sie dort? Und vor allem: Mit wem war sie zusammen? Valeri klappte den Laptop zu, schnappte sich seine Jacke und verließ das Haus.

»Merde!«, fluchte er. Ihm war eingefallen, dass sein Motorrad nicht vor dem Haus stand. Denn das hatte er ja unten im Hafen stehen lassen. Schnellen Schrittes lief er zu seinem Nachbarn hinüber und klopfte lautstark gegen dessen Haustür.

»François! Bist du zu Hause?«, rief er laut. »Ich brauche dein Auto!« Erneut hämmerte er gegen das Holz.

»Ich komme ja schon!«, ertönte es aus dem Inneren. Dann öffnete sich die Tür. Erstaunt blickte François ihn an. »Mon dieu! Was ist passiert?«

»Hör zu! Ich habe keine Zeit, dir die Einzelheiten zu erklären. Ich brauche deinen Wagen! Sofort!«

»Was? Wieso? Wo ist denn euer Auto?«

»Hat Inés. Ich muss sofort los, es eilt! Ich bin einem Mörder auf der Spur!«, sagte er mit Nachdruck. »Nun gib mir schon deinen Schlüssel!«

»Ist ja schon gut.« François verschwand eilig im Flur, um wenige Sekunden später mit dem Schlüsselbund in der Hand wieder zu erscheinen.

Valeri riss ihm mit einem flüchtigen *merci beaucoup* die Schlüssel aus der Hand, sprang in den Wagen, der direkt vor dem Haus stand, und startete den Motor. Eine Sekunde später schoss er mit quietschenden Reifen davon.

30

Wo bin ich?, *war* Cocos erster Gedanke, als sie wieder zu sich kam. Um sie herum war alles schwarz. Sie versuchte sich zu bewegen, doch ihre Hände und Füße waren gefesselt.

Panik stieg in ihr auf. Sie versuchte, sich zu befreien, doch sie hatte keine Chance. Allzu fest waren ihre Hände hinter ihrem Rücken zusammengebunden. Atmen. Ganz langsam atmen. Ein – aus, ein – aus, versuchte sie sich zu beruhigen. Ihr Kopf tat furchtbar weh, ihr war schwindelig und ein wenig übel.

Zunächst konnte Coco sich nicht daran erinnern, was geschehen war. Wieder erfasste sie eine Welle von Panik.

Ich heiße Coco Dupont, ich bin einundvierzig Jahre alt, ich bin Kommissarin. Coco versuchte, sich auf ihre Biografie zu konzentrieren, um nicht die Nerven zu verlieren. Langsam kehrte die Erinnerung zurück: Das Haus von Miran Nikitin, sein Wagen, sie hatte die Autotür geöffnet, wollte nach einer Tasche greifen, die auf dem Beifahrersitz gelegen hatte. Und dann? Nikitin musste sie überrascht und niedergeschlagen haben. Das würde ihre Kopfschmerzen erklären.

Denk nach! Versuch herauszufinden, wo du bist! Coco konnte ihre Beine nicht ganz ausstrecken, es war zu eng und zu stickig. Sie nahm einen schwachen Ölgeruch wahr.

Mit den gefesselten Händen versuchte sie, ihre Umgebung abzutasten. Ihre Finger glitten über den Bodenbelag, er war weich. Anscheinend lag sie auf einem Teppich. Sie versuchte, sich auf die andere Seite zu drehen. Plötzlich hörte sie ein Geräusch, ein Klicken, eine Tür wurde geöffnet, es ruckelte, dann schlug die Tür wieder zu. O Gott, sie war in einem Auto, sie lag tatsächlich im Kofferraum eines Autos! Gegen ihren Willen lachte sie hysterisch auf. Bildfetzen aus diversen Fernsehkrimis flogen durch ihren Kopf. Was hatte Nikitin mit ihr vor?

Erneut versuchte sie, ihre Fesseln zu lockern, doch sie waren zu fest, sie hatte keine Chance, sich zu befreien. Der Fahrer des Wagens ließ den Motor an, und das Fahrzeug setzte sich in Bewegung.

Seine ruppige Fahrweise sagte ihr, dass er offensichtlich in Eile war. Sie selbst hatte jedes Zeitgefühl verloren. Wie lange war sie bewusstlos gewesen? Wie lange lag sie schon hier in diesem Kofferraum? Und wie lange waren sie jetzt schon unterwegs? Sie versuchte, anhand der Fahrgeräusche herauszufinden, in welcher Gegend sie unterwegs waren, doch es gelang ihr nicht.

Sie bewegte den Kopf hin und her und versuchte, die Augenbinde abzustreifen, doch auch das wollte ihr nicht gelingen. Außerdem erschwerte das Klebeband, das ihr straff über den Mund geklebt worden war, das Atmen. Ihr Herz begann schneller zu schlagen. Sie hatte offenbar

richtiggelegen: Miran Nikitin hatte Anca Bergmann niedergeschlagen und ihren Sohn getötet! Und jetzt wollte
er sie aus dem Weg schaffen!

Wenige Minuten später stoppte der Wagen. Der Fahrer
stieg aus. Coco hielt die Luft an.

31

Valeri war mit hoher Geschwindigkeit auf der Küstenstraße unterwegs zu seiner Frau in Roquebrune-Cap-Martin. Hoffentlich kam er nicht zu spät! Wiederholt hatte er versucht, sie anzurufen, hatte sie aber nicht erreichen können. Zwischendurch hatte er versucht, sich mit Coco Dupont in Verbindung zu setzen, doch auch bei ihr landete er nur auf der Mailbox.

»Ich bin's, Henri. Wo sind Sie? Rufen Sie zurück!« Zuletzt versuchte er, Noëlle an die Strippe zu bekommen, doch die Leitung war besetzt. Valeri fluchte. Hier lief etwas ganz gewaltig aus dem Ruder!

Am Restaurant Le Pirate angekommen, ließ Valeri den Wagen mit angeschaltetem Warnblinker auf der Straße stehen und betrat eilig das Lokal. Auf der Terrasse, die man überqueren musste, um ins Innere zu gelangen, war niemand zu sehen, und die weißen und roten Panton Chairs waren bereits dicht an die Tische herangerückt. Valeri verlangsamte seinen Schritt. War das Restaurant überhaupt geöffnet? Er blickte sich um und betrachtete das Interieur. Blank polierte Glastische standen in Reih und Glied, bedeckt mit schmalen schwarzen Tischläufern, darauf Teller und Weingläser, in denen rosafarbene Servietten steckten. An den Wänden hingen Fotos von prominenten Zeitgenossen, die das Etablissement vor ziemlich langer Zeit wohl gerne besucht hatten: Grace Kelly, Jacques Chirac, Roger Moore, Jean-Paul Belmondo. Zwischen den gerahmten Aufnahmen hingen ein Handstaubsauger und ein Feuerlöscher. Vor dem aus roten Steinen gemauerten Kamin standen zwei große Kübelpflanzen. Die ganze Szenerie wurde von Kronleuchtern illuminiert. Valeri schaute sich um. Die Witwe des Piraten, bekleidet mit einem leicht schmuddeligen, rosa-weiß gestreiften Hemd, einer mit Strasssteinchen besetzten Jeans und goldenen Sneakers, kam ihm entgegen. Sie trug eine Sonnenbrille und hielt einen Zwergpinscher auf dem Arm.

»Bonsoir!«, begrüßte sie Valeri. »Kann ich Ihnen helfen?«

»Ich bin auf der Suche nach meiner Frau!«, antwortete Valeri und ging ein paar Schritte weiter in das Restaurant hinein. Dann entdeckte er Inés: Sie saß an einem kleinen Tisch hinter zwei weiß gestrichenen Holzbalken und war in Begleitung eines Mannes, der deutlich jünger war als er selbst.

»Ich will nicht stören!«, räusperte sich Valeri und trat an die beiden heran.

Erschrocken blickte Inés auf und starrte ihn entgeistert an.

»Was machst du denn hier?«, brachte sie dann hervor.

»Das müsste ich wohl eher dich fragen«, erwiderte Valeri und wies mit dem Kinn auf den jungen Mann an ihrer Seite. »Sag jetzt bloß nicht: Es ist nicht so, wie es aussieht!«

»Ich …« Inés zögerte. »Es ist nicht, wie …«

»Später! Ich bin aus einem anderen Grund hier.«

Der junge Mann, der bisher kein Wort gesagt hatte, griff nach seinem Weinglas.

»Valeri, darf ich dir vorstellen …«

»Interessiert mich nicht!« Valeri würdigte den Mann keines Blickes. Stattdessen griff er in die Innentasche seiner Jacke und zog den lilafarbenen Filzschmetterling hervor.

»Was ist das?«

»Ein Schmetterling. Wieso fragst du?« Inés war perplex.

»Was willst du damit?«, fragte Valeri nach. »Zu Hause steht ein ganzer Karton davon!«

»Die Filzschmetterlinge habe ich bei meiner Buchpräsentation an die Gäste verteilt! Du warst ja leider nicht anwesend. Vielleicht erinnerst du dich ja trotzdem: *Nur einen Flügelschlag entfernt* ist der Titel meines neuen Romans.«

»Du brauchst nicht patzig zu werden!«, brummte Valeri. »Und woher hast du die Schmetterlinge?«

»Die habe ich online bestellt. Warum fragst du mich das alles?« Inés war verwirrt.

»Können Sie mir mal erklären, was das alles soll?«, mischte sich nun der Unbekannte in das Gespräch ein.

»Das geht Sie nichts an und muss Sie nicht interessieren!«, wies Valeri ihn zurecht, dann wandte er sich wieder seiner Frau zu.

»Wir haben einen dieser Schmetterlinge am Tatort gefunden.«

»Was?«

»Ja! Ich kann mir das auch nicht erklären!«

»Bedeutet das etwa, dass dein Mörder einer meiner Gäste war?«, fragte Inés erschrocken.

»Sieht ganz so aus. Oder gibt es diese Schmetterlinge überall zu kaufen?«

»Nein, das glaube ich nicht, jedenfalls nicht in Monaco. Ich habe alle Läden hier abgeklappert, um etwas Passendes für meine Präsentation zu finden. Fehlanzeige! Deshalb habe ich dann eine Kiste über das Internet bestellt.«

»Wenn der Täter bei deiner Lesung war, dann finden wir ihn!« Valeri wandte sich zum Gehen. »Ich muss los.«

»Jetzt warte doch mal!«, versuchte Inés ihn zurückzuhalten.

»Eine Frage noch«, entgegnete Valeri, ihren Einwurf ignorierend. »Wann genau war deine Buchpräsentation noch mal?«

»Am Donnerstagvormittag, das weißt du doch! Um zehn Uhr! In der Beef Bar, unten im Hafen von Fontvieille!«

Ohne weiteren Kommentar verließ Valeri das Restaurant, sprang ins Auto und wendete mit quietschenden Reifen. Er versuchte, mit einer Hand zu lenken, in der anderen hielt er das Handy, um den Kollegen von der Kameraüberwachung anzurufen. Dabei schrammte er mit der Felge über den Bordstein. Fluchend trat er erneut aufs Gaspedal und überholte hupend ein paar Autos, die viel zu langsam vor ihm herfuhren. Er musste schnell zurück zur Sûreté! Er raste die Küstenstraße entlang, erklärte unterwegs seinem Kollegen am Telefon, was er herausgefunden hatte, und bat ihn, so schnell wie möglich die betreffenden Bilder der Überwachungskameras herauszufiltern, um zu sehen, wer alles die Lesung seiner Frau besucht hatte.

Am Präsidium angekommen, ließ er den Wagen auf dem Zebrastreifen stehen, rannte die Treppen hinauf und stürzte in den Raum mit den Kontrollbildschirmen. Der betreffende Kollege war bereits beim Sichten.

»Ich habe die Bilder!«, sagte er ohne Begrüßung. »Willst du sie von Anfang an sehen? Die Leute trudeln eine gute halbe Stunde vor Beginn der Veranstaltung ein.«

»Gut. Ja, ich will das ganze Band sehen!«, antwortete Valeri und konzentrierte sich auf den Bildschirm. Ein Gast nach dem anderen – sehr viel mehr Frauen als Männer – betrat das Restaurant, in dem Inés ihr neues Buch vorgestellt hatte. Doch keines der Gesichter sagte ihm etwas. Er blickte auf die Zeitanzeige des Monitors.

»Das gibt es doch nicht! Ich kenne niemanden von diesen Leuten. Und hier ist es schon zehn Uhr. Die Präsentation hat doch schon angefangen!«

»Wollen wir noch mal von vorne anfangen?«

»Nein, lass das Band noch einen Moment weiterlaufen. Vielleicht ist jemand später gekommen.«

»Kann schon sein«, antwortete der Kollege.

»Da! Das ist doch …«, rief Valeri. »Ja! Das ist Nikitin! Halt das Band an! Kannst du das Bild vergrößern?«

»Klar!« Der Kollege zoomte die beiden Personen auf dem Bildschirm heran: Miran Nikitin betrat in Begleitung seiner Mutter das Restaurant.

»Also doch! Miran Nikitin war am Tatort! So muss es gewesen sein! Das ist kein Zufall!«, rief Valeri, dann sprang er auf und verließ schnellen Schrittes den Raum. Seine Gedanken überschlugen sich. War Miran Nikitin wirklich der Mörder? Die Daten aus dem Fahrerlager belegten aber doch, dass er am Donnerstagmittag die ganze Zeit dort gewesen war! Zudem war er nicht auf den Kamerabildern in der Nähe des Tatorts zu sehen gewesen! Wie sollte er zum Haus der Bergmanns gekommen sein? Was hatten sie übersehen? Was stimmte hier nicht? Valeri rannte hinüber zu Noëlles Büro und riss die Tür auf.

»Noëlle! Wir müssen sofort zu Miran Nikitin. Er war am Tatort, vorher auf der Lesung meiner Frau, daher der Filzschmetterling! Und wo ist Coco Dupont?«

Überrascht blickte Noëlle von ihrem Computer auf. »Sie sprechen in Rätseln! Was hat Ihre Frau mit dem Fall zu tun? Apropos: Wir haben die Weber festgenommen!«

»Nichts, genaugenommen. Dauert zu lange, das jetzt zu erklären. Ich muss Coco Dupont erreichen. Weber? Wieso die Weber?« Valeri griff wieder zu seinem Telefon. Da war die Nachricht von Coco, und er hatte sie immer noch nicht abgehört. Schnell wählte er seine Mailbox an. »Bei allen Teufeln!«, fluchte er, als er Cocos Nachricht vernommen hatte. »Coco ist alleine unterwegs zu Miran Nikitin. Wir müssen mit Verstärkung hinterher!«

Valeri versuchte erneut, Coco auf dem Mobiltelefon zu erreichen. Wieder ohne Erfolg.

»Tabarnac! Ich nehme den Wagen, schicken Sie zusätzlich ein Boot zu Miran Nikitins Haus. Sofort! Hoffentlich kommen wir nicht zu spät!«

32

Coco wurde unsanft aus dem Auto gehoben. Sie versuchte, sich zu befreien, und trat um sich, wand sich wie eine Meerjungfrau, doch Nikitin hatte sie fest im Griff. Sie hatte keine Ahnung, wo sie sich befanden, aus der Ferne war das leise Rauschen einer Straße zu vernehmen. Plötzlich horchte Coco auf: Sie mussten sich in der Nähe des Meeres befinden, denn sie hörte deutlich das Geräusch von Wellen, die zart ans Ufer plätscherten. O Gott, der will mich auf ein Schiff bringen, dachte sie, und tatsächlich spürte sie, wie der Russe sie, nachdem er sie ein Stück getragen hatte, auf den Holzplanken eines Bootes ablegte. Sie hörte, wie er sich entfernte, wiederkam und etwas neben ihr abstellte. Dann hob er sie wieder hoch und setzte sie unsanft auf einen Stuhl. Nikitin löste die Fesseln an ihren Füßen und fixierte stattdessen mit Klebeband jedes ihrer Beine an einem Stuhlbein. Auch ihre Arme band er hinter der Lehne zusammen. Dann kontrollierte er den Sitz ihrer Augenbinde und zog sie noch einmal fester.

»So Lady, das war's!« Damit ließ er sie allein. Wenige Minuten später hörte sie, wie er den Motor anwarf, und spürte, wie der Boden unter ihr zu vibrieren begann.

Unendlich lange, so erschien es Coco, waren nur das

Brummen des Motors und das leise Rauschen der Wellen zu hören. Sie hätte nicht sagen können, wie lange sie unterwegs gewesen waren, als Miran Nikitin den Motor stoppte. Er kam zurück, packte sie und trug sie samt Stuhl an Deck.

Jetzt hörte sie das Wasser deutlich lauter, und ein leichter Wind fuhr ihr über das Gesicht. Endlich riss Nikitin ihr das Klebeband vom Mund und zog ihr die Augenbinde ab. Ihre Augen brannten. Sie blinzelte und atmete tief durch den Mund ein. Dann sah sie ihn an. Miran Nikitin stand direkt vor ihr. Sein Gesicht war wie aus Stein.

»Was haben Sie mit mir vor?«, fragte sie dann.

»Was glauben Sie, was ich mit Ihnen vorhabe? Sie haben den falschen Beruf gewählt!«

»Sie haben einen Menschen getötet!«

»Ich habe das nicht gewollt.«

Coco dachte fieberhaft nach. »Warum haben Sie ein unschuldiges Kind erschlagen?« Sie musste Zeit gewinnen, versuchen, ihn abzulenken, mit ihm reden, um ihn von seinem Plan abzubringen, wie immer dieser auch aussehen mochte. »Anca Bergmann hat Sie erpresst«, stellte sie fest.

»Diese dämliche Kuh! Diese Zecke! Die hat gar nicht kapiert, was sie anrichtet! Die war mir von Anfang an ein Dorn im Auge. Der Motorsport hat sie doch gar nicht interessiert, nur das, was sie davon hatte! Mehr Geld, mehr Ruhm, eine eigene Karriere! Im Scheinwerferlicht wollte sie stehen, ein Star sein! Und es hat immer noch nicht gereicht!« Nikitin schlug vor Wut mit der Hand auf die Reling. »Und ihr Auftritt blieb nie unbemerkt! Immer hatte

sie einen dieser Fotografen im Schlepptau! Mit ihren Stö-
ckelschuhen ist sie durch das Fahrerlager gestakst, als
wäre das ihr persönlicher Laufsteg! Diese Frau hat doch
überhaupt nicht verstanden, worum es uns geht. Hat sich
an die anderen Prominenten rangeschmissen wie eine
billige Nutte! Ja, ich habe sie gehasst, diese blutsaugende
Fledermaus!«

»Das ist noch lange kein Grund, sie umzubringen!«

»Das nicht! Aber irgendwann stand sie bei mir im Fahrerlager, hat zu mir gesagt: Ich will, dass Sebastian Weltmeister wird! Und ich will, dass du ihm dabei hilfst! Ich
hab erst überhaupt nicht kapiert, worauf sie hinauswollte. Und dann kamen die ersten Andeutungen, wie zum
Beispiel: Alexander solle aufpassen, mit wem er die Kabine teilt ...« Miran Nikitin hatte sich inzwischen auf
eine Holzkiste gesetzt und eine Zigarette angezündet.
Tief inhalierte er den Rauch. »Ich hab ihm wieder und
wieder gesagt, dass er sich nur aufs Fahren konzentrieren
soll! Meine Güte, ich konnte das erst gar nicht glauben:
schwul! Alex steht auf Männer! Zuerst hat er es gar nicht
zugegeben. Angelogen hat er mich! Und dann steht plötzlich dieses kleine Flittchen mit den Fotos vor mir! Droht
mir, mit den Bildern an die Presse zu gehen, wenn ich
nicht dafür sorge, dass Alexander Sebastian im nächsten
Rennen gewinnen lässt. Die war so dreist! Die kriegte nie
genug!« Miran Nikitin war aufgestanden und ging wütend auf und ab.

»Sie doch auch nicht! Sie wollten doch auch nicht, dass
Titow den Titel abgibt.«

»Natürlich nicht! Wissen Sie, wie viel Geld in der Formel 1 steckt? Wie viele Werbeverträge da dranhängen? Da geht es um Millionen! Mit dem Zweitplatzierten arbeitet niemand gern! Die Big Player wollen immer nur den Weltmeister! Formel-1-Zweiter? Wie klingt das denn? Wie soll man denn damit Werbung machen? Uns wären alle Verträge geplatzt!« Nikitin kam wieder auf Coco zu. »Ich wusste nicht, was ich machen sollte! Hätte ich dieses Miststück damit durchkommen lassen, hätte Alexander seinen Weltmeistertitel verloren. Aber wenn diese Bilder an die Öffentlichkeit gelangt wären, dann hätte man ihn mit Schimpf und Schande davongejagt!«

»Vielleicht wäre Anca Bergmann ja gar nicht so weit gegangen!«

»Die war eiskalt! Glauben Sie etwa, das Risiko wollte ich eingehen? Ein homosexueller Formel-1-Fahrer! Eine Katastrophe! Wir hätten einpacken können!«

»Immer noch kein Grund, jemanden umzubringen«, beharrte Coco. Sie hatte sich etwas gefasst und blickte sich unauffällig auf dem Boot um, suchte nach einem Ausweg. Doch sie sah keine andere Möglichkeit, als weiterhin mit Nikitin zu reden.

»Alexander Titow hätte doch mit gutem Beispiel vorangehen können, sich outen«, sagte sie, bemüht, das Gespräch fortzusetzen.

»Mein Gott, sind Sie wirklich so naiv? Als Russe! Unser Team wird von Russen finanziert. Hätten die Sponsoren auch nur eine Ahnung gehabt, dass Alexander homosexuell ist, hätten sie sofort, ohne auch nur eine Sekunde zu zögern, alle Verträge gekündigt. Und das hätte das Aus für das ganze Team United bedeutet. Ohne Geld keine

Formel 1. Lesen Sie denn keine Zeitung? Im vergangenen Jahr gab es sogar Teams, die ihre Teilnahme am Rennen in den USA absagen mussten, weil sie es sich nicht mehr leisten konnten, ihre Wagen über den großen Teich zu verschiffen! So sieht das nämlich aus! Also sagen Sie mir nicht, ich hätte eine Wahl gehabt!«

»Wie sind Sie vom Fahrerlager zum Haus der Bergmanns gekommen?«

»Mit einem Boot. Neben dem Fahrerlager von Red Bull liegen etliche kleine Shuttleboote. Ich habe eines gechartert und bin damit zu meinem Haus gefahren. Das dauert keine zehn Minuten. Und von dort war es nur ein Katzensprung bis zu Anca. Eigentlich wollte ich ihr die Erpressung nur ausreden, sie umstimmen. Aber diese dumme Gans wollte nicht auf mich hören! Die hat noch nicht mal kapiert, dass sie auch ihrem eigenen Mann schaden würde, wenn sie mit den Bildern an die Öffentlichkeit gehen würde, denn wenn unsere Sponsoren ihr Geld zurückgezogen hätten, wäre das auch für Sebastian nicht ohne Konsequenzen geblieben!«

»Und womit haben Sie auf den Kleinen und auf Anca Bergmann eingeschlagen? War es ein Hammer? Haben Sie den Hammer eigens mitgebracht, um sie zu ermorden?«

»Nein! Nein! Ich wollte sie doch nur zur Räson bringen, sie einschüchtern! Aber sie ist gleich völlig ausgeflippt, auf mich losgegangen! Und dann kam auch noch der Junge angerannt. Und schrie und schrie … Und dann auch noch der Hund! Da fällt mich plötzlich dieser vermaledeite Köter an und beißt sich in meinem Ärmel fest!

Erst da hab ich dann zu dem Hammer gegriffen, der in einem offenen Werkzeugkasten im Flur lag. Als ich sah, was ich getan hatte, habe ich Ancas Portemonnaie und ihren Schmuck mitgenommen. Es sollte wie ein Raubmord aussehen. Sehen Sie, hier.« Nikitin zog eine Geldbörse aus seiner Jackentasche und aus der Hosentasche eine Uhr und drei Ringe. Er holte weit aus und warf zuerst das Portemonnaie und dann den Schmuck über die Reling in das dunkle Wasser. »Wäre Anca die brave Ehefrau geblieben, würde sie noch leben. Und könnte jetzt die stolze Frau des Siegers vom Großen Preis von Monaco sein. Davon träumen doch alle Mädchen in ihrer Heimat, in diesem rumänischen Dorf am Arsch der Welt! Aber die dämliche Nutte hat ja den Hals nicht voll bekommen!« Er schwieg eine Weile und wandte sich dann wieder an Coco: »Und Sie, Frau Kommissarin? Warum mussten Sie zu mir kommen? Nach allem, was ich für mein Team getan habe, kann ich Sie unmöglich gehen lassen!«

33

Valeri erreichte mit quietschenden Reifen das Haus der Nikitins. Vor dem offenen Tor ließ er den Wagen stehen und schlich sich im Schutz der Dämmerung an das Gebäude heran. Er hatte seine Dienstwaffe gezogen, aber noch nicht entsichert. Vorsichtig warf er einen Blick durch eines der Wohnzimmerfenster. Hinter den großen Scheiben war es dunkel, auch in der ersten Etage des Hauses brannte kein Licht. Schnell umrundete er das Gebäude. Auf der anderen Seite fiel ein Lichtkegel aus einem Fenster im Erdgeschoss: die Küche. Valeri sah Miran Nikitins Mutter, die gerade dabei war, ihre Einkäufe aus einer großen Korbtasche in die Vorratsschränke zu räumen. Außerdem hatte sie offensichtlich ein kleines Abendessen vorbereitet. Auf dem Küchentisch standen Brot, Käse, Oliven, Feigen und eine Flasche Rotwein. Dennoch sah es so aus, als wäre die Frau ganz allein.

Valeri ging wieder zur Vorderseite des Hauses, drückte auf die Klingel und wartete darauf, dass ihm geöffnet wurde.

»Oh, guten Abend!« Frau Nikitin wich erschrocken zurück, als sie Valeris Waffe entdeckte. Schnell verstaute Valeri die Pistole wieder in seinem Schulterholster.

»Guten Abend, Frau Nikitin! Sind Sie alleine?«

»Ja, ich bin alleine zu Hause. Mein Sohn ist wohl noch mal weggefahren, obwohl wir zusammen essen wollten«, antwortete sie. Valeri schaute kurz in die anderen Räume im Erdgeschoss, dann wandte er sich wieder an Frau Nikitin.

»Ich bin aus einem bestimmten Grund hier. Sie wissen, dass Sie nichts sagen müssen, was Sie oder Ihren Sohn belastet. Aber ich habe den begründeten Verdacht, dass Ihr Sohn meine Kollegin Coco Dupont in seine Gewalt gebracht hat! Und ich muss die beiden finden!«

»Was? Was sagen Sie da? Wie kommen Sie darauf? Das ist doch absurd! Warum sollte Miran das tun?«

»Wir glauben, dass Ihr Sohn im Streit ...« Valeri zögerte, der armen Mutter die ganze Wahrheit zu sagen. »Es sieht so aus, als hätte Ihr Sohn Anca Bergmann erschlagen. Sie war im Besitz kompromittierender Fotos von Alexander Titow und hat ihn damit erpresst.«

»Heilige Mutter Gottes, nein! Das kann er nicht getan haben! Niemals!« Frau Nikitin war leichenblass geworden und schwankte leicht. »Mein Miran kann das nicht gewesen sein! Mein Miran war immer ein so guter Junge! Schon damals in Sankt Petersburg haben mich alle Nachbarinnen um meinen Miran beneidet, so hilfsbereit wie er immer war! Und so hübsch! Er hat mir nur Freude gemacht!«

»Frau Nikitin«, unterbrach sie Valeri. »Ich kann Ihnen das jetzt nicht alles erklären! Wir haben keine Zeit! Ich bitte Sie nur inständig, mir zu helfen. Das Leben meiner Kollegin steht auf dem Spiel! Ich muss die beiden schnell finden! Wo ist er? Wohin kann er sie gebracht haben? Helfen Sie mir, ihn zu finden und bringen Sie ihn zur Vernunft!«

»Was soll ich denn tun?«

»Sagen Sie mir, wo er ist!«

»Aber ich weiß es doch nicht!«

»Rufen Sie ihn an!« Miran Nikitins Mutter griff in die Tasche ihres Kittels und zog ein Mobiltelefon hervor. Mit zitternder Hand hielt sie sich das Gerät ans Ohr.

»Er meldet sich nicht. Bei allen Heiligen, womit habe ich das verdient?«

»Wo könnte sich Ihr Sohn versteckt halten? Ich bitte Sie!« Die Mutter antwortete nicht. Sie atmete schwer, ihre Hände zitterten. Langsam sackte sie an der Wand zusammen und blieb auf dem Boden sitzen. Sie schlug die Hände vor das Gesicht und weinte bitterlich. »Frau Nikitin, es geht um Leben und Tod! Wollen Sie dafür verantwortlich sein, dass ein weiterer Mensch stirbt? Wo ist Miran?«

Nikitins Mutter blickte auf und sah ihn an.

»Wohin geht er, wenn er allein sein will?«

»Er hat ein Boot im Hafen von Menton«, brachte sie mühsam hervor.

»Kommen Sie mit!« Valeri zog die Frau wieder auf die Füße und schob sie vor sich her in Richtung seines Wagens. Schnell öffnete er die Beifahrertür und half Frau Nikitin hinein, dann stieg er ebenfalls ein und startete mit aufheulendem Motor Richtung Menton.

Der kleine französische Hafen lag nur wenige Kilometer von Nikitins Haus entfernt. Unterwegs verständigte Valeri die Kollegen, die Noëlle mit dem Polizeiboot bereits losgeschickt hatte, informierte sie über die neueste Entwicklung und bestellte sie in den Hafen von Menton. Aus den Augenwinkeln beobachtete er Miran Nikitins Mutter. Der armen Frau liefen die Tränen über ihre rundlichen Wangen. Valeri griff in seine Brusttasche und reichte ihr ein frisch gebügeltes Taschentuch.

»Sind Sie sicher, dass er das war? Dass mein Miran das getan hat?«

»Es tut mir leid«, sagte Valeri behutsam. »Ihr Sohn war am Tatort, das ist ziemlich sicher.« Er schwieg einen Moment, während er erneut kräftig aufs Gaspedal trat. »Am Donnerstag, an dem Tag, als sie mit Ihrem Sohn auf der Lesung von ... als Sie auf der Lesung von Inés Valeri waren: Ist Ihnen da an Ihrem Sohn irgendetwas Ungewöhnliches aufgefallen?«

Sie dachte einen Moment nach. »Ja, jetzt, wo sie es sagen ... Er war sehr angespannt an diesem Tag. Nervös. So ist er sonst gar nicht. Ich hatte den Eindruck, als wäre er mit den Gedanken ganz woanders. Vermutlich hätte er den Besuch der Lesung am liebsten abgesagt, aber das hat er wohl nicht übers Herz gebracht, weil er wusste, wie sehr ich mich darauf gefreut hatte. Er war mir immer ein guter Sohn! Als mein Mann damals starb, ist Miran ja auch gleich wieder zu mir gezogen! Er war doch geschieden und auch allein!«

»Haben Sie bei der Lesung von meiner ... von Inés Valeri einen Filzschmetterling bekommen?«

»Ja, einen violetten Schmetterling! Jeder im Publikum hat so einen zum Abschied bekommen, auch Miran!«

»Was haben Sie denn nach der Lesung gemacht?«

»Wir sind aufs Formel-1-Gelände gegangen. Dort lief ja das freie Training. Miran hat mich in den Container von United begleitet, wir haben für einen Moment das Rennen auf dem Bildschirm verfolgt. Dann hat er mich ziemlich schnell alleine gelassen. Er sagte, er hätte noch etwas Dringendes zu erledigen. Ehrlich gesagt, er war ziemlich durcheinander. Er hat sogar unsere Pässe verwechselt!«

»Pässe?«

»Na, die Eintrittspässe! Jeder hat seinen eigenen mit seinem Konterfei darauf: Wenn Sie den Pass am Drehkreuz benutzen, erscheinen Ihr Foto und Ihr Name auf einem kleinen Bildschirm. Als ich zum Mittagessen zu Red Bull gegangen bin, habe ich erst bemerkt, dass ich Mirans Pass hatte. Glücklicherweise haben die Kontrolleure nicht aufgepasst und es nicht gemerkt. Sonst wäre ich ja gar nicht zurück in den United-Container gekommen!«

Valeri schlug auf das Lenkrad. Das also war Nikitins Plan gewesen!

»Das heißt also, Ihr Sohn hat den ganzen Tag lang Ihren Pass benutzt?«

»Ich denke schon, ja.« Miran Nikitins Mutter nickte. Nun war Valeri klar, warum die Daten aus dem Fahrerlager belegten, dass Miran Nikitin den ganzen Tag vor Ort gewesen war. Er hatte die Bänder vertauscht und sich mit dem Band seiner Mutter heimlich davongemacht! Clever!

Wenige Minuten später erreichten sie den Hafen von Menton. Valeri ließ sich von Nikitins Mutter den Weg zum Liegeplatz des Bootes zeigen, doch als sie dort ankamen, lag das Schiff nicht mehr an seinem Platz. Stattdessen warteten dort die Kollegen von der Wasserschutzpolizei auf sie. Als Valeri und Nikitins Mutter aus dem Auto stiegen, kam einer der Beamten auf sie zu.

»Miran Nikitin ist uns zuvorgekommen. Er ist weg! Aber wir haben sein Boot getrackt und die Koordinaten ermittelt. Er ist noch nicht besonders weit gekommen, ist entlang der italienischen Küste unterwegs!«, erklärte der Mann.

»Gute Arbeit, Kollege! Kommen Sie mit!« Damit nahm er Nikitins Mutter beim Arm, zog sie hinter sich her und betrat gemeinsam mit ihr und dem Kollegen über die Gangway das Polizeiboot.

»Allez! Geben Sie Gas! Vielleicht ist es noch nicht zu spät! Wir müssen Coco finden! Hoffentlich hat er sie noch an Bord!« Der Steuermann warf den Motor an, manövrierte geschickt aus dem Hafen und schoss aufs offene Meer hinaus. Mittlerweile war es stockfinster geworden. Valeri konnte kaum etwas erkennen. Das Wasser, das in der Dunkelheit fast schwarz glänzte, sah bedrohlich aus. Düster. Es war kalt und windig, trotzdem blieb Valeri draußen an Deck stehen.

»Wie weit ist es noch? Wo ist er?«, schrie er zum Steuermann hinüber.

»Wir sind gleich da!«, brüllte der zurück. »Da! Das dahinten muss er sein!«

Valeri kniff die Augen zusammen, dann entdeckte er einen schwachen Lichtschein. Je näher sie kamen, desto genauer konnte er die Umrisse des mittelgroßen Motorbootes erkennen. Das Schiff dümpelte auf den Wellen hin und her, offenbar war der Motor abgeschaltet. Als sie nur noch etwa fünfzig Meter entfernt waren, konnte Valeri erkennen, dass sich zwei Personen an Deck befanden. Eine davon musste Coco sein! Sie schossen mit dem Polizeischiff auf Nikitins Boot zu. Erst kurz bevor sie es erreichten, drosselte der Steuermann das Tempo, stoppte und richtete einen starken Suchscheinwerfer darauf. An Deck des ankernden Bootes bot sich den erstaunten Polizeibeamten ein seltsames Bild: Coco Dupont war mit Klebeband an einen Stuhl gefesselt worden. Ihr kurzes Haar war vom Wind zerzaust, und ihre Augen wirkten unnatürlich groß in ihrem schmalen Gesicht. Hinter ihr stand Miran Nikitin. Er hatte beide Hände auf Cocos Schultern gelegt. Von Weitem wirkten die beiden fast wie ein Paar, das für ein Verlobungsfoto posierte.

»Sûreté publique!«, schrie Valeri zu dem Boot hinüber. »Coco! Sind Sie okay?«

Coco schüttelte den Kopf.

»Verschwinden Sie! Wenn Sie mich verfolgen, werfe ich Ihre Kollegin über Bord!«, brüllte Nikitin. »Lassen Sie mich in Ruhe! Hauen Sie ab!«

Nikitin war in Bewegung geraten und schleifte Coco auf ihrem Stuhl Richtung Reling.

Valeri erstarrte. »Dieser gottverdammte Idiot!«

»Warum schießen Sie nicht?«, fragte ein Polizist.

»Zu dunkel! Ich könnte Coco treffen!« Valeri drehte sich um und hastete zur Kabine des Polizeibootes, von der aus Nikitins Mutter wimmernd das Geschehen verfolgte. Er fasste sie am Arm und zog sie hinaus an Deck. Etwas unsanft stieß er sie vor sich her bis an die Reling.

»Herr Nikitin! Sehen Sie, wen wir hier haben! Ihre Frau Mutter ist hier! Sie möchte mit Ihnen reden!«

Inzwischen war einer der Polizeibeamten mit einem handlichen Megafon an Deck gekommen, das er Valeri übergab. Der wandte sich sofort an Mirans Mutter.

»Frau Nikitin, jetzt können Sie zu Ihrem Sohn sprechen. Bitte bringen Sie ihn zur Vernunft! Auf Sie wird er ganz bestimmt hören!«

Frau Nikitin nahm ihm das Megafon aus der Hand und umklammerte es mit beiden Händen.

»Mein lieber Junge!«, wehte ihre Stimme über das Meer. »Was ist nur geschehen, was hast du getan? Du hast einen großen Fehler gemacht! Doch ich weiß, du hast das alles nicht gewollt! Deine Mutter vergibt dir! Aber du musst die junge Frau jetzt gehen lassen! Gib auf! Stell dich der Polizei, und dir wird verziehen werden! Solltest du aber der jungen Kommissarin etwas antun, wirst du in der Hölle schmoren!« Miran Nikitin stand wie zur Salzsäule erstarrt.

»Es ist zu spät, Mutter!«, brüllte er dann. »Ich habe Schande über unsere Familie gebracht! Es tut mir leid! Leb wohl! Und vergiss nicht, Rosen auf mein Grab zu legen!«

Blitzschnell hatte Nikitin Coco, die immer noch an ihren Stuhl gefesselt war, hochgestemmt und über Bord geworfen. Er selbst war mit einem Satz im Steuerhaus verschwunden, der Motor heulte auf, und das Boot schoss davon.

34

Coco konnte nicht begreifen, was mit ihr geschah. Bevor sie auch nur eine Sekunde darüber nachdenken konnte, stürzte sie schon vom Rand des Bootes hinab in das kalte, dunkle Meer.

Die Kälte des Wassers lähmte ihren Körper sofort. Verzweifelt versuchte sie, sich zu bewegen, zu befreien, sich irgendwie über Wasser zu halten, doch ihre Arme und Beine waren so fest an den Stuhl gebunden, dass es hoffnungslos war. Sie geriet in Panik, ihr Herz raste, sie schnappte nach Luft und schluckte jede Menge Wasser. Sie wollte schreien, aber ihr Hals war wie zugeschnürt, und ihre Lungen schmerzten. Sie brachte keinen Ton heraus.

Ihr Gehirn arbeitete auf Hochtouren. Nikitin hatte sie ins Wasser geworfen, und sie hatte keine Chance, sich selbst zu befreien. Konnten die Kollegen auf dem Polizeiboot sie retten? Würden Sie Coco im pechschwarzen Wasser überhaupt finden?

Wieder spürte sie den Drang, nach Luft zu schnappen. Sie fühlte Schwindel, eine Benommenheit, die nicht einmal unangenehm war.

Dann überkam sie eine große Traurigkeit. Sie dachte flüchtig an all das, was sie vermutlich nicht mehr würde tun können: glückliche Momente mit jemandem teilen, den Rest der Welt sehen, in Ruhe und Frieden alt werden.

Weitere diffuse Bilder und Gesichter zogen vor ihrem inneren Auge vorbei. Ihre Eltern, Freunde aus der Schulzeit, die Ankunft in Monaco, Nicolai, eine Kollegin aus Toulouse, Nachbarn, Valeri, das Rennen, Mareike Weber ...

Sollte es tatsächlich ihr Schicksal sein, mit einundvierzig Jahren an einen Stuhl gefesselt im Mittelmeer zu ertrinken?

Eine weitere Welle der Panik erfasste sie.

Das Rauschen in ihren Ohren wurde stärker, sie wollte nicht mehr kämpfen. Alles um sie herum war schwarz und kalt.

35

Für den Bruchteil einer Sekunde starrte Valeri schockiert auf das, was da vor ihm passierte. Coco Dupont war über Bord gegangen! Nikitin hatte den Motor seines Bootes angeworfen und war in der dunklen Nacht verschwunden.

»Coco!«, schrie er, zog seine Jacke aus und sprang kopfüber ins Wasser. Er war nicht weit von der Stelle entfernt, an der Coco über Bord gegangen war.

Ein fahler Mond hing am Himmel, und die Scheinwerfer des Polizeibootes, deren Strahlen von der Dunkelheit des Wassers verschluckt zu werden schienen, tauchten die Szene in ein unwirkliches Licht. Nur schemenhaft konnte Valeri Cocos Silhouette im onyxfarbenen Wasser erkennen. Während er tauchte, war einer seiner Kollegen ihm nachgesprungen, ein anderer warf ein Seil ins Wasser. Valeri gelang es, die Lehne des Stuhls zu packen, an dem Coco festgebunden war. Er zog sie nach oben und tauchte wieder auf. Der Kollege im Wasser ergriff das Ende des Seils und warf es ihm hinüber. Valeri griff danach, und eine Sekunde später schaffte er es, das Seil am Stuhl zu befestigen und mit aller Kraft daran zu ziehen.

Doch erst als der Beamte auf dem Boot ebenfalls an dem Seil zog, gelang es ihnen, ihre Kollegin aus dem Wasser zu hieven.

Valeri durchtrennte das Klebeband an Cocos Füßen und Händen. Die hustete und röchelte, spuckte Wasser und übergab sich. Aber sie war am Leben!

Schnell trugen sie Coco ins Innere des Bootes und betteten sie auf eine Bank. Nikitins Mutter kam mit einer Decke herbei und breitete sie über Coco aus.

»Coco!« Valeri blickte seine Kollegin besorgt an. »Alles in Ordnung? Ich habe mich richtig erschrocken!«

Coco nickte schwach und strich sich mit einer Hand die nassen Haare aus dem Gesicht.

»Danke«, sagte sie leise. »Das war knapp.«

Valeri nickte. Gerade als er sich aus seiner klatschnassen Kleidung schälen wollte, zerriss eine gigantische Explosion die Luft. Alle außer Coco stürzten hinaus aufs Deck. Ein riesiger großer Feuerball erhellte den Horizont.

»Miran! Das ist sein Boot!«, flüsterte seine Mutter, bevor sie ohnmächtig zu Boden sank.

36

Die Beerdigung von Anca Bergmann und ihrem kleinen Sohn fand in der Gemeinde Roquebrune-Cap-Martin statt. Der Friedhof, auf dem auch der Architekt und
Künstler Le Corbusier seine letzte Ruhe gefunden hatte,
lag versteckt in den französischen Bergen. Eine lange Serpentinenstraße führte über viele Kurven und Abzweigun-
gen nach oben, und nur hie und da wies ein verwittertes
Schild den Weg dorthin.

Valeri und Coco waren etwas später gekommen und
verfolgten nun mit respektvollem Abstand, wie Sebastian
Bergmann, Verwandte, Freunde und Kollegen von den
beiden auf so tragische Weise ums Leben gekommenen
Menschen Abschied nahmen.

Coco war am Rande einer langen Reihe von Gräbern
stehen geblieben. Von dort aus konnte sie weit über die
französische Küste bis nach Monaco schauen.

Düster hoben sich die alten, mehr oder weniger stark
verwitterten Steinkreuze vom Horizont ab, und unruhi-
ge Wolken zogen dunkelgrau und bedrohlich über den
Friedhof hinweg.

Coco warf einen Blick auf die mit großen Steinplatten
abgedeckten Gräber, auf denen die Angehörigen Plastik-

blumen und Fotos von den Verstorbenen drapiert hatten. Sie dachte an Luise, ihre Tochter, die das Licht der Welt nie hatte erblicken dürfen und auf einem Friedhof in der Nähe von Toulouse begraben lag. Ihr schossen Tränen in die Augen, während sie auf die Grabsteine starrte.

Valeri, der bemerkte, wie seiner Kollegin die Tränen über die Wangen liefen, legte ihr eine Hand auf die Schulter. Sanft schob er sie ein Stück zur Seite und sah sie mitfühlend an.

»Ich kenne das Gefühl. Auf Friedhöfen wird man immer wieder von der Vergangenheit eingeholt, nicht wahr?« Sie schwiegen einen Moment.

»Es ist nur …« Coco wischte sich mit dem Handrücken die Tränen aus dem Gesicht. »Es ist meine Tochter. Ich habe sie verloren, bevor sie auf die Welt kam. Und ich bin schuld daran!«

»Ich kenne Ihre Geschichte nicht. Aber so dürfen Sie nicht denken. Es ist das Schicksal, das uns die Menschen nimmt.«

»Nein«, flüsterte Coco leise. »Es war mein Beruf. Eine böse, kranke Kreatur.«

»Was meinen Sie?«, fragte Valeri vorsichtig.

»Er hat immer wieder zugeschlagen. Ein Wahnsinniger, der unschuldige Kinder aus Ferienlagern und Kinderheimen verschleppt und sie dann umgebracht hat. Wir waren diesem Monster schon dicht auf den Fersen, und ich wollte jedem Hinweis selbst nachgehen, mit eigenen Augen sehen, was er angerichtet hatte. Habe darauf bestanden, selbst an den Tatort zu fahren, wo er wieder ein Kind grausam gequält, getötet und dann einfach eine Uferböschung hinabgeworfen hatte. Einen kleinen Jungen. Einfach weggeworfen. Liegen gelassen. Ich musste doch hin zu ihm, um selbst … Dabei bin ich abgerutscht und den Abhang hinuntergestürzt, und dann …«

Coco liefen erneut die Tränen über die Wangen, und sie schluchzte leise.

»Sie haben Ihr ungeborenes Kind verloren?«

Coco nickte nur. Dann blickte sie sich um. »Dieser Friedhof. Es ist so unglaublich schön hier und gleichzeitig doch so traurig. Warum liegen Glück und Leid oft so nah beieinander?«

»Das ist das Leben. Und wir müssen lernen, damit umzugehen, weiterzuleben, in die Zukunft zu schauen. Ich weiß, wie schwer das ist. Haben Sie den Killer geschnappt?«

»Nein.«

Sie schwiegen einen Moment.

Valeri zog ein Stofftaschentuch aus seiner Tasche und hielt es Coco hin. »Das dürfen Sie gerne behalten«, sagte er, als sie einen Augenblick zögerte, bevor sie es nahm.

»Ein Papiertaschentuch passt sowieso nicht zu Ihnen«, sagte er und zwinkerte ihr aufmunternd zu.

Dann schaute er zu der Beerdigungsgesellschaft hinüber, die sich langsam in Bewegung gesetzt hatte. Einer nach dem anderen zog auf dem Weg zum Ausgang mit gesenktem Blick an ihnen vorbei. Nur Sebastian Bergmann blieb bei ihnen stehen.

»Es tut uns sehr leid«, sagte Valeri leise.

»Danke. Es ist gut, dass es jetzt vorbei ist. Ich hoffe, dass ich nun ein wenig Ruhe finden kann. Meine Familie muss ich jetzt zurücklassen.« Er drehte sich um und blickte nachdenklich auf die beiden frischen Gräber.

»Was werden Sie jetzt tun?«, fragte Coco.

»Ich gehe zu meiner Familie nach Deutschland zurück. Vorerst. Und danach? Ich weiß es nicht. Ich werde mich aus der Formel 1 zurückziehen, keine Rennen mehr fahren.« Bergmann starrte einen Augenblick hinaus aufs Wasser. »Ist das nicht absurd? Jetzt, nachdem ich aus eigener Kraft gewonnen habe, tue ich das, was Anca mir immer vorgehalten hat: Ich gebe auf. Aber wie könnte ich so weitermachen? Es ist schwierig zu begreifen: Meine Frau war bereit, für ihre und meine Karriere Grenzen zu überschreiten, die nicht hätten überschritten werden dürfen. Und Mareike? Sie hat mir nie etwas bedeutet! Ich wollte nie … Sie war eine Affäre, nichts weiter. Diese Verrückte! Wie konnte ich so blind sein? Warum ist das alles nur geschehen?«

»Es ist nicht Ihre Schuld«, sagte Valeri.

»Trotzdem kann ich so nicht weitermachen! Wissen Sie, ich wollte immer nur Auto fahren. Das ist das, was ich gut kann! Es hat mir Freude bereitet. Und dass ich damit meinen Lebensunterhalt finanzieren konnte, war ein großes Glück. Doch die Freude daran ist mir jetzt vergangen.« Bergmann schwieg einen Moment, dann verabschiedete er sich. Im Weggehen drehte er sich noch einmal um: »Danke, dass Sie gekommen sind!« Valeri und Coco nickten ihm zu und sahen ihm noch eine Weile schweigend nach. Dann gingen sie zurück zu ihrem Wagen. Coco drehte sich noch einmal um, warf einen letzten Blick auf den Friedhof. Ein Gefühl von Erleichterung erfüllte sie. Sie hoffte, nun angekommen zu sein, einen Ort gefunden zu haben, der ihr etwas bedeutete, einen Ort, von dem aus sie in die Zukunft schauen konnte.

Sie lächelte, als sie auf dem Beifahrersitz Platz nahm. Nicolai hatte sie für diesen Nachmittag eingeladen, diesmal nicht in ein schickes Restaurant, sondern auf sein altes Fischerboot, mit dem sie hinausfahren und an Deck picknicken wollten. Unspektakulär, aber cool.

»Was schmunzeln Sie?«, fragte Valeri, während er den Wagen startete und dann sportlich die Kurven der Serpentinen nahm.

»Ach, nichts Besonderes!«, entgegnete Coco lachend und drehte die Musik lauter.

So bring your good times and your laughter, too. We gonna celebrate your party with you. Come on now. Celebration. Let's all celebrate and have a good time! Celebration ..., röhrten Kool & the Gang aus den Radioboxen. Coco sang lautstark mit und lachte.

»Sie singen?«, fragte Valeri überrascht.

»Manchmal schon.«

Danksagung

Ich danke meiner Familie – meinen Eltern, meinem Onkel und meinem »Stiefvater« dafür, dass sie mich bei allem, was ich tue, unterstützen und an mich glauben. Meinem Vater zudem für den nötigen Biss, Ehrgeiz und den kreativen Geist, den ich sicherlich zu einem großen Teil von ihm habe. Meiner Mutter ebenso für den kreativen Input, das Durchhaltevermögen und die Unterstützung – egal zu welcher Tages- und Nachtzeit.

Ein großes Dankeschön gilt auch meinen Freundinnen, die mit allem, was ich tue, mitgehen, mich mit all meinen Spleens ertragen und immer da sind, egal durch welche Schreibblockade ich gerade gehe.

Danke auch meinem Literaturagenten Harry Olechnowitz, Reinhard Rohn und dem Aufbau-Verlag, Laschet-Media, Susanne Rick und den Test- und Korrekturlesern, unter anderem meinen Mädels, aber auch Fenna und der Rechtsmedizin in Köln und Frankfurt und der Kriminologischen Zentralstelle in Wiesbaden.

Vielen Dank, Daniel, ohne den ich Monaco nie so kennengelernt hätte und der mich mit Kontakten und Infos versorgt hat, ebenso danke für die Inspiration. Danke auch Jean-Claude Proy, außerdem Heidi, Jeanin und Jan für mehr als lustige Recherchen und der Sûreté publique für einen Einblick in die monegassische Polizeiarbeit.

Mein großer Dank gilt auch Volker, ohne den die Recherche in der Formel 1 nicht möglich gewesen wäre, danke Olli und Jens, dass ich euch über die Schulter gucken durfte, außerdem Felix und natürlich der FIA für einen Blick hinter die Kulissen. Und danke Kristina für einen tollen Film.

Danke an Klaus-Peter Wolf für die Inspiration und das nötige Handwerkszeug, einen Krimi zu schreiben. Und vielen Dank an n-tv und den HR, die es mir zwischendurch immer wieder ermöglicht haben, auf Recherchereise zu gehen.